风起云涌的变革时代　　个人命运的起起落落
周梅森以"人民的名义"书写近代中国大历史

周梅森 著

大捷

周梅森
历史小说
经典

江苏凤凰文艺出版社
JIANGSU PHOENIX LITERATURE AND
ART PUBLISHING, LTD

图书在版编目（CIP）数据

大捷 / 周梅森著. — 南京：江苏凤凰文艺出版社，2018.8
ISBN 978-7-5594-1652-0

Ⅰ.①大… Ⅱ.①周… Ⅲ.①中篇小说－小说集－中国－当代 Ⅳ.①I247.5

中国版本图书馆CIP数据核字(2018)第043280号

书　　名	大捷
著　　者	周梅森
责任编辑	孙金荣　李　黎
装帧设计	夏艺堂艺术设计+夏周
出版发行	江苏凤凰文艺出版社
出版社地址	南京市中央路165号，邮编：210009
出版社网址	http://www.jswenyi.com
印　　刷	江苏凤凰通达印刷有限公司
开　　本	718×1000毫米 1/16
印　　张	18.5
字　　数	250千字
版　　次	2018年8月第1版　2018年8月第1次印刷
标准书号	ISBN 978-7-5594-1652-0
定　　价	40.00元

（江苏凤凰文艺版图书凡印刷、装订错误可随时向承印厂调换）

目录

大捷 // 001

国殇 // 097

事变 // 193

大 捷

上 篇

一

血战爆发前的那个傍晚,方向公参谋和段仁义团长到下岗子村前沿阵地去巡视。那日天很暖和,春色还没被炮火轰碎,该绿的绿着,该青的青着,山坡地头缀着野花,四月的阳光泻满大地。地是麦地,麦子很好,从下岗子村前的山塝,一直铺到塝下的洗马河边。洗马河悄无声息地流,河面上漂浮着夕阳醉人的光晕。

谁也不相信马上要打仗,莫说新三团的弟兄们,就是身为团长的段仁义也不相信。从上岗子团部往下岗子村前沿走时,段仁义团长一直唠叨地里的庄稼,害得方向公参谋不断地提醒段仁义记住自己的身份:他不再是县长,而是团长;与他有关的,不是庄稼,是战争!

段仁义连连称是,走到下岗子村塝上时,似乎已有了较深刻的临战观念。他驻足站在塝上的野草丛中,眯着眼睛对塝下的麦田看,看到了许多裸脊梁和光脑袋,自以为发现了很严重的问题:

"这些老百姓咋还没撤离?"

方向公哭笑不得:

"段团长,你看清楚些,这是你的兵!"

段仁义一怔:

"我的兵?!他们在干啥?"

方向公没好气:

"挖战壕!"

"挖战壕?这好!这很好!"

"一俟打响,这里就是前沿!"

"好!这里做前沿好!哝,地形不错!"

段仁义一边说,一边往塝下走,还四处看着风景,没啥惭愧的意思。

下了塝,走近了,麦田里的士兵们纷纷爬起来和段仁义打招呼,口口声声喊他县长。他一概答应,一概抱拳,不住声地说,"弟兄们辛苦"、"弟兄们辛苦",仿佛这些士兵不是在准备打仗,而是在帮他家垒院墙。看到岁数大些的士兵,他还凑过去聊两句家常,体恤地问人家在队伍上习惯不习惯啊。有个老头兵说不习惯,说完便哭,害得他眼圈也红了……

方向公看不下去了,眉头皱成了结,脸孔拉得老长,紧跟在段仁义身后一言不发。走到战壕中段土坡上时,看到一个十四五岁的小兵背对着他和段仁义撒尿,实在忍不住了,三脚两步跨到段仁义面前,阻住了段仁义去路,喝起了"立正"的口令。

没有几个人把他的口令当回事。那个和段仁义团长聊家常的老头兵还在抹眼泪,背对着他撒尿的小兵依然在撒尿。不远处的洼地上,一个脑袋上裹花布的老汉,不知是没听到口令,还是咋的,捏着嗓门继续唱《小寡妇上坟》,边唱边扭,围观的人扯着嗓门喝彩。两个只穿着裤衩的家伙在摔跤,从麦地里摔到新挖的战壕里,又从战壕里摔到隆起的新土堆上,听到口令也没停下来,身前身后还跟着不少人起哄。身边的一些士兵虽说勉强竖起来了,可一个个全像骨头散了架似的,歪歪斜斜。

这哪像要打恶仗的样子?!

方向公火透了,飞起一脚,将尿尿的小兵踹倒,拔出佩枪,冲着洼地上空"叭叭"放了两枪。

不料,两枪一打完,一个胡子拉碴的老汉兵便窜到他脚下,没待他明白过来是怎么回事,老汉兵已捏着一颗闪亮的弹壳,仰着核桃皮似的脸问他:

"方爷,您老打了几枪?"

他狠狠瞪了老汉兵一眼,又喝了声"立正"。

老汉兵站了起来,假模假样地立正了一下,便把脑袋倾过来:

大 捷

"这种弹壳我要,烦请方爷您给我攒点。我给钱哩!给您老买烟吸也成……"

他劈面给了老汉兵一个耳光:

"你他妈是当兵吃粮的,还是收破烂的?!"

老汉兵不敢作声了。

段仁义为了缓和气氛,走到他面前道:

"方参谋好眼力哩!这老汉可真是收破烂的,大号就叫刘破烂,在三营侯营长手下当差,干得,咳,还不错!不错!"

他没理段仁义,只冲着刘破烂吼:

"三营的人跑到下岗子二营来干啥?"

"回方爷的话……"

"什么方爷?这里是国民革命军二十三路军的新三团!我方向公是二十三路军司令部派来的少校参谋,不是爷!"

刘破烂忙改口:

"是!是!方参谋!您老是参谋,比爷大,我知道……"

"你他妈究竟从上岗子跑到下岗子干什么?想做逃兵吗?!"

刘破烂慌了:

"呃,不,不是!回方爷……呃,不,不,回方参谋的话,是这样的:二营的营长不是兰爷兰尽忠么?兰爷昨儿个不是和我们三营侯营长侯爷打赌么?兰爷不是输了么?输的是两瓶酒,今儿个侯爷就让我来取了。咱给侯爷当差,得听喝。侯爷说,刘破烂你去拿酒,我要说不去,那就是违抗军令,您老训话时不是常给弟兄们说么,违抗军令要枪毙……"

面对这样的兵,他简直没办法。

方向公挥了挥手,命令刘破烂滚。

打发了三营的破烂,再看看远处、近处,才发现前沿二营的破烂们在枪声和口令的双重胁迫下,总算立好了。有的戳在壕沟里,有的戳在掘出的新土堆上。远处麦地里两个拉屎的士兵也提着破军裤立着,没遮严的半个屁股正对着他的脸膛。大伙儿的脸上明显带有怨愤,有的还向他翻白眼。

方向公真沮丧,不禁又一次想到:他将要在这场阻击战中指挥的,不是一支正规的国军队伍,而是一群穿上军装仅三个月的乌合之众。

按说,他可以和这群乌合之众毫无关系,可以安安生生在中将总司令韩培戈身边当参谋,可他偏想带兵,结果三个月前就和黾副官一起被派到这支破队伍来了,真是自找罪受。可既来了,这罪就得受下去,韩总司令对他恩重如山,再难他也不能辜负韩总司令。不是韩总司令,四年前他的性命就丢在武昌城外了。韩总司令在死人堆里发现了他,把他搭在马背上一气转进了四百里。

他和段仁义团长站在战壕边的土堆上。土是刚挖出来的,很软,他穿马靴的脚一点点往下陷,他没理会,愣愣盯着立正的士兵们看了好半天,才对出现在面前的二营长兰尽忠道:

"兰营长,这是你营三连、四连的弟兄吧?"

站在段仁义团长对面的兰尽忠点了点头。

"你给我看看,这一个个谁像兵!这里究竟是前沿阵地,还是你们卸甲甸的大集?"

兰尽忠不服气,吞吞吐吐地道:

"弟……弟兄们不是操练,是……是挖战壕!"

"挖战壕?"

他火更大了,半侧着身子,指点着身后的壕沟:

"你自己看看,这他妈的是战壕吗?!能把你们埋严实吗?!这样的兵,这样的战壕,能打仗吗?!若是打响以后,你丢了阵地,就不怕挨枪毙么?!"

他说的是实话,韩总司令的脾气他知道,丢了阵地,不说兰尽忠要挨枪毙,只怕他和段仁义团长也要挨枪毙。他恨恨地想,这帮连营长们也真该毙上几个。

这种懈怠散漫的状况不能再继续下去了。再继续下去,阻击战前景将无法想象,二十三路军的军威也注定要在这里丧失殆尽!

对此,段仁义团长应该和他一样清楚。因而,他根本没和段仁义商量,就厉声宣布由段仁义训话。

段仁义显然没有思想准备,手按佩枪呆呆地愣了半响,头一扭,问他:

"方参谋,我训点啥?"

他哼了一声:

"这还问我?你看看他们像军人么?像挖战壕的样子么?"

"是的!是的!"

段仁义似乎明白了,昂起脑袋,开始训话:

"弟兄们,方参谋说得不错!哎,不错!我们现在不是老百姓了,我们都是,哎,都是军人,抗日的革命军人!军人么,哎,就要有军人的样子,干什么就要像什么!哎,挖战壕,就要把战壕挖好,打仗,就要把仗打好,哎,来不得半点马虎!"

段仁义训得认真,一手叉着腰,一手频频舞动着,很像回事儿。

"马虎很要不得哟!兄弟当县长时,碰到过这么一件事,哎,上面让兄弟协拿一个反革命,反革命叫刘老八。兄弟派人,哎,去拿了。拿来一问,方知不对。反革命叫刘老八,兄弟拿的那厮叫刘老巴,一个是八九十的八,一个是'巴山夜雨'的巴,这就,哎,马虎了嘛!不是兄弟多个心眼,问了一下,岂不酿下大错?所以,不能马虎!哎,不能马虎!就说挖战壕吧,你们以为马马虎虎是哄我,哄方参谋?不对喽,是哄你自己嘛!仗一打起来,枪炮一响,谁倒霉?你们倒霉嘛!所以,要好好挖战壕,要听方参谋的!哎,听方参谋的,就是听我的。方参谋是为你们好,方参谋说,要准备打恶仗,兄弟认为很有道理。有道是,有备,哎,方可无患嘛!"

段仁义压根不是做团长的料,本该显示威严的训话,又被弄得稀稀松松。方向公不满地碰了碰段仁义的手,想提醒段仁义拿出一团之长的气派来,段仁义却没意会,依然和和气气地对着自己的部下信口开河:

"兄弟这个……这个对此是很有体会的呀!兄弟在卸甲甸当县长时,哎,有一个为政准则就是一切备于前。三年前的涝灾弟兄们还记得不?咱东面的长淳淹了吧?北边的王营子淹了吧?咱卸甲甸淹了没有?没淹！为啥呢？因为兄弟有了准备嘛！头年冬里就加固了河防,开了三条排水沟嘛！"

一扯到做县长的题目,段仁义的话就多了,内容便也扎实了。

方向公却焦虑起来,这里毕竟不是卸甲甸,眼见着太阳落了山,阵地上还这么混乱不堪,他不能任由段仁义瞎扯下去了。

他再次碰了碰段仁义团长的手,明确提醒道:

"段团长,时候不早了,您是不是……"

段仁义明白了,应了句"就完",又对大伙儿道:

"挖战壕又不同于挖排水沟喽！哎,排水沟挖不好,最多是淹点田地,战壕挖不好,可要丢命流血哟！要是一仗打下来,大家把命送掉,兄弟我怎么向卸甲甸父老姐妹交代呀！啊?！兄弟是团长,哎,也是卸甲甸的县长哇！好了,我的话完了,众位好自为之吧！解散！"

就这么解散了,训话和不训话几乎差不多。方向公料定前沿的状况不会因为段仁义的这番训话而有什么根本改变。对这帮乌合之众他太了解了。

他向段仁义建议:鉴于目前各个阵地上的情况,吃过晚饭后连夜开会,进一步落实战前部署。段仁义马上点头,还当场通知了面前的二营长兰尽忠。接着,方向公又把二营的连排长们召到身边,再次向他们交代了前沿阵地战壕的深度、宽度和火力配备要点,命令他们彻夜赶工。交代完后还不放心,又从身边弟兄手里夺过一把铁锨,大声对那帮连排长说:

"都过来,看看老子是咋挖战壕的！"

二

段仁义团长认为,方参谋有点过分了。这仗打也可能打,可要说马上就会打起来,怕也不现实。他们新三团的任务很明确,是为河西会战打阻击。可若是鬼子们不从这里过,他们阻击谁？打谁？洗马河长得很,河东的鬼子从哪里过河都可能;进入河西会战地区的路很多,也未必非走他们据守的马鞍山不可。

不过,他没说出口。不是怕方参谋笑他不懂,而是怕此话一讲,松懈弟兄们的斗志。不管怎么说,准备充分点总没错,在战争中,什么情况都可能发生,过硬的队伍尚且松懈不得,何况他的这支破队伍!

见方参谋提着铁锨走远了,段仁义不无愠意地对二营长兰尽忠道:

"你们咋一点不给我争脸哇?侯营长、章营长没带过兵倒罢了,你兰尽忠既带过兵,又打过仗,咋也这么懈怠?!你看看这战壕挖的!能怪人家方参谋发火么?!"

兰尽忠恨恨地骂道:

"他火?妈的,老子还火呢!只要一打响,老子先在他狗日的背后搂一枪!"

他瞪了兰尽忠一眼:

"胡说!方参谋是二十三路军司令部派来的,谁敢动他一根毫毛,我段仁义决不饶他!"

兰尽忠眼皮一翻:

"这新三团的团长是你,还是他?"

他勉强笑了笑:

"随便!是我是他都一样,反正都是为了把仗打好!"

"可你是中校团长,他是少校参谋……"

他火了:

"什么中校、少校?我这团长咋当上的,别人不知道,你们还不知道吗?!不是你们在卸甲甸县城闹事,我会放着好好的县长不当,到这儿来受窝囊气?!我压根儿不是团长,就是有中将阶级,也得听人家方参谋的!"

兰尽忠不作声了。

段仁义叹了口气:

"要说带兵打仗,我不如方参谋,也不如你兰营长和其他营长,可看在抗日打鬼子的分上,你们都得给我多帮忙哇!"

兰尽忠垂首应了声:

"是！"

"还有，无论咋着，都不能和方参谋闹别扭，这人虽说狠了点，可是来帮咱补台的，不是拆台的，这点，咱们得明白！"

"是！"

"好了，你忙去吧！"

兰尽忠老老实实地走了，段仁义却不禁怅然起来，默默转过身子，望着脚下平静的洗马河发呆。天朦胧黑了，洗马河失却了夕阳赋予的辉煌，河面变得一片迷蒙。河面那边，一望无际的旷野消溶在黑暗的夜色中。也许将要被阻击的日伪军，正在河那边，正在暗夜的掩护下日夜兼程……

段仁义团长的心不禁一阵阵发颤。

段仁义怎么也想不到自己会在四十二岁的时候穿上国军军装，由国民政府属下的一名县长而一举变成中校团长。更没想到当了这团长没多久，就要率兵打仗。直到站在马鞍山下岗子村前沿阵地训话时，他还觉得这一切很不真实，恍惚置身于一个荒诞滑稽的梦中。

栽进这个梦中之前，他很确凿地做着县长，而且做了整整五年，做得勤勉努力，政绩说不上好，可也不坏。如果不是二十三路军三七七师炮营驻进了卸甲甸县城，如果不是炮营的弟兄和卸甲甸县城的民众拼了起来，他这县长是肯定能稳稳地做下去的。要命的是，不该发生的事却发生了，他没任何思想准备便被拖进了一场惊天动地的事变中。

事变是三个月前的一个夜间发生的。那夜枪声、炮声轰轰然响起来了，他还蒙在鼓里，根本没想到兰尽忠、章方正等人会瞒着他这个县长对国军的炮营动手。

炮营军纪不好，他是清楚的。该营驻进卸甲甸不到半年，就使七八个黄花闺女不明不白地怀了孕，他也是清楚的。为此，他曾两次亲赴炮营营部，三次召请炮营吕营长面谈，请吕营长约束部下。吕营长表面上很客气，说是要查、要办，可实际上既未查，也未办，手下的弟兄反而越闹越凶了，最后竟闹到了二道街赵寡妇头上，偷了赵寡妇一条看家狗。赵寡妇不是一般人物,号称"赵连长",年轻风骚,交际甚广,自卫团团长兰尽忠、决死队队长章方正、队副侯独眼等人,都是她家的常客,据说也都在她那"连"里效过力,结果便闹出了大麻烦。

那夜咋着打炮营的,他不清楚,只知道在他为枪声、炮声惊恐不安的时候,兰尽忠、章方正、侯独眼三人闯到他家来了,一进门,霍地都跪下了。他呆了,本能地觉得事情不妙。

"咋,是……是你们干的?"

兰尽忠点点头。

"为啥瞒着我?"

"我……我们不想连累你!"

这三人脑袋竟这么简单!闹出了这么大乱子,还说不想连累他!实际上,枪声一响,他被连累的命运已经注定了。身为县长,在他眼皮底下出了这大的事,他是逃不脱干系的,况且又出在鬼子大兵压境的时候!炮营不管怎么说,是打鬼子的国军,纵然军纪败坏,也不该被自己人消灭。他气疯了,点名道姓大骂兰尽忠三人,一口咬定他们是叛乱,要他们立即把被俘的炮营幸存者放掉,并向二十三路军司令部自首。

三人一听这话,都站了起来,当即申明,他们不是叛乱,是为民除害!并宣称:如果他认为这是叛乱的话,他们从此以后就没这个县长了!

段仁义又气又怕,连夜骑马赶到三十里外的银洼车站,搭车去了省城,并于次日下午四时在省府议事厅找到了老主席高鸿图。高鸿图闻讯大惊,中断了正在开着的各界名流时局谈话会,硬拉着七八个名流和他一起搭车直驱二十三路军司令部。

二十三路军中将总司令韩培戈已先一步得知了事变的消息。进了司令部,他和高老主席刚要开口说话,韩培戈将军就很严厉地命令他们喝茶,他们哆哆嗦嗦捧着茶杯喝茶的时候,韩培戈将军黑着脸,把玩着手枪,身边的参谋长、副官处长一脸肃杀之气。

偏在这时,吕营长被放回来了,样子很狼狈,一只脚穿着马靴,一只脚跋着布鞋,没戴军帽,满身满脸都是泥水。韩培戈将军一看吕营长的样子

就火了,绕着吕营长踱了一圈步,又盯着吕营长看了好半天,才从牙缝里挤出一句话:

"我给你的人呢?"

吕营长浑身直抖,不敢吭气。

韩培戈将军又问:

"我给你的炮呢?"

吕营长抖得更厉害,摇摇摆摆几乎要栽倒。

将军当着他和高老主席的面,一枪将吕营长击毙,大步走到军事地图前,对着标有"卸甲甸"字样的红圈,抬手又是一枪,而后,把枪往桌上一摔,旁若无人地对参谋长交代道:

"命令三七七师一七六四团、一七六五团、一七六六团立即开拔,在明日拂晓前给我把卸甲甸轰掉!"

段仁义、高老主席并那同来的绅耆名流们都被将军的举动和命令惊呆了,一个个形同木偶。段仁义知道,将军的命令不是儿戏,三七七师三个团只要今夜开往卸甲甸,一切便无法挽回了,卸甲甸在重炮轰击下,将变成一片废墟,全城三万民众并他一家妻儿老小,都将化作炮口下的冤魂。

段仁义"扑通"一声,在将军面前跪下了。

高老主席和同来的名流们也纷纷跪下求情。

将军亲自去扶高老主席,又责令他们起来,还叹着气说:

"你们都是我的客人,在我的总司令部来这一手,外人看了会咋说呀?坐,都坐!"

段仁义和众人重新落座后,将军拉着脸问:

"这事你们看咋解决呢?"

高老主席道:

"对暴民首领,该抓的抓,该杀的杀!"

这也正是段仁义的想法。

将军却摇起了头:

大 捷 / / 011

"我抓谁？杀谁呀？此刻卸甲甸还在暴民手里呢！"

这倒也是。

高老主席说不出话了。

将军手一挥：

"有您鸿老和众位的面子，我不打了。这样吧：卸甲甸暴民吃掉我一个营，就还我一个团！把他们都编入国军，一来可增强我国军实力，二来和平解决了事变，三来也帮鸿老您肃整了地方，岂不皆大欢喜？"

高老主席一口答应了。

"好！好！如斯，则将军于国于民都功德无量！"

韩将军马上把犀利的目光瞄向了段仁义：

"既蒙鸿老恩准，那么这个团就请段县长来给我带喽！"

高老主席压根没想到这个问题，张口结舌道：

"将军，这……这段县长是省府委派来的地方行政长官，岂……岂可……"

韩将军冷冷道：

"县长是不是中国人？中国人要不要打鬼子？我打鬼子的队伍被段县长治下的暴民吃掉了，他这个县长不该为我这个总司令尽点义务么？！如若鸿老和段县长都不给我这个面子，我就只好公事公办，武装解决了！"

段仁义自知是在劫难逃了。事情很明显：这个团长他不干，韩培戈将军刚刚取消的命令又会重新发布下去——将军完全有理由这样做。那么他也许可以无忧无虑地活着，而他治下的那座县城和他曾与之朝夕相处的民众便全完了，他也就挣不脱那片废墟兼坟场给他带来的良心折磨了。

他紧张思索的当儿，高老主席又说：

"将军，此事关系重大，老……老朽是说，对韩将军您关系重大。这……这段县长能带兵打仗么？若是坏了二十三路军的名声，反倒让世人见笑您韩将军了！"

将军道：

"谁也不是生下来就会带兵的！只要段县长愿干，必能干好！我韩培戈保证他用不了半年就会成为像模像样的团长!"

他无话可说了,在高老主席和众绅耆名流告辞之后,像人质似的,被留在二十三路军司令部,当晚便接到了韩培戈将军亲笔签名的编建新三团的命令和一纸委任状;次日身着国军中校军装,和二十三路军司令部派下的少校参谋方向公,少校副官鼋泽明同赴卸甲甸;五天以后,在三七七师围城部队机枪重炮的胁迫下,把一支由卸甲甸一千八百余名老少爷们组成的队伍拉出了县城。

卸甲甸事变至此结束。

他段仁义因这场事变,把县长的位子搞丢了,四十二岁从军,做了兵头,如今还要在马鞍山打什么阻击战。

这真他妈天知道!

三

对这场天知道的阻击战,兰尽忠也没有丝毫兴趣。他关注的不是这一仗如何打好,而是如何保存实力。段仁义不是军事家,他是,他懂得实力对于带兵者的重要性。故而,段仁义和方参谋等人一离开前沿阵地,他马上把营副周吉利和手下的四个连长找到下岗子村头的磨房门口商谈,准备在团部会议上讨价还价,扭转目前的被动局面。

现在的阻击布局对他的二营是不利的。他手下四个连,两个连摆在前沿阵地上作一线抵抗,另两个连摆在下岗子村里,准备策应增援前沿守军,并要在前沿崩溃后进行二线阻击。而二线和前沿之间的距离只有不到五百米,海拔标高只上升了三十七米,实际上的二线是不存在的。一俟打响,前沿阵地和上岗子村的守城机动部队都在日军的有效炮火打击范围内,日军在洗马河边就可以摧毁其防线。这样他的亏就吃大了,没准要全军覆灭。

这是混账方参谋安排的。段仁义不懂其中利害,方参谋懂。方参谋如此安排显然没安好心,显然是护着决死队章方正、侯独眼他们,单坑他兰尽忠。他兰尽忠不像章方正、侯独眼眼头那么活,只知有方参谋,不知有段团长。所以,人家才把章方正的一营、侯独眼的三营放在山上上岗子村观战,把他的二营推到前面挨打。

也怪他。他从一开始就错了,后来又接二连三地错下去,才造成了今天马鞍山上的这种倒霉局面。

三个月前的那场事变他就不该参加的。他和章方正、侯独眼既没磕过头换过帖,又没在一起混过事,只为着寡妇"赵连长"的一条狗便一起闹出这么大乱子,实属失当。"赵连长"和他相好没几天,和章方正、侯独眼却好了好几年,她找他发嗲没准是受了章、侯二人的挑唆。章、侯二人没在国军正规队伍上混过,又缺点胆气,知道他在国军队伍上做过连长,十有八九是想利用他吃掉二十三路军炮营,扩大决死队的实力,称霸地方。如果不是后来他的自卫团和他们二人的决死队都被编入新三团,没准决死队还要向自卫团下手——决死队有三百多号人,他的自卫团只有百十号人。

真拼起来,决死队三百多号人,不一定是自卫团百十号人的对手。决死队的人大都是些二杆子,护个家院行,打仗未必行。自卫团就不同了,在队伍上混过的不下三十人,参谋长章金奎正正经经在汤军团司令部做过三年手枪排长,副团长周吉利当过炮兵团的班长、伙夫长,他自己更带过一个机枪连参加过南口阻击战。不是因为后来作战负伤,他根本不会在去年年底回卸甲甸老家搞自卫团的。

一搞自卫团,就认识了寡妇"赵连长","赵连长"那当儿可比他兰尽忠神气,家里进进出出全是带枪的汉子。他先是托她买枪,后来又通过她和决死队的章方正、侯独眼打哈哈,再后来就上了她的大炕,把抗日爱国的热情全捐给了她温暖白皙的肚皮。

这就带来了麻烦。"赵连长"拎着狗皮往他面前一站,问他:"除了会使那杆枪,别的枪还会使不?"他不能说不会。这里面是不是有名堂,哪还顾得着多想?!他和章方正、侯独眼合计了不到半小时,就决定了自己的命运,也决定了卸甲甸一城男人的命运。

第一步就这么错了。

发现这个要命的错误是在当天夜里。望着被捆绑起来的吕营长,望着吕营长身上的国军军装,猛然记起,自己也是穿过这种军装的。他觉得很荒唐,遂不顾章方正、侯独眼的极力反对,在天亮前放掉了吕营长,天亮后又放掉了一批受伤的士兵。

他因此认定,后来二十三路军司令部以收编的形式解决该夜的事变,与他的宽仁和醒悟有必然联系。段仁义于危难之中挺身而出拯救卸甲甸功不可没,他兰尽忠在力所能及的情况下缓和事态的发展,也大有功劳。

段仁义承认这一点,编建新三团时,很听他的话。他推荐他的把兄弟、自卫团参谋长章金奎给段仁义做团副,段仁义一口答应,当场委任。他建议以自卫团为基干,编一个营,段仁义马上编了。可也就是在这时,他犯下了第二个不可饶恕的错误:过高地估计了段仁义团长的法定权力,过低地估计了方参谋和龟副官的实际权力。他光惦记着要派章金奎抓住段仁义,忘记了看方参谋和龟副官的眼色,更忽略了警惕自己潜在的对手章方正、侯独眼。后来,看到方参谋、龟副官支持章、侯以决死队的人为骨干编两个营,他傻眼了。

队伍拉出卸甲甸,在邻县白集整训时,他开始努力纠正这一错误,尽可能地讨好方参谋和龟副官。龟副官抽烟,他就送"老炮台"、"白金龙",方参谋爱喝酒,他就把家里珍藏了多年的老窖酒献出来,请方参谋喝。可这二人实在不是玩意,烟抽了,酒喝了,就是不帮忙。操练时,他提出,自卫团的原国军弟兄不少,可分派一些到一营、三营做连长、连副。二人先说:好,好。分配他们到一营、三营领着那帮豆腐兵上操,可后来,全又让他们回了二营。半个月前,突然宣布开拔,说是要打仗,这二人马上把二营推到第一线打主攻。幸亏那仗没打起来,二营才避免了一场血火之灾,保住了实力地位。

保存实力问题,是个重大的问题,根本的问题。不会保存实力,就不配带兵。他认为。这次开赴马鞍山进行阻击布防时,他很严肃地向章金奎交代过,要他一定抓稳段仁义,避免把二营放在最前沿。章金奎把段仁义说通了。可段仁义真没用,方参谋两句话一讲,一切全完了。据章金奎报告,方参谋说二营连排长基本上都是国军老人,有实战经验,只有把二营摆在前沿,阻击战才有保障。这实在混账!要打仗了,才想到他的连排长是国军老人,可要把这些国军老人派给一营、三营带兵,又他妈不行,这不明摆着耍他吗?!

他也不是省油灯,方参谋、龟副官耍他,他也可以耍他们。弟兄们挖的战壕很不像话,他是清楚的,看着方参谋发急,他一点儿也不急。这一仗打糟了,他要倒霉不错,方参谋更得倒霉!方参谋是二十三路军司令部派来的钦差大臣,负责全面战事,出了差错,头一个要挨枪毙的是他!

自然,这是消极的办法,不是好办法。如此不负责任,弟兄们和日本人接上火,必要付出代价。弟兄们付出的代价,就是他付出的代价,没有这些弟兄们,就没有他兰尽忠未来的前程。

团部的会马上要开,时间很紧迫,他不能多耽搁。往磨房门口的大树下一站,他开门见山把保存实力的问题提了出来,为加深周吉利和四个连长的存亡意识,还讲了自己经历的一段往事。

"……那年打蒋庙,兄弟真傻哟!长官要我好好打,我就好好打了,端着机枪打冲锋,结果倒好,一仗下来,伤亡两个排,长官又来了,问我还剩多少人?我说剩四十来号人,长官说,好,编一个排,我他妈不明不白由连长变成了排长,你们说冤不冤?!"

营副周吉利提醒道:

"后来在淮河边休整时,上面还是给咱归还建制了嘛!"

"是的,后来是归还建制了,可那是在汤军团,如今是在二十三路军!要指望打光以后,二十三路军的韩培戈给咱归还建制,那是做梦!"

周吉利一点即明,抓了抓头皮道:

"这倒也是!"

他点了一支烟,猛吸了一口,又说:

"军令不能违抗,实力又要保存,弟兄们拿主意吧!"

主意却不好拿,弟兄们都在月光下愣着。过了好半天,满脸麻子的一连长伍德贵才说:

"有担子得大家挑,如今把咱整个二营放在最前沿挡炮弹太不像话。咱能不能请段团长从章方正、侯独眼手下各抽一个连,以加强前沿防御为名,把他们也放上去?!"

四连长马大水认为有理:

"对,他们不上,咱就把话说清楚,这前沿兵力不足守不住,出了事咱不负责!"

周吉利眼珠一转:

"还得要团里把一营、三营的轻重机枪拨给我们。"

三连长钱勇却另辟蹊径道:

"最好还是调整一下防线,放弃下岗子前沿,全团固守上岗子一线,如果这样,担子就不全在我们二营身上了。"

……

大家七嘴八舌一议论,兰尽忠有底了,他认为,三连长钱勇的主意最好,最合他的意思。如果调整防线,全团固守上岗子,章方正和侯独眼绝对讨不了便宜。当然,退一步说,能从章、侯手下各抽一个连,换下前沿的三连、四连,也不失为一个英明主张。

然而,方参谋、黾副官会听他的吗?如果不听咋办?这仗还打不打?

日他娘,真不好办!

四

霍杰克在那晚的马鞍山上发现了生命的辉煌,凑着爆燃的篝火,他在日记本上写道:

"伟大的时刻就要到了,一场壮剧即将开始,我们手中的枪将瞄向侵略者的脑袋射击、射击!中华民族必定会在血火中获得新生。"

望着遍布山间的士兵,和四处燃着的火把,他还想做首诗,可只写出了"莫道书生空忧国,掷笔从戎救山河"两句,便写不下去了——不是缺乏诗才,肚子里没货,而是二连的欧阳贵和丁汉君打起来了,他不得不赶去处理。那晚,三营长侯顺心——他姐夫,到团部里开会去了,他以营副的身份，负责处理全营构筑阵地工事事宜。

二连的地段在上岗子村下沿，连长是原卸甲甸县城大发货栈掌柜别跃杰。他赶到斗殴现场时，别跃杰连鬼影也没有，只看见五大三粗的欧阳贵光着膀子在逞凶，面前的火堆已被他们踢散了，至少有四个人倒在地上呻吟不止——这其中有丁汉君。欧阳贵手执一根冒着青烟的树棍，站在一座土堆上疯狂地舞着，边舞边叫：

"不活了！不活了！大爷今儿个和你们这些×养的拼了！谁傻上来大爷就敲了谁！"

围观的人不少，有几个还跃跃欲试地想往土堆上爬，三排长老蔫已握起了枪。

这真荒唐！在伟大时刻即将到来的时候，自己的部下竟闹成这个样子！他当即拨开围观的士兵，走到被踢散的火堆旁厉声喝道：

"太不像话了，都给我散开！"

围观的人都不动，三排长老蔫依然攥着枪。

他更气了：

"你们是怎么回事！没听到我的命令吗？"

老蔫看了他一眼，指着土堆上的欧阳贵说：

"这个打铁的太不像话，把丁保长、赵甲长和章甲长几个人都打了。"

他问：

"为什么打？"

老蔫说：

"还不是因为挖掩体么？！丁保长没干过这种力气活，请欧阳贵帮着干，说是给钱。干完以后，丁保长也没赖账，只是一时拿不出钱，这小子就翻脸了，打了丁保长不说，还把劝架的赵甲长、章甲长揍了……"

站在土堆上的欧阳贵大叫：

"赵甲长、章甲长拉偏架！"

原保长丁汉君和几个挨了揍的甲长一听这话，口口声声叫起冤来，要他为他们作主。

霍杰克决定给他们作主。尽管丁汉君花钱请欧阳贵代挖掩体不像话,可欧阳贵如此不顾军纪,大打出手更不像话。说赵甲长、章甲长拉偏架他没看见,面前欧阳贵这副疯样他倒是看见了,丁汉君、赵甲长几个人挨了揍,他也看见了。

他头一仰,冲着土堆上的欧阳贵道:

"这是军队,不能这么胡闹!给我把棍扔了!"

欧阳贵显然不知道他已决意给丁汉君们作主,还当他是劝架,粗脖子一拧,说:

"霍营副,您歇着,今夜我单揍保长!×养的,还以为是在卸甲甸哩!"

霍杰克哭笑不得:

"这里没有保长!大家都是革命军人!你看看你这副样子,还像不像革命军人?!"

"革命军人是你们说的!我他娘是打铁的!"

"现在你在二十三路军新三团里!"

"去你的新三团吧!大爷是你们硬拉来的!这身狗皮是你们给大爷披上的!"

也是。整个新三团,大约除了他霍杰克,没有谁不是被硬拉来的。中国的悲哀也正在这里,亡国灭种的大祸已经临头了,愚昧的百姓们还只知有家,不知有国!就是硬把他们武装起来,他们还不好好尽忠报国,还经常闹事,经常逃跑。当了三个月营副,他处理了十九起打架斗殴,十二次逃跑事件。方参谋、黾副官夸他是全团最好的营副,他却觉着不是滋味。他本是一介书生,不是因为这些官兵素质太差,哪显得出他的好?!

他不由自主地摸起了枪,发狠道:

"欧阳贵,你给我下来!"

欧阳贵双手握着树棍:

"有胆量,你给大爷上来!"

"你下来!"

"你上来!"

他觉着欧阳贵真疯了,真想一枪把他撂倒在土堆上。

老蔫低声说了句:

"我带几个弟兄从后面上去把这狗日的扑倒咋样?"

他点了点头。

欧阳贵又喊:

"你只要敢上来,大爷连你一起揍,大爷认识你霍营副,大爷手中的棍不认识!大爷的棍单揍带长的!"

他忍无可忍了,勇敢地往土堆上走,边走边道:

"好,我霍杰克今天倒要领教一下你的棍!"

没想到,话刚落音,愣种欧阳贵竟从土堆上冲下来了,他未及作出反应,就被欧阳贵一棍击中,倒在土堆上。

恰在这时,老蔫带着几个弟兄从欧阳贵身后扑上来,把欧阳贵按倒在地。报复的机会到了,丁汉君和那些甲长们当即跃过来,又踢又打。在交加的拳脚下,欧阳贵狼也似的嚎着。

欧阳贵也有一些支持者,看来还不少。他们一见欧阳贵挨了打,都操起了手中的汉阳造,用枪托子砸那些打人者。欧阳贵的哥哥欧阳富——一个老实巴脚的菜农吓得直喊:

"都……都甭打了!甭打了!咱……咱听霍营副的!霍营副会主持公道的!"

他因着这提醒,忍着痛,从地上爬起来,拔出身佩的驳壳枪,对空放了好几枪,才好歹制止了局面的进一步恶化。

望着面前愚昧无知的弟兄们,霍杰克真想哭!这就是中国的国军吗?这种国军能支撑起即将到来的伟大时刻么?在强敌的炮火下,他们的生命能和他的生命一样走向辉煌么?他可以不辱军人的使命,这些人也能不辱使命么?!真难说!

"这个别跃杰怎么搞的!整训了三个月,二连还这么乱哄哄的!"

老蔫凄然一笑:

"从傍晚到现刻,别连长和范连副鬼影都没见着,弟兄们能不乱?"

他不由得一惊：

"会不会逃跑？快派人去找找！"

在白集整训时，别跃杰和他的连副范义芝就偷偷藏了便衣，准备开溜，他无意中发现了，狠狠训斥了他们一通，却并没向做营长的姐夫告发。

老蔫搭眼瞅见了刘破烂，让刘破烂去找。

这时，被捆上了的欧阳贵又发起疯来，点名道姓大骂丁汉君，说丁汉君说话不算话，要把丁汉君的嘴割下来当×操。做哥哥的欧阳富劝他，他竟连欧阳富也骂了，一口一个"日他娘"。

霍杰克觉得很好笑，欧阳富的娘，不也是他欧阳贵的娘么？他问老蔫，欧阳贵是不是精神不正常？

老蔫道：

"不是精神不正常，是他妈猫尿灌多了，亲爹都不认了！不正常的倒有一个，不是欧阳贵，是欧阳俊，欧阳贵的堂弟！这三个欧阳都在我们排里！"

说罢，老蔫又解释了一下：欧阳俊倒不可怕，是文疯子，不是武疯子，倒是爱灌猫尿的欧阳贵最可怕，动不动就抡拳头。

霍杰克大为震惊：

"咋？还真有疯子兵？别跃杰咋不向我报告一下？"

"报告有啥用？咱这支队伍就是这么凑起来的！疯子兵也算个兵么！"

霍杰克呆住了。过去，他只知道这支队伍是闯了祸后被强征硬拉出来的，可连疯子都被拉来凑数，他无论想象力如何丰富也想不到。他思量，这个叫欧阳俊的文疯子得想法叫他回家，哪怕为此得罪做营长的姐夫和方参谋也在所不惜……

这时，二连长别跃杰和连副范义芝来了，不是被刘破烂找来的，而是被下岗子村的二营副周吉利押来的。他们已换了便装。别跃杰穿着一身长袍马褂，头上还扣了顶瓜皮帽。范义芝上身穿着对襟小薄袄，下身却还穿着军裤。他一望他们的装扮和二营的押解士兵，马上明白发生了什么。

果然,没容他问,二营副周吉利便说了:

"霍营副,咱大发货栈的别掌柜、国小的范校长不义气呀!大敌当前,他们偏逃跑,躲在下岗子猪圈里被兄弟活拿了。兄弟本想把他们押交方参谋军法处置,可一揣摩,方参谋没准得毙他们,还是交给你们吧!"

周吉利四处看了看,问:

"侯营长呢?"

他淡淡地道:

"不是和你们兰营长一起在团部开会么?!"

周吉利想了想:

"那我就把这两人交给你老弟了!"

说毕,周吉利带着二营的人回下岗子村去了,他二话没说,便令弟兄们把别跃杰、范义芝和发疯打人的欧阳贵捆成一串,亲自押往上岗子村里的营部⋯⋯

伟大时刻到来前,他就这样并不伟大地忙碌着,害得那首起句不错的诗竟再也无暇做下去了。

五

一营长章方正坐在方参谋身边,不动声色地盯着桌子对面的兰尽忠看。桌上放着两盏油灯,一盏摆在团长段仁义面前,一盏摆在兰尽忠眼皮底下。兰尽忠正在论述自己的高明建议,跃动的灯火将他扁平的脸孔映得很亮。

在章方正看来,兰尽忠的建议无疑是不安好心的,这位据说是很有实战经验的兵痞,口口声声要打好,可实际上根本没想过咋着打好。前沿阵地搞得一塌糊涂兰尽忠还有理,还认为是方参谋安排错了,马上要打仗了,还忘不了最后伸一下手,还想把他和侯营长的兵力挖一点走,实在让人难以接受。他和侯营长凭什么要各献一个连给这兵痞? 讹人也不能这么个讹法,只要把这两个连献出去,这两个连就肯定回不来了,兰尽忠势必要把他们打光。

搞自卫团的时候,兰尽忠还没有这么坏——至少他没看出来有这么坏。第一次和兰尽忠见面是在二道街寡妇"赵连长"家。"赵连长"说,兰尽忠是国军连长,抗日英雄,他还很尊敬过一阵子,还想把兰尽忠栽培到决死队做副队长。不料,兰尽忠心野得很,大概是嫌那副队长小了,自己拉起了抗日自卫团。拉起了队伍,兰尽忠和他依然相安无事,第二次在天龙酒馆喝酒,还送了把六轮手枪给他。来而不往非礼也,半个月后,他也送了三杆汉阳造给兰尽忠。正是有这种良好的关系,他们才有可能合作共事,实施那场武装驱逐炮营驻军的事变。

事变是迟早要发生的。吕营长太混账,军纪败坏、滋扰地方不说,还瞧不起他的抗日决死队,有一回竟敢命令他的决死队去搬炮弹。故而,决定动手时,他是很冷静的,表面上看是给赵寡妇面子,实则是给自己面子。他早打好了主意,干掉炮营,把队伍拉上山,既打日本人,也打围剿的国军,顺便再搞些杀富济贫。他伙上自卫团打,是思虑已久的,他认为,只要兰尽忠的自卫团跟着打,打出事了,就只有跟他上山一途。

然而,吃掉炮营以后,还没容他把杀富济贫的计划端出来,兰尽忠先把吕营长放了。继而,又拖着他和侯营长去了段仁义家。在段仁义那儿挨了骂,明明白白背上了"叛乱"的恶名,还不死心,还坚持放了炮营的伤兵。那时候,他实际上应该看出,兰尽忠并不简单,头脑是很清醒的,野心是很大的。兰尽忠不愿上山不是没胆量,而是想在国军的队伍里修成正果。当时,他推断和平解决事变的希望并不大,搞到最后,兰尽忠还得乖乖跟他走。

不曾想,弥勒佛县长段仁义竟说动了二十三路军的总司令韩培戈,和平解决了冲突。他和他的决死队因打国军而成了国军,这使他既惊又怕。

惊怕是有根据的,编成国军便要打仗,打仗必得死人。二十三路军总司令韩培戈若是想消灭他们易如反掌,几仗打下来,就可以叫他们全部壮烈或不壮烈地殉国。弄清了这一点之后,他和侯营长哽都没打便把兰尽忠卖了,和二十三路军司令部派来的方参谋、龟副官大诉冤情,说参与事变是上了兰尽忠的当,是兰尽忠和他的自卫团胁迫他们干的。这使方参谋和龟副官大为恼怒,方参谋当着他们的面说:兰尽忠做过国军连长,带头这么干实属混账!

如此搬弄是非,从良心上说有点对不起朋友。可整编的时候,兰尽忠也确凿不是他和侯营长的朋友了。兰尽忠很明显地想控制整个新三团。这兵痞自恃在国军队伍上混过,二十三路军的军装一穿,便人模狗样起来,让自己一拜的兄弟章金奎做了团副不算,还打破保甲分派制,把青壮男丁都掠到了二营。兰尽忠没想到团长团副都是幌子,真正大拿的是人家方参谋、龟副官。

方参谋和龟副官决定性地支持了他们,使他们在整编时占了便宜,拉到马鞍山进行阻击布防,又让他们占了便宜。

兰尽忠今晚还想把便宜捞回来,不过是徒劳的。兰尽忠的建议中有名堂,方参谋的部署中也有名堂。但方参谋有权,名堂能实现,兰尽忠无权,名堂实现不了。当然,兰尽忠的名堂万一实现,他还有一着:抬腿走人,带着一帮弟兄拉杆子。反正他绝不准备在这里牺牲殉国。打不起来最好,打起来,队伍一溃退,他的机会就来了。

这意思他和侯营长说过,侯营长很赞成,还说,只要拉起杆子,头把交椅让他坐。

拉杆子的念头一直没断过,在白集整训时就想干一家伙,可三七七师守备队的家伙看得太严,没机会。半个月前那次打增援,又想带着弟兄们开溜的,一路看下去,"友军"部队不少,没敢贸然行事。这回不同了,这回他们新三团是独立作战,轻易打胜了,或者用二营的兵力打胜了,自无话说;打败了,只要鬼子过了马鞍山,他正可以名正言顺地打起游击旗号,自行其是。所以,打起来,打败了,也未尝不是桩好事哩。

兰尽忠却在大谈如何打胜,说是只要再给他两个连,并多少挺轻重机枪,一定能把日伪军一个旅阻击三天。

段仁义很受鼓舞,直向兰尽忠抱拳致谢,连说"拜托",仿佛这一仗是为他这个挂名团长打的。

他觉着这二人都挺可笑。

搞到最后,方参谋说话了。方参谋并不乐观,一开口就给兰尽忠来了个下马威,明确无误地教训兰尽忠说:

"兰营长,就冲着你前沿阵地的那个样子,不要说能把日伪军一个旅阻击三天,只怕一个团你也挡不住!"

兰尽忠嘿嘿一笑:

"所以兄弟才要团里再给两个连哇!"

方参谋嘴角一撇:

"再给你两个连去送死?!你那里不是要增援的问题,是要扎实组织的问题!只要组织得好,火力配备得当,必能守住!万一吃紧,伤亡太大,团部也可及时把三营预备队派上去!"

兰尽忠当即黑下了脸:

"要这么说,下岗子前沿崩溃兄弟不负责!"

方参谋猛然立起,拍着桌子喝道:

"丢了下岗子,你他妈提头来见!"

黾副官也吐着烟雾,阴阴地对兰尽忠说:

"兰营长,在汤军团,你也常这么说话么?你老弟没听说过啥叫军令么?"

兰尽忠不神气了,脸涨得通红,憋了好半天才说:

"那……那至少也得再调些机枪给我!还……还有炮火增援。"

方参谋哼了一声:

"你们端了二十三路军一个炮营,现在又想到炮兵的火力增援了!不说现在没炮兵,就是有,人家会增援我们么?!"

这话又别有意味,方参谋说的这个"我们",不是指的兰尽忠的二营,而是指的整个新三团。章方正这才因同病相怜的缘故,开口为兰尽忠说话了:

"方参谋,过……过去的事怪……怪弟兄们太混,可……可如今我们弟兄都是二十三路军的人了,还望方参谋能和上峰通融一下,保……保证炮火增援。"

大 捷 // 025

方参谋叹了口气：

"这话还用你们说？在军部的作战会议上，我和段团长就提过了，但是不行啊！炮兵部队全要参加河西会战，咱只能靠自己！"

兰尽忠忧心忡忡地问：

"咱要阻击的是多少敌人？"

方参谋道：

"不清楚，只知道聚集在河东已查明之敌计有山本旅团、井口晃旅团，和伪和平建国军杨华波两个整编师。为保证不让上述敌军窜入河西会战地区，韩总司令已令我三七七师并河东零星部队沿洗马河一线布防。如三七七师防线稳固，我们这里就无大险；反之，三七七师防线被突破，多少日伪军越过洗马河，我们就要阻击多少日伪军，所以，说不清楚。"

兰尽忠却固执地追问：

"问题是，三七七师防线靠得住么？可能会有多少日伪军突破三七七师防线？我营是否有必要在下岗子村布防！如果突破三七七师防线的日伪军不从正面渡河，那么，全团摆在山腰上岗子一线扼守山口是不是更有利？"

方参谋手一挥，断然道：

"不管日伪军是否从正面渡河，下岗子村前沿阵地都不能放弃！守住此处，既可以居高临下控制河面、河滩，又可卡住入山之路！"

段仁义团长也道：

"是的，那里地形不错！"

"可……可是……"

兰尽忠还想争辩，段仁义团长站起来，又抱起了拳：

"兰营长，你就听方参谋的吧！方参谋经的事比你我多，错不了！"

兰尽忠不作声了，闷头抽起了烟。

恰在这时，报务员白洁芬小姐一声报告进了屋，送来了刚刚收到的二十三路军总司令部电报。电报上说，河西会战已于十小时前打响，省城近郊房村、刘集一线和浍城地区正在激战，河东三七七师也和试图过河窜入会战地区的日伪军接触交火。总司令部令新三团做好最后准备,一俟三七七师防线突破,不惜一切代价阻敌于马鞍山下。命令十分严厉,声称,如有闪失,当军法从事。

段仁义团长把电报念了一遍,再次要求大家听方参谋的。说完,又请方参谋讲话,方参谋却什么也没讲,手一挥,宣布散会。

弟兄们分手的时候,他看见方参谋走到兰尽忠身边,握住了兰尽忠的手。

方参谋对兰尽忠说:

"尽忠老弟,你在汤军团打过许多仗,听说打得都不赖,这一回,你可也要打好哇!打不好,你我都得拎着脑袋去见韩总司令!"

兰尽忠哭丧着脸点了点头。

章方正不禁受了些感动,似乎一下子明白了战争是怎么回事。只要打起来,他们的目标就是一致的,命运就是相同的,他不能指望在一场恶战之后,别人都死他独生。事情很简单,兰尽忠的二营打完了,他的一营、侯营长的三营都要上,下岗子村前沿失守了,他们所在的上岗子就会变成前沿。

他真诚地希望兰尽忠能打好,更希望河东的三七七师能打好——他真混,三个月前咋想到向三七七师炮营动手的!留着他们打日本人多好!

六

方向公参谋在营长们离去后,当着团长段仁义、团副章金奎的面,毫不掩饰地表示了自己对阻击战前景的极度悲观。他指着马鞍山地形图,对黾副官说:

"黾老兄,只怕你我的小命都要丢在这座马鞍山上了!"

黾副官正在点烟,一下子被他说愣了,举着划着了的洋火,呆呆地看着他。

他又说:

"三七七师在近两万日伪军的重压下,肯定是顶不住的!三七七师垮下来,日军只要用一个旅团便可在三个小时内踢开我们的这支垃圾部队,西下浍城!"

鲍副官又划了根洋火,点着了烟:

"真是这样,也怪不了你我!韩总司令难道不知道这支部队拉起来才三个月么?咱打败了不奇怪,打胜了倒是怪事了!"

他苦苦地一笑:

"说得轻松!打败了,你我都要进军法处!韩总司令的脾气你又不是不知道!"

身为团长的段仁义惭愧了,小心翼翼道:

"如此拖……拖累二位,真过意不去!如……如果到时候要……要进军法处,我……我进好了!"

方向公看了段仁义一眼,叹了口气:

"你段县长不也是被他们拖累了?卸甲甸事变又不是你带头闹的,你还不是一样要捏着鼻子在这儿带兵打仗?!"

说起卸甲甸事变似乎提醒了段仁义,段仁义又道:

"他们打炮营时很厉害哩!哎,没准在这马鞍山也能打好!这里地形不错!"

方向公哭笑不得:

"段团长,你除了知道地形不错,还知道啥?!有好地形,也得有好兵!"

"那是!那是!"

他不再搭理段仁义,又对鲍副官道:

"鲍老兄,我看,咱们还得作一次争取,请韩总司令就近再拨一个像样的营给我们!"

鲍副官说:

"距我们最近的是三七六师一七六一团,是不是以我们俩的名义发个电报给韩总司令,指调一七六一团哪个营?"

他点点头:

"正合我意！不管有无可能,我们都得再争取一下!"

言毕,他和鼋副官商量了一下,叫团副章金奎喊来报务员白洁芬,口述了一份电文。电文称:新三团已奉命进入马鞍山阻击阵地,枕戈以待,准备战斗,但鉴于该团编建不久,素质低劣,又无实战经验,交战前景不容乐观。为防意外,盼速调邻近之三七六师得力部队前来增援。

白洁芬飞快地记下了电文,又立在他面前,将电文复读了一遍,才转身拿去发报。方向公望着白洁芬姣好而孤单的背影,不由得想到:韩总司令难道不知道新三团是支什么队伍么？他方向公就是有天大的本事,也不能凭着一部电台、一个副官和两个女报务员,打赢这场阻击战啊!

在方向公看来,整个新三团,除了他和鼋副官以及一部电台、两个报务员是正牌二十三路军的,其余全不是。在白集整训时,三七七师师部倒是派过一个排来,可整训一结束,那个排就撤走了,只把他们四人留在了这里。武器装备也不是二十三路军的。那些老套筒、汉阳造全破旧不堪,实弹演习时就走火伤过几个人,害得弟兄们一上子弹就枪口朝天,战战兢兢。

也许,韩总司令算定三七七师能在河东顶住？也许还像半个月前那次打增援一样,只是一种特殊操练？

即便真是如此,方向公还是不敢掉以轻心,毕竟河东的三七七师已经打响了,河西会战很真实地爆发了……

七

章金奎每每看到白洁芬白皙的脖子和隆起的胸脯,就觉得春意盎然。他认为,白洁芬这"白"字姓得好。她真白,脸白,手白,脖子白,脱了军衣,那身上的肉一定更白。他一直想替她脱衣裳,心里头至少已替她脱了一百次,甚至觉得她的躯体他已是十分地熟悉了。他一次次用目光抚摸她,由此而感到一阵阵快意,获得了一次次满足。

白洁芬还挺温顺,轻柔得像水,不像他妈的温琳娜,生就一副寡妇脸。那温琳娜咋着敢姓温呢？她可一点温情也没有。在白集时,有一次他很无意地摸了摸她屁股。她竟甩手给了他一个耳光,打得他眼冒金星。这哪像国军报务员?活脱一个泼妇!说到底,他还是她的长官呢!她和白洁芬一样,都是少尉衔,他章金奎是少校衔——少校团副,一个少尉打一个少校的耳光,不应该嘛!只为被摸了摸屁股蛋子,就如此这般的泼辣,像个女人么?!是女人,而且又带着屁股蛋子从军,难免是要被长官们摸一摸的。

他确确实实是这两个女人的长官。尽管她们是二十三路军司令部派来的,可他依然是他们的长官。这便有了机会,他干她们只是个时间问题——尽管温琳娜不可爱,他还是准备爱上一回,只要是年轻女人,他一概都是很热爱的。不是因为爱女人,他决不会放着汤司令的手枪排长不做,开溜回家。

给汤恩伯司令做手枪排长,那真叫威风!汤司令走到哪儿,他跟到哪儿,两把盒子枪提着,谁人见了不恭敬三分?!好好跟着汤司令干,那可真是前途无量。他偏太爱女人,先是搞了一个寡妇,后来又爱上了那寡妇十五岁的大丫头,硬把那大丫头爱伤了,几天没下床。汤司令知道后火了,说是要阉了他,后来又说不阉,枪毙。他一惊之下,逃出军法处的监号颠回了卸甲甸老家,和二道街的赵寡妇又爱上了。

只爱了没两次,他就乏味了,赵寡妇那东西根本不算个东西。他又爬头道街老刘头家的窗户,趁老刘头不在家,把老刘头的孙女给爱掉了。老刘头的孙女见他穿着国军军装,便以为他是二十三路军炮营的。后来老刘头打炮营时一马当先,用鸟枪轰得炮营弟兄鬼哭狼嚎。再后来,老刘头也他妈进了新三团,在章方正的一营做了伙夫长。

他那夜参与打炮营,不是冲着赵寡妇的东西去的,那东西不值得他这么玩命。他是冲着兰尽忠兰大哥的义气去的。义气这东西不能少,当兵吃粮,玩枪杆子,忠心义气重若泰山。对此,他深有体会。不是冲着义气二字,执法处的弟兄冒着风险放他逃,他或许真被汤司令毙了哩!

他这一打竟打出了名堂。事变之后一举由少尉排长升为少校团副。这首先是因着兰大哥的提携,段团长的厚爱;其次么,也因着他的乖巧。

写花名册的时候,他就把自己栽培成汤军团的上尉营副了。一见段团长和方参谋,他二话没说,先"啪"的一声,来个极标准的立正敬礼。方参谋问他当了几年兵,他嘴一张,又是一个牛皮:"十年!"方参谋说:"好!"段团长和龟副官也说好。结果,一个星期后他就拿到了委任状,娘的,少校军衔!

做了团副,他离开兰尽忠,天天和段团长打交道了。段团长做惯了县长,不会做团长,他就教他做,从"立正"、"稍息"教起,一直教到如何克扣士兵军饷做假账。段团长别的都学,就是不学克扣军饷,还当场训斥了他一通,搞得他怪不是滋味的。其实,他真心是为团长好,当团长而不会克扣军饷是很吃亏的,段团长毛还嫩,不懂。

当然,总的来说,他和段团长的合作还是不错的,段团长有些事不和方参谋、龟副官商量,反倒和他商量。安排这场阻击战时,他要段团长把兰尽忠的二营放在后面,段团长就应了,还在会上正式提出过。不过,新三团的兵权显然不在段团长手里,段团长的话如同放屁。

团长的话都像放屁,他这团副只怕连屁都放不响。所以,对这场鬼都搞不清的阻击战,他没什么关注的必要了。反正方参谋、龟副官爱咋打咋打,该死该活屌朝上。

这会儿,方参谋、龟副官和段团长都下到各营督导巡视去了,分派他在团部值班守电话,他就有了爱一爱白洁芬和温琳娜的机会。她们和她们的电台就在对过北厢房里,他只要不怕闯祸,枪一提,把北厢房的门一踹开,爱情就实现了。

爱情这洋词是在汤军团司令部里学来的。那些参谋副官和司令部的小姐们私下里老这么说,他一来二去就听懂了,爱原来就是干!这他会!后来,他就挺斯文地使用这洋词,使用得久了,也就渐渐不觉得洋气了。

凭心而论,那夜他没敢到北厢房电台室去踹门,而是老老实实守在电话机旁,如果不是白洁芬小姐拿着司令部的电报来报告,那档子事根本不会出。

白洁芬小姐偏偏拿着电报来找他了,他一下子被白洁芬小姐那名副其实的白击晕了,接电文稿时就捏了小姐的白手。小姐不知是因为害怕还是因为害羞,手一缩,没作声,这便无声地鼓励了他。他把电文稿连同抓电文稿的手,一齐伸进了小姐的怀里,一把抓住了那松软而诱人的地方,同时,屁股一撅,把门顶住了。

白洁芬小姐这才叫了起来。

他昏了头,一只手捂住白洁芬小姐的嘴,脑袋在小姐胸前直拱,另一只手麻利地解开了小姐的裤带。而就在这时,门被人踢开了,一个手持驳壳枪的人冲进了屋。

八

霍杰克把枪口对准章金奎脑门了,还不相信团部会发生这种事。他在门外就听到了白洁芬小姐的呼救声,还看到看守电台的温琳娜头戴耳机在北厢房门口张望,便断定团部出了事,可没想到会是这种无耻的强暴。

按说,那当儿他不该出现在团部门口的,他一直守着欧阳贵、别跃杰、范义芝三个人犯,在营部等营长侯顺心。不料,侯顺心散了会后不知猫到哪里喝酒去了,他到团部去找,结果撞上了这一出。

他断定章金奎是强暴。白洁芬那声短促的呼救,他听得很真切,撞开门后看到的情形也很真切。白洁芬的上衣已被撕开了,衬衣的扣子也被扯掉了,半个雪白的胸脯露了出来。他将驳壳枪瞄向章金奎的时候,章金奎的手还没从白洁芬的腹底抽出来。

他感到十分厌恶。伟大时刻到来前的这一夜,他碰到的事太多了,下面的兵不像兵,上面的官也不像官!大战即将开始,身为少校团副的章金奎不思量咋着打仗,却去扯女报务员的裤子,简直是欠杀!

他把枪口抬了抬,厉声道:

"放开她!"

章金奎僵直的手老老实实从白洁芬的腹部抽出来。白洁芬这才骤然清醒过来,扎起裤腰,掩上怀,呜呜哭着跑出了门。

团部里只剩下他和章金奎。

他问章金奎：

"你说咋办吧？"

章金奎一脸羞惭：

"兄弟糊涂！糊涂！"

"我只问你咋办？"

"求老弟放我一马！"

"放你逃跑！做梦！"

"那你霍老弟说咋办？"

"我奉劝你主动找方参谋讲清楚，到前沿戴罪立功！"

"为一个女人，值得这么惊惊咋咋么？！甭说没爱成，就是爱成了，也不会弄掉她一块肉！"

"你章团副是人还是畜生？"

章金奎嘴一咧：

"人和畜生都干这事！"

霍杰克火了：

"我崩了你这败类！"

其实，他只是吓唬章金奎，章金奎不管咋说还是团副，就是要崩章金奎，也得由段团长、方参谋崩，轮不上他，他认为方参谋不会轻易饶了章金奎。前一阵子，二营有个兵偷看温小姐洗澡，抓住后被毙了。今夜，章金奎强暴白小姐，其下场必定不会好。

章金奎想必是明白的，见他不依不饶，只好孤注一掷。结果，在章金奎悄悄抠开枪套扣，拔出佩枪的一瞬间，他手中的枪先搂响了，只一枪就将章金奎击毙在地上。

这是他第一次冲着活人的脑门开火，距离还这么近。抠下扳机的时候，他很麻木，几乎没听到子弹的爆响，只看到一股淡蓝色的烟从枪管里迸出来，蓝烟散尽后，死亡变得很真实，一具血水满面的尸体活生生地显现在他眼前。

大 捷 // 033

这死亡是他制造出来的,制造得极容易,食指轻轻一动,全部过程便结束了,他职业杀手的生涯也就这么开始了。遗憾的是:第一个倒在他枪下的不是汉奸,不是鬼子,而是他的上峰团副。

后来的好长时间霍杰克都弄不明白这一枪是怎么抠响的。他确凿没想过要杀章金奎,他还准备在方参谋杀章金奎时为章金奎说情。可咋着就把驳壳枪抠响了呢!会不会是太紧张了,无意中抠动了扳机?说他击毙章金奎是为白洁芬毫无根据,白洁芬仅仅是个报务员,他和她还没有任何感情纠葛,不过,白洁芬咋想的,他就不得而知了。

听到枪声,白洁芬和温琳娜都跑来了。温琳娜先来的,白洁芬后来的。温琳娜一看见章金奎的尸体,就说杀得好。白洁芬没说啥,投向他的目光却是敬佩和感激。紧接着,几个卫兵赶来了,他一下子变得很紧张,营副杀团副军法难容。可没等他开口说话,温琳娜便叫卫兵们赶快去找方参谋、龟副官。卫兵们一走,白洁芬忙催他走。

他懵懵懂懂走了,一边走一边想:他到团部是干啥来着的?想疼了脑仁也没想起来,找营长的事完全被他忘了,盘旋在脑际的翻来覆去只一桩事:他杀了人,杀了人……

九

欧阳贵迷迷糊糊在山神庙营部睡了一小觉,霍营副和侯营长才一前一后回来。这两当官的全变了样,一个醉醺醺的,东倒西歪,一个神情恍惚,像刚挨了一枪。侯营长见他睡在地上很奇怪,睁着血红的独眼结结巴巴地问他:

"你……你他妈在……在这儿干啥!"

他那当儿已醒了酒,知道见了长官应该立正,遂从地上爬起来,两脚一并,脏兮兮的手往光脑袋上猛一举,先给侯营长来了个军礼:

"报告营长,是霍营副派我来的!"

话刚落音,霍营副进了门。

侯营长脸一转,问霍营副:

"你叫欧阳……阳贵来……来干啥……啥的?"

霍营副一怔,如梦初醒:

"哦,姐夫,他……他打人!"

侯营长马上把手伸向腰间抽皮带:

"好哇,欧……欧阳贵,又……又他妈的给老子惹……惹麻烦了!老子今……今儿个得……得给你长点记性!"

说罢,皮带便甩了过来,欧阳贵一看不对头,兔子似的窜到了一边。

侯营长没打着他,气坏了,追上来又打,嘴里"日娘捣奶奶"地骂着,还连喊"立正"。他根本不睬,只管逃,侯营长醉了酒很好玩,挥着皮带像跳神,这三跳两跳,就跳到了香案前的麻绳上,并差点被长蛇似的麻绳绊倒。

麻绳救了他。

霍营副看到麻绳,拦住了侯营长,走到他面前问:

"别跃杰和范义芝呢?"

"跑了!"

"看押你们的传令兵呢?"

"那毛孩跟着一起跑了!"

霍营副恼了:

"你咋不拦住他们?!"

欧阳贵觉着可笑:

"我凭啥拦人家!腿长在人家身上,人家要跑,咱管得着么!再说啦,你霍营副让那毛孩传令兵看我,又没叫我看他!"

侯营长忙问是咋回事,霍营副把事情根出说了,于是乎,侯营长不骂他了,改骂别跃杰、范义芝和那小传令兵了。

欧阳贵跟着添油加醋,说是他一眼就看出小传令兵不是东西,这小狗日的一见面就喊别跃杰东家,霍营副一走,马上就给他们三人松了绑。

霍营副问:

"那你为啥不逃?"

他当时酒性发了,只想睡觉。

大 捷 // 035

欧阳贵没提这茬儿,挺认真地说:

"你霍营副不逃,咱能逃么?咱欧阳贵是愣种,不是他娘孬种!"

侯营长大为感动,当场封他做二连的代连长。

侯营长直着舌头说:

"欧阳贵,你……你他娘的义气,我老……老侯也义气!这连长嘛,你……你先代着!这一仗打……打得好……这代……代……代字就打没了!你狗日的就……就连……连长了!"

这实在是出乎意料的事,他迷迷糊糊在营部里睡了一觉,竟他妈睡出了连长,升官太容易了。

他对着侯营长来了个立正敬礼。又对着霍营副来了个立正敬礼,而后,真诚发誓:

"营长、营副,您二位长官瞧得起我,我要他妈不好好效力,就是驴日狗操的!这一仗打不好,您二位长官割了我的脑袋当尿壶使!"

霍营副说:

"这很好!作为一个抗日的革命军人,就要尽忠报国!只是,你欧阳贵的习性得改改,不能动不动就打人,你做连长,我……我自然不反对,就是打人的问题……"

侯营长不同意霍营副的观点:

"打……打人么,该……该打的要……要打,不该打的,就……就不打。都……都不打,还要当官的干……干?!"

欧阳贵一听侯营长这话,极想把那帮保甲长们是不是该打的问题提出来,可转念一想,又忍住了。这事还问侯营长干啥!日后,他们都归他管了,他想咋教训他们,就咋教训他们,不服帖的一律派到最前面挡枪子!

侯营长说,他要亲自到二连阵地宣布这项命令,说完就要走,霍营副偏把侯营长拦住了。

霍营副对侯营长说:

"姐夫,我……我闯了祸。"

侯营长问:

"咋……咋着了?"

霍营副说:

"我把章团副毙了!"

侯营长说:

"好小子,干……干得好!看不出你这个洋……洋学生还敢宰人!"

"这不怪我!"

"当……当然不怪你,姓章的不……不是东西,是……是兰尽忠的把……把兄弟……"

霍营副急了:

"我倒没想这个,我是看着这家伙撕报务员白小姐的裤子才……"

侯营长哈哈大笑:

"好!好!狗……狗日的小头作孽,大头偿命,好!"

霍营副挺担心:

"段团长知道后会不会……"

侯营长胸脯一拍:

"段……段仁义要算……算这账,叫他狗日的找……找老子!"

"咱是不是商议、商议?"

"好!商……议,商议!"

这么一扯,事情耽误了,侯营长再想起来到阵地上宣布命令时,团部的传令兵到了,又要侯营长立马去团部开什么紧急作战会议。他只好继续留在山神庙营部等营长,边等边和霍营副商讨带兵的问题,不知不觉中先在霍营副面前做了一回连长,做得极恭敬,极虔诚。

十

"总司令部急电。'新三团段、方、黾:在敌猛烈炮火攻击下,我河东三七七师防线左翼结合部出现缺口,敌酋山本旅团之一部攻陷洗马镇,越过洗马河大桥,迅速南下。如无我民众武装阻隔,此股敌军将于六小时后进入你团阻击地带。为确保阻击成功,韩总司令零时二十七分电令三七六师一七六一团开赴你处增援协战,并对阻击布局做如下调整:甲、你团接电后立即撤出上岗子一线,全团进入下岗子村前沿布防。乙、上岗子阵地由一七六一团接防。丙、构筑前沿机枪阵地,所需机枪由三七六师调拨。韩总司令命令:无论出现任何情况,马鞍山均不得弃守。"

读完电报,方向公参谋双手按着桌沿,呆呆地盯着灯火看了好半天,一句话没说出来。

情况很清楚了,一场大战已在所难免。几小时前,他预计三七七师顶不住,可没想到三七七师会垮得这么快。他认定三七七师是垮了,电报上讲的结合部出现缺口显系搪塞之词。三七七师一垮,越过洗马河大桥的就决不会只是山本旅团的一部!

团长段仁义和三个营的营长们都把期待的目光投到他脸上。

团部里静得吓人,气氛沉重而压抑。

方向公还在胡思乱想——

电报很蹊跷,电文这么长,却没把作战势态讲清楚。说是只有"山本旅团之一部"过河南下,可又这么大动干戈,拉出一副大战的架子,内中难道有什么名堂不成?!前来增援的一七六一团是大名鼎鼎的守城部队,民国二十七年守北固镇守了整整八天,被韩总司令称为护窝子狼。今儿个韩总司令为啥不把这群护窝子狼摆在下岗子村作一线阻击,为啥偏要他们在上岗子村协战,而把不堪一击的新三团摆在最前面呢!

一个大胆的推测涌上脑际:总座会不会想借这场阻击战耗光新三团,报卸甲甸之仇?如是,则电报上的话全不可信,阻击布局的调整也只能被视为一个充斥着阴谋的陷阱。

惊出了一身冷汗,按着桌面的手竟不由自主抖了起来。

这一仗难打了,二十三路军司令部的真实意图不清,新三团的状况又如此糟糕——简直糟得不能再糟了;身为团副的章金奎在接到这份危险电报时,不思作战,还去扒女报务员的裤子,下面的情况更是一塌糊涂。他在三个营的阵地转了一圈,看到的景况几乎令他绝望,使他连发火骂人的热情都没有了。他觉着他不是在指挥一支部队,而是在拨弄一堆垃圾。

此刻,这堆垃圾可能还面临着来自总司令部的暗算;战争的车轮一转动起来,他们被碾碎、被埋葬的命运已经无可奈何地被决定了。

但却没敢把这话讲出来,他现在要给他们鼓劲,而不是泄气,再说,总司令部的暗算,也只是他的推测。

方向公镇定了一下情绪,努力笑了笑:

"不错嘛,弟兄们!我和龟副官发的电报还是起了作用的嘛!我们要一个营,韩总司令给咱派了一个团,还从三七六师各部拨了机枪!"

毫无军事知识的段仁义有了些高兴,应和道:

"韩总司令对咱新三团真没话说!咱要是再打不好,哎,可就对不起韩总司令喽!"

倒是二营长兰尽忠聪明,把他想到的问题,一下子指了出来:

"那韩总司令为啥不把一七六一团摆到下岗子村,偏把我们新三团摆到下岗子村?论作战经验和实力,我们和一七六一团都不能比!"

段仁义通情达理:

"一七六一团是协战嘛!一七六一团不上来,这仗我们还是要打嘛!"

方向公违心地点了点头:

"段团长说得不错,没有一七六一团的增援,这一仗我们还是躲不了。现在,有了一七六一团作后背依托,我们更有希望打好。上岗子村离下岗子村间隔只有三里多路,随时增援是有绝对把握的。"

一营长章方正说:

"这么一来,下岗子阵地又得调整了!"

方向公点了点头,看了段仁义一眼:

"段团长,你看咋个调法呀?"

段仁义很认真地在作战草图上看了半天,却没看出什么名堂,可怜巴巴地望着他:

"方参谋,您看——"

方向公在屋里踱了几步,又抱着肩膀在灯火前凝思了一会儿,才从容不迫地道:

"下岗子村前沿战壕还要向两侧伸延,兰营长二营全部,侯营长三营的两个连固守前沿,控制河滩,并封锁入山之路。敌军既是从洗马镇过的河,必然会沿河边大道向我推进。前沿情况我又看了一下,正对我阵地下面几百米处那片杂木林要毁掉,可能被敌所用之洗马河近段堤埂也需炸平!"

段仁义听明白了,做出一副很威严的样子,对兰尽忠和侯顺心道:"听见了么?方参谋的安排就是我的命令!"

侯顺心、兰尽忠都没作声。

方向公不动声色地看了段仁义一眼,又说:

"章营长的一营在下岗子村里布防,控制制高点,对前沿进行有效的火力增援,并准备在前沿被突破后,和涌入之敌逐房逐院进行巷战。侯营长三营之另两个连作为机动,归团部直接指挥,随时递补伤亡人员。"

侯顺心对他的安排显然没意见,讨好地向他笑了笑。他就在这时闻到了侯顺心嘴里散发出的酒味,不禁皱起了眉头。

真他妈是垃圾部队!从上到下都是垃圾!

知道说也没用,可他还是不能不点点:

"打仗不是儿戏!我在这里要向诸位通报一个情况——"他把总司令部急电抓在手中扬了扬,"接到这份电报的时候,身为本团团副的章金奎竟强暴报务员小姐,实在荒唐无耻之至!为严肃军纪,段团长已在半小时前下令将其正法!以后谁敢玩忽职守,懈怠军令,涣散部队,一律同样正法!"

章金奎的把兄弟兰尽忠大吃一惊,用火辣辣的眼睛盯着段仁义,吼道:

"段团长,这……这是真的?"

段仁义愣了一下,被迫点了点头。

兰尽忠泪水夺眶而出,顿足叹道:

"这仗还没打,咋……咋就先丢了个团副?!"

章方正却问:

"这团副的缺谁补?"

方向公看了段仁义一眼:

"段团长已决意把……把三营副霍杰克升为团副——是不是呀,段团长?"

段仁义苦苦一笑,又点了点头。

段仁义还不错,虽然无能,可也明智,他说什么,段仁义就听什么;他干什么,段仁义就认什么!

一听说霍杰克被升迁为团副,侯顺心高兴了,冲着段仁义直乐:

"段……段团长,您可……可真有眼力,我这舅子上过大学堂,打鬼子的劲头足……足着呢?我和章营长拉……拉起决死队,缺个师爷,就把杰克请……请来了。他来的当夜,发生了事……事变,杰克没参加,可编新……新三团时,还是自愿来……来了。当时,我……我说……"

方向公又闻到了酒味,情绪变得很坏,桌子一拍:

"别说了!现在凌晨四点了,各营赶快集合队伍,到下岗子村布防,迅速落实新的作战部署,团部也要在一小时内撤往下岗子村!"

"就这样,诸位快去准备吧!"

三个营长应着走了。

三个营长走了没多久,上岗子村头的军号便呜咽起来。杂沓的脚步声在村里村外,在夜色朦胧的漫山遍野响了起来,间或还可听到一阵阵山风传来的口令声和枪械撞击声。

一切就这样不可逆转地开始了,方向公想,如果有陷阱的话,那么,二十三路军总司令部的陷阱,此刻已经通过他布下了。即便没有陷阱,这支垃圾部队也势必要被日伪军的枪炮和他们自身的散漫无能送入坟场。因此,对他和他实际指挥的这帮乌合之众来说,结局是先于开始的。

悲凉袭上心头,突然有了一种被玩弄的感觉。总座在玩弄新三团的同时,也玩弄了他和龟副官。段仁义出去小解时,他把这不祥的预感和龟副官说了。

龟副官很惶惑:

"不会吧,总座从没出卖过自己的部属!就是收编过来的队伍也没出卖过嘛!民国二十三年秋,三七七师吴师长把咱打得多惨,可收编以后,总座对吴师长带过来的三千号弟兄多好!真是没话说哩!"

方向公苦苦一笑,摇摇头:

"不说了,我得到下岗子村去,你老兄和电台都留在这儿吧,白小姐和温小姐也留在这儿,这是对总座心思的!"

鼋副官一怔:

"这……"

他意味深长地道:

"别这那的了,能替总座留点啥,就尽量留点啥吧!你我毕竟追随人家一场,我这条性命又是当年总座给捡回来的!"

当即叫来白洁芬,口述了一份电文:

"总座韩,电令已悉,新三团奉命进入下岗子村阻击前沿,电台拟留原处,由增援之一七六一团接收。嗣后,前沿战况,概由一七六一团报达。新三团全体官兵死国决心已定,惟望总座并诸上峰长官明察明鉴,以昭世人。方向公。"

不料,电报拍发半小时后,在转往下岗子村的途中,竟收到了一封以总座名义拍来的复电。复电是点名给他的:

"向公:电台随部转移,以便及时和司令部保持联系。新三团装备、素质均不如愿,战斗势必十分艰苦。然大敌当前,国难未已,我将士惟有一致同心,勿猜勿疑,方可化劣为优,危中求存。且该团有你在,本总司令亦可放心一二。请转告段团长并该团官兵,促其为国为家努力作战,完成任务,打出军威。如斯,则本总司令深谢众位,并将于战后一视同仁,论功奖赏。拨法币十万元,由一七六一团赵团长交你,作阵前奖赏之用。战况务必每日电告,以便决断。韩培戈。"

看罢电文,方向公茫然了:难道他的推测不对,难道是他以小人之心度君子之腹?!

是的,也许他错了。总座确没有出卖部属的历史。当年,总座能在死人堆里把他这个刚刚军校毕业的小连副扒出来,今天又怎么会把自己麾下的一个团故意葬送掉呢?!况且,总座面临的又是这么一场和异族侵略者的大战。

悲凉变成了悲壮,站在山道旁,望着已渐渐白亮起来的天光,他不知咋的,突然有了些信心,手向山下一指,缓慢有力地对段仁义团长说:

"也许我们新三团将在这里一战成名!"

段仁义笑了笑:

"但愿如此!如此,则你我便无愧于总座,无愧于国家民族了!"

他点点头,把令他欣慰的电文稿往怀里一揣,不无深意地拍了拍段仁义的肩头,缓步向山下走。

清新的山风紧一阵慢一阵地刮,他和段仁义在山风的迎面吹拂中,一点点把上岗子村抛在身后,走进了新绿掩映的下岗子村,又看见了玉带般的洗马河。

洗马河静静地流,河面、河滩罩着薄薄的雾纱,感觉不到任何战争的气息。在血战爆发前的最后一个黎明,这块山水依然像以往任何一个黎明一样平静安谧。

中 篇

十一

平静安谧在短短几小时后,便被猛烈炮火轰碎了。中午十一时十五分,日伪军先头部队抵达马鞍山前沿,轻率闯入了新三团火力控制下的洗马河滩和入山路口。前沿弟兄奉命开火,只十几分钟就迫使这股入侵之敌抛下几十具尸体,龟缩到三四里外的树林里。二时许,敌后续部队相继赶到,几十门重炮炮口从树林伸出,迂回到洗马河堤后的鬼子兵也支起了小钢炮。二时三十分,重炮和小钢炮同时开火,下岗子村前沿阵地迅速弥漫在一片浓烈的硝烟中。

尽管有相当的思想准备,尽管在方参谋一次次严厉命令的提醒下,都明白要打一场恶仗,可弟兄们毕竟没有实战经验,袭击的炮声一响,前沿阵地马上乱了套。恐怖的气氛伴着声声震耳欲聋的爆炸声,伴着四处迸飞的弹片,像瘟疫似的在前沿五百米战壕迅速扩散。弟兄们在那一瞬间都惊昏了头。

三营二连代连长欧阳贵那当儿当连长不到七小时,他的左翼是二营兰尽忠的队伍,右翼是本营一连章麻子的队伍。开初,打那股贸然侵入之敌时,他还没意识到战争的惨烈,那边兰营长一声打,他也对着弟兄们喊了声打,于是,便打了,不过一袋烟的工夫,敌人便退了。他属下的二连无一人伤亡,倒是暴露在平川地上的日伪军抛下了不少尸体。欧阳贵很得意,以为这便是战争的全部。伙夫长老刘头带着几个毛孩子兵送午饭来的时候,欧阳贵嚼着馍,不无自豪地对二营长兰尽忠说:

"小鬼子不经打,照这样打法,前沿守十天没问题。"

兰尽忠是国军队伍上的老人,瞧不起他,眼皮一翻,说:

"欧阳铁匠,别牛气!好戏还没开始呢!这鬼地方能守三天算咱福气!"

还真叫兰尽忠说着了,鬼子有炮,步兵攻不下来,就用炮轰。日他娘,鬼子那炮真叫厉害,大老远的地方竟能轰着,炮弹跑过来时还呼呼叫,声音既怪又可怕,和欧阳贵听到过的任何声音都不一样。天爷,炮弹炸起来更不得了,像他妈凭空落下来一轮轮太阳。迸飞的火光,炸雷般的巨响,让人魂飞胆颤。第一颗炮弹在他身边不远处炸响后,他就马上收回了固守十天的设想,悲观地认为,也许今天一下午都守不住,自己没准也得被狂飞的炮弹葬送在战壕里。

这场炮击使前铁匠欧阳贵终身难忘。一颗颗炮弹落下时,他无可奈何地蜷曲在一米多深的战壕里。战壕阴湿,背靠的壕壁还渗水,把他身上的军褂弄得湿漉漉的,使他从心里感到冷。因为冷的缘故,浑身发抖,想止都止不住。紧挨着他左边的是前保长丁汉君。丁汉君也在抖,抖得放肆,光脑袋夹在曲起的两腿之间,双手抱着膝,像个晃晃悠悠的球,屁股下不断有水流出来,把落在地下的军帽都浸湿了。右边不到一米处,是三排长老蔫。老蔫干脆趴在地上,瘦屁股撅得像冲天炮,两手却死死搂着脑袋。老蔫那边还有几个二连的弟兄,再过去就是兰尽忠二营的人了。战壕在老蔫右边几米处拐了弯,二营的人他看不到。就是不拐弯,他也看不到,战壕周围炮弹接二连三地爆炸,飞起的硝烟尘土遮天蔽日,仿佛突然阴了天。

一会儿,传来了兰尽忠营长的声音,声音似乎很远,兰尽忠要弟兄们注意隐蔽。因着兰尽忠的提醒,欧阳贵把脊背和壕壁贴得更紧,向两边看看,见丁汉君、老蔫隐蔽得都很好,便认为自己这连长做得还称职。偏巧,这当儿,一颗炮弹在战壕前炸响,他身子一震,不由自主地栽到战壕另一侧,崩飞的土落了一身。

在昏头昏脑中看到了自己的叔伯兄弟欧阳俊。这个不知死活的文疯子根本不知道隐蔽为何物,旁若无人地在战壕里逛荡,像个巡视战斗的将军,还对着爆炸的火光拍掌大笑。疯堂弟身边,是他亲哥哥欧阳富。哥哥知道隐蔽,也试图让疯堂弟隐蔽,满战壕爬着追疯堂弟。他眼见哥哥抱住了疯堂弟的腿,又眼见着疯堂弟推开哥哥跑了。

他忙越过丁汉君团在一起的身子,向欧阳俊身边挪,想配合哥哥欧阳富捉住欧阳俊,使他隐蔽起来。

不料,挪了没多远——最多几米,又一颗炮弹落下来,轰然炸开,巨大的气浪把他仰面掀倒,身边的战壕也呼啦啦塌了一片。瞬时间,天昏地旋,恍若地狱,泥土如雨点似的迎面扑来,他还没明白过来是怎么回事,半截身子已埋进了泥土里。

爆炸过后,欧阳俊不见了,一条挂着半截湿袖子的胳膊落在他胸前。他以为自己受伤了,胳膊被炸掉了,惊叫一声,慌忙爬起来。双手撑着地了,才发现自己的两只胳膊还在,这才把那半截血淋淋的胳膊和欧阳俊联系起来,才明白欧阳俊已于炮弹爆炸的辉煌中殉国了。

殉国的不仅是疯堂弟,哥哥和他们二连的两个弟兄也一并捐了躯。战壕至少被炸开了五米长一段,哥哥欧阳富被一块弹片撕开了肚皮,肚肠和半片肋骨不见了踪影,血水渗透了破碎的军装,脑袋上尽是血。另两个弟兄,一个和欧阳俊一样碎尸山野,另一个半截身体埋在泥土里,露出大半的脑袋上生生嵌着手掌大的弹片。

近在身边的血淋淋的死亡,加剧了阵地上的恐慌,先是一连章麻子那段垮了。身为连长的章麻子带头放弃前沿,向下岗子村里逃。他们二连的弟兄没经他同意,也跟着逃了。倒是三排长老蔫还够意思,爬过来,拍着他的脚面问:

"连……连长,一连撤了,咱……咱也撤吧?"

他正木然地盯着哥哥的遗体看,想弄明白这究竟是怎么回事,怎么刚才还好好的人,转眼间就变成了一堆烂肉?老蔫的话他没听见。

老蔫干脆搂住了他的双腿乱摇:

"连……连长,快……快撤吧!"

他被摇醒了,目光从哥哥遗体上收回,鬼使神差地说了句:

"撤！都……撤！"

他们一撤，二营的弟兄也纷纷爬出战壕，兔子似的往后窜，有几个军官想挡挡不住，乱叫一通后，也随着爬出战壕跑了。这么一来，前沿阵地在敌人实际进攻开始前，便已大部崩溃。

崩溃的弟兄黑压压一片，潮水般向村头漫，许多弟兄手里连枪都没有——枪被他们在慌乱中扔在战壕里了。他倒是带了枪的，一把盒子枪"啪哒"、"啪哒"拍打着屁股蛋，另一支汉阳造也很真实地攥在手里。不过，他属下的那连弟兄找不到了，漫山遍野到处都是人，他根本闹不清哪些人应归他指挥。

轰炸还没结束。死亡还寸步不舍地追随着他们。一颗炮弹落下，弟兄们便血肉横飞倒下一片，快到下岗子村头时又发现，村里也不安全，也在日军炮火的射程内，许多房屋着了火，滚滚浓烟随风漫卷，宛如黄龙。

鬼子的大炮简直是剁肉机，这下岗子村距前沿五六百米，竟也挨剁了，还不知要剁死多少人呢?! 倘或方参谋、段团长都被剁掉了，只怕这场阻击战便玩完了。

刚有了玩完的念头，一声尖厉的呼啸不知是从身后，还是从身前，抑或是从头顶，悠悠响起，谁大喊了一声"卧倒"——声音很熟，恍惚是二营长兰尽忠，他被人推了一下，半自觉半被迫地跌到了地上。没容他在地上趴稳，炮弹落地了，他眼见着一团炽白爆裂的火球在他前方不远处平地骤然升起，把几棵碗口粗的刺槐树炸成几截抛向空中。他惊恐地闭上眼，等待着死神的降临。然而，火球化作浓烟之后，他只落了一身灰土和刺槐枝叶，身体竟完好无损。

老天爷还在保佑他。

他不能辜负老天爷的好心肠，未待硝烟散尽，爬起来又跑，跑了没几步，便接近了村头的磨房。

磨房前站着不少人，几个当官的疯了似的大喊大叫，手里的枪还不时地向空中放着。他被炸晕了，当官的面孔竟认不准，他们叫的什么，也没听见，只顾往前钻。

有个弟兄拉住了他,回身看看,认出那弟兄是三排长老鹫。

老鹫说:

"别跑了,那……那屋顶上有机枪。"

果然,磨房后一座大屋的屋顶上支着机枪。枪口正对着他和他周围崩溃的人群。他这才冷静下来,知趣地停止了撤退。

方参谋睁着血红的眼睛,站在磨房门口的大石头上嚎,脚下率先撤退的一连长章麻子已被击毙,死狗般地躺在地上。

因着死去的章麻子,他惶恐起来,猛然记起了连长的职责,身体一转,极英勇地喝道:

"回去!三营二连的弟兄们,都……都他妈给我回去!"

喝毕,自己的身子却并没移动,心里还幻想着方参谋、段团长下令撤退。事情明摆着,鬼子有炮,他们没有,这鬼地方守不住。

就在这时看到了段团长。

段团长在方参谋身后的一盘新磨上站着,方参谋喊一句,他跟着重复喊一句,也要他们返回前沿。并明确宣布:一连长章麻子已被军法处处决,凡擅自溃退者,一律枪毙!

幻想破灭了,他和身边的弟兄们在军法的胁迫下,不得不老老实实重返前沿。二营长兰尽忠在他们身后挥枪逼着,骂骂咧咧,要他们跑步。

这当儿,炮火已稀落下来。待他们跑过许多同伴们的尸体,大部进入前沿后,炮火完全停息了。远远的河堤后面。小树林中,头戴钢盔的鬼子、汉奸一片片冲了出来,激烈的枪声,取代了轰隆的炮声,进攻开始了。

他反倒不怕了。鬼子的大炮不响了,这就好,比什么都好。他认定大炮是最可怕的,他既然躲过了最可怕的炮轰,其余的一切便不在话下了。一进入战壕,他便勇敢地在二连防守的近百米区段走了一遭,命令弟兄们好好打。

弟兄们打得却不好,机枪不歇气地叫着,老套筒、汉阳造"嘣嘣叭叭"地响着,热闹倒是挺热闹,可进攻的汉奸鬼子竟没啥伤亡,竟还东一片、西一片地向阵前推。后来,兰营长、侯营长四处喊:"停一停,等鬼子靠近了再打!"谁也不听,弟兄们依然像比赛放炮仗似的一枪枪搂着。

他认为应该把汉奸、鬼子阻挡在尽可能远的地方,所以,兰营长、侯营长的话他也没在意,仍很认真地打。他先抱着机枪阵地上的一挺无人过问的轻机枪扫了一阵子,继而发现被炮弹炸塌的那段战壕没人防守,遂把机枪端了过去,在哥哥欧阳富血肉模糊的尸体旁趴下来了。

刚趴下就觉着恶心,浓烈的血腥味一阵阵向鼻孔里钻,枪腿下的泥土湿漉漉的,闹不清是血还是水。恐怖袭上心头,刚刚演过的一幕又重现在眼前,竟觉着被那颗炮弹炸死的不是哥哥他们,而是自己。

他命令两个弟兄把哥哥的尸体移到战壕那边,又把卖力放枪的前保长丁汉君拽了过来,要他搂机枪。丁汉君说不会搂,他一脚将丁汉君踹倒,厉声道:

"不会搂学着搂!"

丁汉君只好学着搂,学得不好,手一抖,枪响了,一排子弹毫无目标地飞向空中。

他很火:

"好哇!丁保长,你他妈放空枪!大爷正你狗日的法!"

说着就拔盒子枪,吓得丁汉君直喊饶命。

三排的老汉兵刘破烂凑了过来:

"连长,我来!"

刘破烂倒是个人物,机枪搂得挺像回事,可头一阵子弹偏扫到了前面十余米处的麦地里,枪口一抬,又把不远处一棵槐树树叶扫下一串。刘破烂不屈不挠,再次调整枪口,这才顺利地把子弹射向了河滩。

他拍了拍刘破烂的脊背,说:

"好好打!"

刘破烂却回头问:

"欧爷,弹壳是不是都归我?"

"当然归你!你狗日的只要打得好,打死的汉奸、鬼子的东西也他妈归你!"

刘破烂愈加英勇,在"哒哒"爆响着的枪声中大喊:

"欧爷,你走人吧!这地方交给老子我了!"

他放心地走了,临走还拖着丁汉君。他一心要栽培这位前保长,打定主意要弄挺机枪给保长玩玩。开战前两小时,增援的一七六一团把四十二挺机枪送来了,他们连分到三挺,加原有的四挺,共七挺,有七挺机枪而不给丁保长弄一挺玩玩,实在是说不过去。人家在卸甲甸就做保长,整日价放不下保长的架子,他这代连长自然得把他当个人物使,让他抱老套筒哪显得出身份?!

他把这想法和三排长老蔫说了——丁保长是三排的,归老蔫管。老蔫原来贴丁保长,待他欧阳贵一做了代连长,老蔫便贴他了。老蔫认为他的主意不错,就让丁保长守在机枪边上打,做预备机枪手,一俟现任机枪手殉国,立即填上去接管机枪。

安排妥当,进攻的汉奸鬼子已逼近了,子弹蝗虫也似的飞,把战壕前的地面打得直冒白烟。他和他身边的弟兄们透过那阵阵腾起的白烟,紧张还击。几小时前打敌人先头部队的景象重现了,冲在头里的鬼子、汉奸们倒下不少,阵前百十米内简直成了敌人的死亡圈。

敌人在死亡圈内外拼命挣扎,三个一堆,五个一伙,固执地往前爬,爬在头里的鬼子兵还用机枪不停地向阵地上扫。二营的弟兄率先用上了手榴弹。接着,他们三营的弟兄也用上了手榴弹。随着手榴弹轰轰烈烈地爆炸,爬到阵前的鬼子兵纷纷丧命。

约摸半小时后,鬼子、汉奸被迫停止了进攻,退回到树林和远远的河堤后面。

直到这时,他才松了口气,暗自揣摩,这阵地守到今夜也许是有把握的。也是在这时,深刻的悲痛才潮水般袭上心头。他望着哥哥欧阳富的尸体,和身边一些阵亡的弟兄,哭了,泪水在被烟火熏黑了的脸上直流。前铁匠欧阳贵的战斗生涯就此开始。

十二

进攻的鬼子、汉奸一退,刘破烂马上跃身跳出战壕,端起机枪高喝:

"弟兄们,冲啊!"

喝毕,也不管弟兄们冲没冲,自个儿冲下去了,边冲边抱着机枪漫天海地乱扫,直到把最后一粒子弹打光。打光子弹以后,认定机枪没用了,顺手往麦地里一甩,径自发财去了。

刘破烂历来对发财有兴趣。往日在卸甲甸县城收破烂时,只要能发财,他什么都敢收。有一回还收了落难国军弟兄的三杆钢枪一支盒子炮。三杆钢枪当晚就卖给侯营长了,那当儿,侯营长还是侯队副。盒子炮先没卖,想自己玩两天,不曾想竟玩走了火,差点没揍着自己的脚后跟。第二天再去找侯营长,侯营长不实诚了,硬压他的价,他便把盒子炮卖给了兰尽忠。

卸甲甸事变那夜,他也去了,不为别的,只为发财,想趁乱收点什么。结果倒好,财没发成,倒糊里糊涂变成了国军。

成了国军,发财的念头也没断过,极希望长官能不断地下下"大索三日"之类的命令,使他能在战火硝烟中合理合法地发财。搂着机枪射击时,他想得最多的是:倒在阵前的鬼子、汉奸发不发财?他们发财,他也就必然要随之发财。连长欧阳贵讲得很清楚,那些死鬼的东西全归他。

甩了机枪,一口气冲了很远,回头看看,见只有两个大胆的弟兄跟上来,他放了心。看来,他这财是发定了。

最先看到的是个鬼子,瘦瘦小小的,军装不错,虽有些泥水,却有八成新。他扑过去便扒,扒了半截才发现,军装被击穿了几个窟窿,还沾着热乎乎的血,遂自愿舍弃了。舍弃时,细心搜了所有口袋,搜出半盒老炮台烟,几张日本军票和一个小铜佛。

瘦鬼子旁边是个矮胖鬼子,矮胖鬼子仰面朝大地躺着,胸前一片沾腥的浓血,身边横着杆上了刺刀的三八大盖。他根本没注意三八大盖,只注意胖鬼子。胖鬼子没死,厚嘴唇竟在动,他这才操起三八大盖,在矮胖鬼子肚皮上捅了两刀,使原本破烂的军装变得更加破烂了。

军装是不准备要了,他又去搜口袋,搜出一张东洋女人的照片,看看不俊,摔了;搜出一封沾血的信,看看里面没藏军票,又摔了。

在矮胖鬼子身上一无所得,他很愤怒,正欲转向新的目标,无意中看到了矮胖鬼子手上黄澄澄的东西:他妈的,金镏子!他扑下便取。取了半天,却取不下来。灵机一动,他拔下三八大盖上的刺刀,一刀将戴金镏子的手指剁下来,连手指带金镏子一起揣进了兜里。

跟他一起下来的两个弟兄也在发财,一个专门捡枪、捡子弹;一个尽扒鬼子兵的衣服、皮靴。他认为那捡枪的弟兄很傻,如今是在国军队伍里,不是在卸甲甸,枪卖不了钱,要枪干啥?

转念一想,又觉得不对。鬼子的枪不是长官发的,长官发的枪不好卖钱,从鬼子手里弄来的枪或许是可以卖钱的。不能明卖也能暗卖,谁管得了?

于是,连枪也要了,见一杆拾一杆,一共捡了五杆,用鬼子兵的腰带穿着,在地上拖。皮靴也捡新的扒了两双,当场穿了一双,另一双用鞋带系着挂在脖子上。军装原不准备再扒了,可看到一个汉奸官那身衣裳实在好,又揣摩衣裳里或许缝着储备券什么的,便把衣裳扒了,用汉奸官的皮带扎在身上,汉奸官的盒子炮也背上了。

也没忘记注意尸体上那一双双手,可遗憾的是,再没碰到那招人怜爱的黄东西。原本还想冒险向前走的,瞧瞧两个兄弟都满载而归了,树林里的鬼子又放起了枪,方恋恋不舍地拖着五杆枪,跌跌爬爬地向前沿阵地转进。

转进途中,想起了发起冲锋时遗弃的机枪,注意地寻,寻了半天没寻到。正惶恐不安时,看到爬在前面的一个弟兄正拖着他的机枪,遂放了心,一步一喘地进了自家的前沿战壕。

前沿战壕正在发赏,方参谋、段团长和霍团副都来了。方参谋攥着一叠新刮刮的票子,段团长和霍团副亲自发。

他一跳进战壕,方参谋就瞅见了,当胸给他一拳:

"好样的!"

段团长也说:

"你胆子不小!"

他谦卑地道：

"全靠方……方参谋、段……段县长栽培！"

段团长对身边的人说：

"快帮帮忙，帮他把枪拖进来！"

几个弟兄帮他拖枪。

连长欧阳贵过来了，对方参谋说：

"还有两个弟兄，也捡了不少家什回来，是不是赏点！"

方参谋说：

"赏！一人赏一百！"

段团长说：

"我看得重赏，赏两百吧！"

方参谋爽快地改口：

"就赏两百！只要好好打，以后还赏！韩总司令给咱拨了赏金十万，有本事的都来拿！"

方参谋话没落音，段团长就将票子递到他手上，他心里顿时热乎乎的，把票子往兜里一塞，"啪"的一个立正，对着段团长就敬礼。不料，皮靴还挂在脖子上，手一抬，礼没敬成，倒把皮靴碰到了地上。

欧阳贵连长拾起皮靴看了看，说："这玩意他妈不错，借大爷穿两天吧！"

他说：

"行，送你了！"

说毕，马上又后悔了。日他娘，这叫什么事！他冒着风险弄来的皮靴，这臭铁匠竟好意思借！他自个儿也贱，把借义变成了送！这皮靴没准能卖一块钢洋，找到好主顾，像那有钱的丁爷丁保长，唬他两块钢洋怕也没问题！这生意没开张先自亏了。

真是亏了。皮靴不说，送就送了，好不容易拖上来的五杆枪，也被方参谋收去了，说是日后要作为战利品送给韩总司令看。那身军装自然也是战利品，韩总司令自然也要看，也被收了。冲锋一回，只落了脚上穿的一双皮靴,真有点冤。

手往兜里一揣,摸到了二百元法币的赏金,摸到了那截戴着金镏子的手指和几张湿漉漉的军票,心才踏实了一些,自觉着冤归冤,也还值。

正胡乱想着,进攻又开始了,一颗颗炮弹又呼啸着落到了阵前,弟兄们全缩进战壕里,抱头避炮。

他趁着炮火隆隆,没人注意的当口,从兜里掏出那截血糊糊的手指,一点点将金镏子褪了下来。从褪下金镏子那一刻起,他自愿放弃了赚头不大的弹壳收集事业,专心致志准备进行大有赚头的战时合法掠夺了……

十三

第二次进攻在太阳落山后又被弟兄们打退了——险险乎乎打退了。团副霍杰克和段仁义、方参谋一起好歹吃了顿安生饭。饭后,方参谋明确地对霍杰克和段仁义说:

"看来,从现在到明日拂晓前,敌人无发动第三次进攻的可能了!"

段仁义如释重负:

"这么说,咱这一天算……算打下来了!"

方参谋黑着脸点点头:

"是打下来了,可伤亡太大了!一个团几乎报销三分之一,一七六一团又不增援,我可真不知道明天该咋打!"

段仁义说:

"明天一七六一团可能会增援吧。……"

刚说到这里,电话铃响了,霍杰克就近抓起电话问了声"哪位",马上捂着话筒对段仁义说:

"团长,一七六一团赵团长电话!"

段仁义指指方参谋又指指自己:

"是找我还是找方参谋?"

霍杰克明确地道:

"找你,不是找方参谋。"

段仁义这才忙不迭地去接电话。

段仁义接电话时,霍杰克注意到,方参谋神色不安,眉头紧皱着,没有丝毫轻松感。

这一仗真够呛,莫说方参谋,就是他这个并不实际指挥作战的团副也无法轻松。伟大时刻竟是残酷的时刻,仅仅一天——实际上只是一个下午,一千八百余人的一个团就有五百余人阵亡。最惨的是第一次攻击前的炮击,倒在前沿战壕至下岗子村头五百米地带的士兵不下百十人。

段仁义放下电话后,脸色挺好,不无欣慰地对方参谋说:

"方老弟,赵团长夸我们打得好哩,说是只要再坚持一天就有办法!"

方参谋冷冷一笑:

"这一天咋坚持?他一七六一团咋不下来坚持一下!"

"赵团长说,我……我们面前只有伪军一个团和少量日军,坚持一天是有把握的。"

方参谋脚一顿,大发其火:

"放屁!他姓赵的蒙你这外行团长行,蒙老子不行!据我估计,攻我之敌总兵力不下五千人!至少也有四千!从武器配备情况看,日本山本旅团的重炮部队过来了,伪和平建国军杨华波师也过来了。"

霍杰克不知道方参谋是怎么判断出来的,但他相信方参谋的判断。这个来自二十三路军司令部的少校参谋,成熟老练,从把新三团拉上马鞍山,就一次次表现了自己在军事上的远见卓识。不是有了他,只怕前沿战壕都挖不好,今天的伤亡势必更加惨重。

方参谋又说:

"当然,因为作战地形限制,敌人的优势兵力无法发挥,但他们组织扎实的轮番进攻,我们注定是挡不住的!今天打成这样子已是奇迹了!"

这话不错,一群穿上军装只三个月的中国民众,能挡住强敌的两次进攻,实是难能可贵。说是奇迹也不过分。如中国民众都武装起来,都这样真格地打,则中国注定不会亡!

情绪激动起来,霍杰克突然想到要为新三团写首团歌,把马鞍山和卸甲甸都写进去,让弟兄们唱着团歌英勇战斗,在民族解放的历史上写下辉煌的一页。

方参谋想得没这么深远。他注重的是最实际的问题:明天怎么打?元气大伤的新三团是否能把明天一天熬下来?有无可能让韩培戈或三七六师师部把上岗子村的一七六一团派到下岗子接防?或抽出部分兵力增援?马鞍山的阻击要坚持多久?两天还是三天?抑或更长时间?

方参谋把正在村里救护所组织救护伤员的黾副官喊来,商量了一下,决定给韩培戈总司令发份电报,命霍杰克记录。

霍杰克这才把写军歌的念头强行排出脑外,认真记下了方参谋口述的电文。电文称:经一日血战,新三团重创犯我之日伪部队,阵前毙敌数百,我伤亡也颇为惨重,战斗减员几近全团兵员半数,须调下休整,或补充兵力,否则,下岗子一线实难继续坚持。电文明确请求将上岗子一七六一团调入下岗子前沿,或放弃下岗子,合并一七六一团固守上岗子。

电文记下后,霍杰克对方参谋、段团长、黾副官复诵了一遍,拿到电台室拍发去了。温小姐拍发电文时,霍杰克还没意识到这场阻击战会有什么问题,还极热烈地想着要为战斗中的新三团写团歌。

开头一段在"滴滴"作响的发报声中想好了。他叫白洁芬小姐找来电文纸,把它记了下来:

> 马鞍山前飘扬着我们的战旗,
> 炮火硝烟弥漫了我们的阵地,
> 为了民族的解放,
> 弟兄们英勇抗敌。
> 不怕流血,
> 何惧捐躯,
> 新三团无愧于历史的记忆!

记的时候,白小姐就勾着头在他身后看,垂下的长发撩着他的脖子,他感到痒。

他写完,白小姐也看完了。

白小姐批评说:

"是'为了民族的解放'弟兄们才英勇抗敌的么?您太抬举您那帮弟兄了!说真的,这破队伍除了您霍副官和少数几个人,好东西可不多!"

他知道白小姐还没忘记昨日上岗子村团部里的一幕,未加思索便脱口道:

"不能这么说!弟兄们散漫是散漫了些,可打起来还行,像章团副那种败类千不挑一!"

白小姐的脸红了一下,瞥了他一眼,又批评道:

"还有这里,'新三团无愧于历史的记忆',历史有什么记忆?历史不就是一个消逝了的过程么?"

他很吃惊,没想到这位年轻的少尉报务员懂的比他还多。

他盯着她漂亮的眼睛问:

"白小姐上过大学么?"

白小姐笑道:

"没有!中学毕业后,上了两期战训班,先学战地宣传,后学电台通讯,去年年底分到二十三路军来的。"

"你说这一句该咋改?"

白小姐想了一下:

"这样行不行:'新三团丁国难中巍然崛立'。"

刚说完,白小姐又连连摆手:

"也不好!你自己再想想吧!还有下段呢,合在一起想!"

他也不认为白小姐改得比他高明,遂舍下那句不管,苦苦思索了半天,想出了第二段歌词:

中华大地印下了我们的足迹,

枪林弹雨弥坚了我们的士气，

为了华夏的新生，

弟兄们射击射击。

不怕艰险，

何惧强敌，

新三团于国难中巍然崛立。

白小姐那句还是用上了，这很好，既对得起小姐，也对得起自己。

正想把这段歌词也记下来，一个小头小脸的兵来找他了，说是方参谋要他通知各营连以上军官开会商量一下情况。他只好收起纸笔，和白小姐告了别。

刚把军官们找齐，二十三路军总司令部的电令来了。

电令令他吃惊，方参谋合情合理的请求，被总司令部否决了。身为中将总司令的韩培戈既不同意新三团弃守下岗子前沿，又不同意山上的一七六一团下来增援，只一味要他们坚守。电令称，他们阻击的敌人仅为日军山本旅团一个大队，伪军杨华波部一个团，欲入会战地区的敌主力部队去向不明，并未汇集于马鞍山一线，为防不测，一七六一团绝不可擅自投入。

方参谋看完电令，一句话没说，当着众多营连长的面默默把电令撕了。

龟副官说：

"总座显然不知下情，才做出如此荒唐的决定！"

方参谋木然地道：

"不！这里面有名堂！"

有什么名堂，方参谋没说，但龟副官似乎意会了，忧郁地看着方参谋问：

"真是这样，咱咋办？"

方参谋冷冷道：

"如若总座不仁,也就怪不得我们不义了。"

段仁义团长疑惑地问:

"总座怎么不仁?"

二营长兰尽忠也道:

"总座该不是叫咱全在这儿殉国吧?"

方参谋心烦意乱地挥了挥手:

"别问了!只要大家不怕掉脑袋,到时候听我的!"

众营连长们马上表示:

"方参谋,我们听你的!"

"杀头杀大家的!"

都以为要撤。

一营营长章方正干脆把话挑明了:

"方参谋、段团长,你们下令撤吧!没有增援,这仗打不下去!撤了后,咱他妈不扯二十三路军旗号了,您二位长官带着咱打游击!"

方参谋出人意料地道:

"谁说要撤了?!是段团长说了,还是兄弟我说了?!现在还没到撤的时候!谁撤老子毙谁!今夜要抓紧时机赶修炸毁的前沿工事,准备迎击拂晓后敌军新的进攻!"

方参谋这回根本没征求段仁义团长的意见,就发布了新的命令:把三营两个预备连投入侯营长一连、二连防区,把章营长一营两个连投入了二营兰营长防区,村里只留下章营长的一个连。

布置完毕,方参谋说:

"从明天拂晓起,我和段团长、邑副官全下到前沿各营去,村里团部只留霍团副坐镇,未经我和段团长的命令,擅自溃退者,霍团副有权不经禀报先行正法!好了,散会!"

散会后,方参谋跌坐在椅子上,直愣愣地望着他说:

"霍团副,你怕么?"

他摇摇头,冷静地说:

"我是自愿参加新三团的!"

方参谋笑了笑:

"这我知道!"

他又想起了那首未写完的团歌。

"我还为咱新三团写了首团歌!"

"哦!还有这心思?念我听听!"

他掏出电文纸念道:

"马鞍山前飘扬着我们的战旗,
　炮火硝烟弥漫了我们的阵地……"

方参谋不知咋的眼圈红了,在他把歌词的第一段念完后,没来由地问他:

"还记得我刚才的命令吗?"

"记得!无你和段团长的命令,谁敢擅自溃退,不经禀报,即可正法!"

方参谋点点头,又摇起了头:

"不要真执行,不……不要向任何弟兄开枪,能放一条生路,就……就给弟兄们放一条生路吧!"

他惊问:

"为啥?"

方参谋凄然一笑:

"我们被出卖了!"

出卖?怎么回事?在弟兄们为国家、为民族浴血抗战时,竟还有出卖?!谁出卖了我们!难道是二十三路军司令部?难道是身为中将总司令的韩培戈?

果然是二十三路军总司令部和那位总司令韩培戈。方参谋冷静客观而又入情入理地把战前战后的全部疑虑都端了出来,把他和段仁义团长惊呆了。

"兄弟,你上当了!此一战后新三团将不再存在!你那首团歌不会有任何人唱,不会有任何人听……"

声音渐渐恍惚了,写着团歌第一段歌词的电文纸,从他颤抖的手上滑下来,落在地上两摊浓痰和几个被踩扁的烟头上……

十四

天刚麻麻亮,进攻就以前所未有的规模开始了。日伪军的重炮、钢炮对着前沿阵地和下岗子村持续猛轰。前沿战壕多处垮塌,下岗子村几乎被夷为平地。不说战壕里的弟兄,就是村里仅存的一个预备连也伤亡惨重。电台被炸毁了,温小姐殉国,白洁芬负伤,连接下岗子和上岗子的电话线被炸断。新三团和二十三路军司令部和上岗子一七六一团的联系中断了。

七时许,近两千日伪军在轻重机枪的掩护下发起集团冲锋,其左翼前锋一度逼入新三团二营战壕十余米处。二营营长兰尽忠被迫率着弟兄们跳出战壕与敌肉搏,才勉强保住防线。八时左右,被我机枪火力压到山下大路旁的另一股日伪军,以路堤作掩护,构筑临时阵地,对我左翼阵地造成极大威胁,并将攻守战一举演变成阵地战,形成僵持。近九时,日军三架"九六"式轰炸机临空协战,十几分钟内在前沿阵地投下了不下二十颗炸弹,威胁不大,却动摇了军心,致使左翼章方正部的部分士兵仓皇溃退,方向公参谋正在其部,立毙六人,才勉力稳住阵脚。

这时,身为新三团实际指挥者的方向公已明白,阻击战打不下去了,一七六一团拒不下山增援,前沿阵地和下岗子村势在必失。日伪军的攻击意志是顽强的,不在今日越过马鞍山看来不会善罢甘休。

一切均在他的预料中。爹不疼、娘不爱的新三团被出卖了。韩总司令当年救他是一回事,如今出卖新三团是另一回事。总司令爱兵,他是兵,而新三团的弟兄们在总司令眼里根本不是兵,是暴民。韩总司令从把新三团划归总司令部直属并派上马鞍山就没安好心。总司令是想耗光新三团,也耗掉面前日伪军的部分锐气。实际上韩总司令并没指望新三团阻住日伪军的增援部队，他指望的是上岗子村的一七六一团。他嘲笑霍杰克上当，实际上他也上当了，对韩培戈的忠诚，使他和新三团无可奈何地走入了绝境。现在，他还怀疑起了河东的三七七师；何以三七七师的防线在短短几小时内就被击溃？究竟有没有三七七师的河东防线？山本旅团、杨华波的和平建国军何以如此轻易地过了洗马河？！

他真傻！竟以为自己重任在肩，竟在开战前自找麻烦要来一七六一团——当然，退一步想，如果韩培戈一定要耗光新三团，他不要求增援，一七六一团也还是要来的，也还是要在上岗子村安营扎寨的。麻烦恰在这里：一七六一团压在上岗子，新三团的退路便被切断了。新三团一退，一七六一团定会开枪阻击。他和新三团的前途只一个，在一七六一团的胁迫下和日伪军拼命，直至拼掉最后一兵一卒，全部战死在这片焦土上。

身为中将总司令，竟这么不顾抗日大局、民族大义，这无论如何都是说不过去的。这样的总司令已不配占有他的忠诚。事情很明白，新三团的命运和他的命运是连在一起的。再说，三个月来，他和这帮来自卸甲甸县城的弟兄们朝夕相处也有了感情，尤其是昨天一下午打下来，感情更深了一层。这些弟兄们尽管散漫，却是在竭尽全力执行长官的命令，是真真切切在为国家民族而战。

撤退！哪怕挨枪毙也要撤。

主意打定，他在半小时内连续下达了三道命令。令三营长侯顺心悬赏组织敢死队，居高临下对盘踞路堤的日伪军发起强攻，消除近在眼前的威胁。令团副霍杰克带卫队士兵负责恢复和一七六一团的电话联系，并组织团部和伤员撤退。令其他部属竭尽全力维持阵地，坚持到敌军完全退却。

命令立即执行了，弟兄们都知道面临的危险，这会儿与其说是奉命打，不如说是为了生存，为了阻挡死亡自愿参战。侯顺心拿着他仅剩的三万三千块法币赏金，竟组织了一支二百余人的敢死队，在十几挺轻重机枪的掩护下，逼近路堤，先后三次冲锋，以伤亡近百人的代价摧毁了敌军的临时阵地。其余各部也不错，三架轰炸机飞走后，顽强打退了阵前进攻之敌。与此同时,他把段仁义、黾副官和章方正、兰尽忠召到身边,守着临时接起的电话机,把抗命撤退的计划和他们说了,明确讲:山上的一七六一团敢开火,新三团就用同样的手段对付。

段仁义挺害怕,吞吞吐吐地说:

"能……能不这么干,最……最好还是不要这么干。是……是不是再和韩总司令商量一下?"

方向公冷笑道:

"没必要再商量了!温小姐殉国了,电台也炸毁了!再说,商量了也没用,事到如今,你段团长还看不出这里面的名堂么?!"

"那……那也得和……和赵团长通个电话,大……大敌当前,和……和一七六一团火……火并总不是办法!这……这新三团团长毕竟是我嘛!"

他这时真想给段仁义两个耳光。这窝囊废团长大概是被那次卸甲甸事变吓昏了,面临绝境还这么优柔寡断。

倒是章方正、兰尽忠两个营长干脆,坚定支持他的抗命计划。

章方正说:

"段大哥,你哪是啥团长?你是县长!在卸甲甸我们弟兄听你的,在这里就得听方参谋的,你也得听方参谋的!方参谋是为咱着想!"

兰尽忠也道:

"对!听方参谋的!只要他一七六一团敢对咱们下毒手,咱就拼!咱已拼过卸甲甸炮营,再拼拼一七六一团又咋啦?!"

黾副官却心平气和地劝段仁义:

"段团长,这不是我们要打,是人家要打,人家已经把咱推到陷阱里了,不打不行哇!"

段仁义这才连连点头说:

"好!好!我……我听大家的!哎,听大家的!不……不过,我想电……电话通了后,还……还是先打个电话,能……能不打最……最好……"

大 捷 // 063

恰在这时,电话响了,方参谋急迫地摸起电话,马上听到了一七六一团赵团长的声音。

在电话里,赵团长先抱怨电话被炸毁后为啥不迅速接通,继而又问新三团的情况。方向公夸张地答曰,已经没有什么新三团了,情况很不好,全团伤亡已逾一千二百之众,下岗子村已不复存在,阵地随时有可能丢掉。赵团长沉默了好久才说,既然如此,请他和龟副官并电台、报务员立即撤往上岗子,还说这是韩培戈将军的意思。阴谋至此暴露无遗。

方向公忍住怒火,尽量平静地问:

"那么,新三团剩下的几百号人咋办?是不是也撤往上岗子?"

赵团长一口回绝:

"不行!新三团必打至最后一人,前沿必守至最后一刻,如自行撤退,我部将奉命阻拦并予歼灭!"

他再也憋不住了,对着话筒大骂:

"混账!你们都他妈混账!这一仗打完,只要老子活下来,一定要到重庆蒋委员长、何总长那里告你们!"

他把话筒摔了,又狂暴地扯断了电话线。

段仁义战战兢兢地问:

"怎……怎么回事,究……究竟是怎……怎么回事呀?"

他眼一瞪:

"别问了!撤!集中机枪,备好弹药,准备向一七六一团开火!"

段仁义傻了:

"真……真打?"

他几乎要哭出来:

"还假得了?!一七六一团要歼灭你们!只让我和龟副官撤走!你不打行么?"

段仁义怔了片刻,痴呆呆地道:

"那……那你和龟副官就撤吧!我……我们不能再拖累你们俩了!"

章方正也说:

"方参谋、黾副官,你们走吧,新三团的弟兄不恨你们!"

兰尽忠红着眼圈拉住了他:

"把……把段县长也带走!他不该跟我们一起遭殃!这……这里的败局兄弟我……我和章营长、侯营长收拾,就是要打狗日的一七六一团,也……也由我们来打!"

他不能走。而且,压根就没想过要走。

"我不走,这一仗是我带着诸位打的,现在我走了像什么话?!"

黾副官也深明大义,立即接上来说:

"对!或者一起生,或者一起死!从现在开始,我同方参谋和新三团共命运了!"

章方正噙着泪叫道:

"好!攻上岗子,老子的一营打冲锋。"

兰尽忠却道:

"还是我的二营来!我这儿老兵多!"

方向公想了想说:

"别争了!我们要对付上岗子的一七六一团,还要继续阻击日伪军,掩护全团撤退。我看是不是这样:章营长带着一营随我打上岗子,兰营长的二营留下来继续阻击,待我和章营长突破一七六一团防线后跟上来,回头让侯营长的三营组织伤员撤退。"

说完,征求段仁义的意见,段仁义用信赖的目光看着他说:

"我和弟兄们都听你的!"

十五

章方正没想到韩培戈会这么歹毒,事变后编建新三团时,还认为这位中将总司令挺仁慈,也挺好对付。他和侯顺心、兰尽忠为了各自的利益曾商量过,希望二十三路军总司令部不要派外路人来新三团任职,韩培戈便没派,他便以为得计——直到昨夜都这么认为。现在看来,他恰恰上了韩培戈的当。韩培戈既然决心干掉新三团,当然不会把自己的人派来送死,派来方参谋和毛副官也只是为了更快捷地把他们往坟坑里送。当然,方参谋和毛副官并不知情,也被韩培戈一并葬送了。

说到底方参谋、毛副官是好人,也算是有情有义的汉子。闹到这分上,他们没把弟兄们甩了,自己拔腿走人,就冲着这点,他章方正也不能不敬服。况且方参谋有勇有谋,哪方面也不比他差,逃过这一劫,能拉起一帮弟兄打游击,他真心诚意拥戴方参谋做司令!

兰尽忠也不赖,关键时候靠得住。细想一下,兰尽忠一直是靠得住的。事变那日,他说打炮营,兰尽忠当即拍了胸脯;眼下打一七六一团,人家也争着上,说是手下老兵多。其实,兰尽忠手下哪还有多少老兵?二营打得不到三百号人了,他自个儿胳膊上也受了伤。再说,兰尽忠留下来阻击日伪军,掩护弟兄撤退也不轻松,没准比他章方正还险。

都是好弟兄哩……

打通一七六一团防线是有可能的,上岗子距下岗子不过三里多路,他的一营曾在上岗子布防,现在一七六一团据守的工事还是他带人修起的。还有,他们这一回是不宣而战,就像卸甲甸事变对付吕炮营一样,颇为突然,八成一七六一团的王八孙子们会措手不及的。

方参谋却不像他想得这么美好,出了下岗子村,沿着崎岖山道向上岗子进发时,就对他说:

"章营长,没准我们得把命葬送在一七六一团手里!我当初真不该让你们一营把工事修得那么牢!"

他听出了方参谋这话中潜含的歉疚,真诚地道:

"这不怪你老弟,当初是准备对付鬼子,谁想到会有眼下这一出!"

方参谋拍了拍他的肩头,自我解嘲道:

"也好,就试试你老弟的工事吧!咱攻不上去,算你老弟的工事好,攻上了我还得叫段团长罚你!"

他笑了:

"我真他妈的愿意受罚!"

说话间,一段段山路被抛在身后。身后是平静的,除了零星枪声,听不到更多令人不安的响动,看来鬼子新的进攻还没开始。

上面却打响了,不知是哪方先开的火,反正是打响了。他和方参谋来到队伍前面时发现,上岗子的下沿阵地上,几挺机枪在对着他们置身的山道扫射,冲在头里的弟兄已有了伤亡,山道上横着几具弟兄的尸体,活着的弟兄全卧在道旁的山石后面,野草丛中。临时支起的几挺手提轻机枪正对着一七六一团的下沿阵地乱扫,只一会工夫就压倒了对方的火力,打得那边的国军弟兄根本抬不起头。

他和方参谋趁机率着身后的弟兄跳跃前进了一截,待上面的子弹扑过来时,已在一块大石头后面卧下了。

距下沿阵地已经很近了,阵地上一七六一团弟兄露出的脸孔都能看清楚。

方参谋叫弟兄们停止射击。弟兄们的枪声一停,山上的枪声也停了。

方参谋显然还想说服一七六一团的弟兄,他跪在石头后面,露出脑袋对阵地上的弟兄喊:

"一七六一团的弟兄们!我是总司令部作战参谋方向公!请你们赵团长出来说话!"

赵团长没出来,赵团长的声音却传出来了,恍惚是从正对着他们的一座暗堡里传出来的:

"我听到了!我是赵德义,方参谋,上峰的命令我们都要执行!民族危亡之际,我们都要顾全大局,守土抗敌!违抗军令,擅自弃守阵地者军法不容!方参谋,请奉劝新三团的弟兄们赶快回去,组织反攻!韩总司令又拨法币八万元,做阵前赏金!"

方参谋对他恨恨骂了声什么,又不顾一切地站起来喊:

"赵团长,一七六一团的弟兄们,新三团并未放弃前沿,撤下来的只是伤员,请允许兄弟把他们送往后方!弟兄们,人心都是肉长的,只要打仗,大家都有受伤的时候!送走伤员,我方向公保证新三团的弟兄和你们一起战至最后一人,最后一息!"

方参谋在说假话。

方参谋关于伤员的假话显然起了作用,阵地上一七六一团的弟兄们骚动起来,许多士兵大胆地探出脑袋认真听。

方参谋又说:

"弟兄们,我们守土抗敌的目的是一致的,责任是一样沉重的!新三团垮掉,你们就要正面受敌,你们难道不愿多几个弟兄和你们并肩作战么?你们难道忍心用打鬼子的子弹去打自己受伤的弟兄吗?二十三路军没有消灭伤兵这一说!韩总司令爱兵是人所共知的,弟兄们,收起你们的枪吧!让……"

这时,暗堡里的机枪开火了,方参谋没把后面的话说完,就被一阵稠密的子弹扫倒了,连一句告别的话都没来得及说,便栽倒在他身边。

这太突然了,章方正根本没想到方参谋会中弹,更没想到方参谋会死。方参谋倒下的当儿,他跃身上前,将方参谋搂住了,搂住方参谋后,才感到手上、脸上粘着什么热乎乎的东西,才发现方参谋的上半身几乎被扑来的机枪子弹打成了筛子。

这个被二十三路军总司令部派到新三团来的不到二十五岁的年轻少校参谋,没死在鬼子的枪弹下,却倒在了同属于二十三路军的一七六一团枪口下。

热血涌上脑门,章方正一下子失去了理智,转身夺过一挺手提机枪,疯狂地对着一七六一团的暗堡扫射,边扫,边向暗堡前猛冲。他要亲手干掉那个赵团长,把这小子的肚皮也打成筛子,为方参谋复仇,也为新三团倒下的弟兄们复仇。

眼前一片迷蒙的血色,暗堡、工事和山下的景物,全在血色中时隐时现。枪"哒哒"响着,在手中沉沉地颤着,弹壳不断地进出,枪筒里吐出的弹头打得山石白烟直冒。他狂暴地呀呀叫着,四处寻找他的目标,完全忘记了自己置身何处。

泻下一片弹雨,他的寻找和攻击一并失败了,几粒同样来自一七六一团的子弹,击中了他壮健的身躯。他不由自主倒下了,倒在一片野草丛中,倒下时还搂着他的机枪。食指最后动了一下,枪膛里一串子弹飞向空中,他满是鲜血的脑袋歪到了一旁。

临死前,章方正极不甘心地骂了一句:

"日他娘!"

十六

兰尽忠在望远镜里看到,两个挑着白布裰子的人,一边喊着什么,一边向前沿阵地走。两个人都是老百姓装束,一个穿着长袍马褂,头上扣着瓜皮帽;一个上身穿着对襟黑袄,下身穿着军裤,面孔似乎都很熟,可却一时想不起在哪见过。待二人走近了,三营二连代连长欧阳贵认了出来,说这俩小子原来都是二连的,一个叫别跃杰,原是二连连长,一个叫范义芝,原是二连连副,都在开战前当了逃兵。

兰尽忠这才想了起来,不错,是这两个人!他们原来都在独眼营长侯顺心手下,那别跃杰开过大发货栈,范义芝做过国小校长,他们从鬼子那边过来干啥?做说客么?妈的,怪不得半天没进攻。

也幸亏没攻,如果攻了,只怕现刻儿就没啥新三团了。山上一七六一团的防线无法突破,鬼子的进攻再挡不住,在山上山下的两面夹击下新三团非完蛋不可。

眼下还不错,虽说退路没有打通,方参谋、章方正和一营百十个弟兄又倒在了一七六一团的枪口下,但全团残留的兵力又集中到前沿了,弟兄们至少还可以最后挣扎一下。

别跃杰和范义芝的面孔段仁义也认出来了。

段仁义的脸色很难看,攥着六轮枪的手直抖。

"他们上来干啥?"

"想必是劝降吧?人家现在代表日本皇军了!"

代表日本皇军的别跃杰、范义芝真他妈是熊包一对,一进前沿战壕就跪下了,见了任何弟兄都叩头,还痛哭流涕说,他们不愿来,是被鬼子汉奸硬逼来的,和他们一起逃走的小传令兵不愿来就被鬼子们用刺刀开了膛,血糊淋拉的肠子挂了一树。

段仁义不为他们的哭诉所动,只问他们来干什么。他们爬到段仁义面前,把一封劝降信交给了段仁义。

劝降信是日军旅团长山本三郎与和平建国军杨华波联名写给段仁义、方参谋的。

信中说:皇军与和平建国军对贵部官兵之顽强抵抗深表钦佩,但这种抵抗却无意义。其一,皇军和和平建国军以其优势兵力和精良火器,突破阻隔仅是时间问题。其二,二十三路军主力部队并未参战,河东防线为三七七师主动弃守,贵部实则已被牺牲,固守下去则注定牺牲殆尽。因此,皇军与和平建国军建议:甲、新三团归顺汪主席,改编为和平建国军。乙、如暂不归顺,可主动放弃阵地,撤出战区,皇军与和平建国军保证所有官兵之生命安全。撤退途径有二:A. 由陆路撤出,皇军与和平建国军将在山下阵地让出通道。B. 从水路撤出,皇军与和平建国军将备船供其部官兵作东渡洗马河之用。

山本三郎和杨华波限令段仁义、方参谋在两小时内答复。

段仁义看完,把信转给众人看,侯顺心和霍杰克赶来后,段仁义让他们俩也看看。

劝降书在众弟兄手里转了一圈后,又回到段仁义手里。段仁义令欧阳贵把别跃杰、范义芝押走,而后问大伙儿:

"你们看咋办?"

谁也不吭声,大伙儿都盯着段仁义的脸孔看,方参谋不在了,新三团这回真正是段团长当家了。

段仁义显然不想当这个家,或者说不愿当这个家,见弟兄们都不作声,又缓缓转过半个身子问龟副官:

"龟老弟,你看咋办?"

龟副官叹了口气:

"信上说的都是实话!有些情况比他们知道的还严重!诸位都清楚,我们不仅仅是被牺牲了,而且是被出卖了!"

侯顺心睁着火辣辣的独眼道:

"既然上面卖咱,咱也把上面卖掉!这仗咱不打了,咱一不做,二不休,干脆……"

"干脆当汉奸?"

团副霍杰克打断了侯顺心的话头,激动地说:

"姐夫,当初我到卸甲甸来投奔你的决死队,不是为了向鬼子投降!韩培戈欠咱们的账咱们要算,民族大义咱们也要顾!一个抗日军人没这骨气,咱国家还有希望么?!"

兰尽忠认为霍杰克的话有道理。不管咋说,弟兄们还是中国人,中国人家里的账是一码事,和日本人的账又是一码事。他这个当年汤军团的机枪连长,参加过多次对日作战的老弟兄,不能在这马鞍山前戴上汉奸帽子,留下一世骂名。

兰尽忠便也接着霍杰克的话道:

"霍老弟说得对,我们不能降,也不能撤!撤就是降!两军对垒,哪有从敌军阵地上撤下来的事?!老子从未听说过!我们要撤也只能从我方一七六一团的阵地上撤!"

龟副官说:

"我们还要警惕鬼子的鬼把戏。我们自己的总司令都会耍我们,谁又能保证鬼子不耍我们?!如果撤退途中鬼子对我们开火,我们不管是在河中还是在陆路,都只有挨打的分!战争中什么事都会发生!"

霍杰克热烈地道:

"我看,干脆把别跃杰、范义芝毙了,绝了鬼子们的妄想!我们纵然全部战死,也不能让新三团的团旗蒙上耻辱!"

段仁义偏摇起了头:

"诸位再想想,再面对现实好好想想:我们能不能利用鬼子的劝降争取一点时间?哎?哪怕就两小时!如果能挨到今天晚上,哎,我们有无可能避开一七六一团正面阵地,哎,从山顶两侧悄悄通过一七六一团防区?!"

真他妈见鬼!段仁义没了方参谋作依靠,脑袋竟变得灵活起来。段仁义的设想是完全可能的,既能保住弟兄们安全撤出,又能避免做汉奸的耻辱。

兰尽忠当即表示赞同,龟副官、霍杰克和侯顺心也没意见,事情就这么决定了:暂且留下别跃杰、范义芝的狗命,让他们回去向鬼子传话,新三团可考虑撤出,欲走水路,请鬼子们备船。他们估计,鬼子们要拿出十几二十条船,没三五个小时绝无可能。

不料,别跃杰、范义芝下山后不到两小时,鬼子竟把船备好了。他用望远镜看到,十几只空船被鬼子们推了上来,每条船上蹲着个汉奸兵。

别跃杰、范义芝又上来了,说是请弟兄们启程。段仁义二话没说,一人给了他们一枪。头一次杀人,手抖得厉害,别跃杰、范义芝挨了枪却没死,害得兰尽忠和欧阳贵又一人给他们补了两枪,才把他们最终打发上路。

这已是下午三时左右了。

三时四十分许,鬼子汉奸们见阵地上没动静,又派了个汉奸副官来,汉奸副官一上来,又被毙了。

四时二十分,鬼子识破了他们的计谋,放弃了劝降的努力,再次向阵地发起进攻。

有了这段间隙,前沿阵地恢复了较严密的防守,能开枪的伤员也全部进了战壕。战斗进行得不错。兰尽忠乐观地估计,坚持到太阳落山是有七八成把握的。

却没想到河边那十几条船里竟暗藏着机枪。攻击一开始,船上的机枪就猛烈扫射了,营副周吉利和一连长伍德贵、二连长马大水相继阵亡,对着河边的几十米防线出现缺口。

段仁义急了眼,在激烈的枪声中问兰尽忠:

"咋……咋办?咋办?"

在机枪的掩护下,至少百十号鬼子汉奸攻上来了,冲在最前面的家伙距阵地的缺口不到四十米。

兰尽忠嘶声大叫,要两翼迅速向缺口处靠拢,同时命令身边的弟兄上刺刀,准备手榴弹。

段仁义不像个团长,倒像个服从命令的士兵。他话音一落,段仁义便从一位阵亡弟兄身旁捡起了一支步枪,笨拙地上了刺刀,往缺口处冲。

缺口附近子弹乱飞,两翼扑上去的弟兄已有不少倒下了。

兰尽忠害怕了,不是怕自己中弹身亡,而是怕段仁义在呼啸的枪弹下丧命,段仁义不但是他们的团长,也是他们的县长,他无辜地被拖进新三团,被拖进这场血战,已使他们深感愧疚了,若是段团长再死在他身边,他兰尽忠将何颜以对卸甲甸一县七万多民众!

兰尽忠大喝一声:"危险,段县长!"

是的,那最危险的关头,他是喊他县长。段仁义本身就是县长,是个很不错的县长。没有这个县长,只怕卸甲甸早在三个月前就被韩培戈的大炮轰平了!

兰尽忠喊着,扑了过去,在十几米开外一截被崩塌了的焦土上,追上了段仁义,并在一排子弹击中段仁义之前,将他压到了自己的身下。兰尽忠自己却中了弹,身体一下子软了,瘫了。他挣扎着想抬起头,可眼前一黑,在烟尘飞扬的嚣叫中,走进了一片死寂的天地。

那片天地是宁静的,没有战争,没有炮火……

十七

在后来残余的岁月中,段仁义再也忘不了马鞍山阻击战的最后一个夜晚。那个夜晚像一个世纪那么漫长,像整个世界那么沉重,使他直到生命的最后一刻都没能从那个夜晚走出,都没能卸掉那个夜晚压到他身上的重负。

那个夜晚下着毛毛细雨,悄无声息,缠缠绵绵。没有雷鸣,没有闪电,甚至没有风,尸体狼藉的山野上寂静得吓人。举首对空,是湿漉漉的黑暗,垂首看地,也是湿漉漉的黑暗,仿佛世界的末日。在末日的气氛中,他和他率属的二百余名衣衫褴褛的新三团的幸存者们默然肃立着,向这场血战,向在血战中倒下的一千六百名卸甲甸弟兄告别。

夜幕伴着细雨落下来时,敌人的最后一次进攻又被打下去了。对新三团来说,战争结束了,弟兄们将奉他的命令撤离战场,各奔前程。新三团作为一支中国国民革命军的武装力量将不复存在,嗣后的一切后果,都将由他这个团长来承担。

他乐于承担这责任。他的来自卸甲甸的士兵们,在被自己的总司令出卖之前和出卖之后,都是无愧于国家民族的。他们在经过短短三个月的操练之后,凭借手中低劣的武器装备,把一场阻击战打到这种地步,是十分了不起的。一千六百余具血肉之躯已证明了卸甲甸民众的忠诚,洗清了那场事变带给他们的耻痛。

想想真不可思议,这帮被迫上阵的根本不能叫作军人的卸甲甸民众,竟然在马鞍山前把一个日军旅团、一个伪军师阻击了整整三十六个小时,并予重创——他估计——倒在阵前的日伪军可能不下千余人,实在是一种战争奇迹。而造成这种奇迹的,不是他这个团长的指挥有方,不是方参谋的军事才干,甚至也不是弟兄们常态下的勇气和力量,而是来自我方和敌方的双重压榨。在无法抗拒的双重压榨中,他们的生命走向了辉煌,爆现出令人炫目的异彩。

从这个意义上讲,总司令韩培戈正是这奇迹的制造者。

然而,为这奇迹,卸甲甸人付出的代价太大了,一千六百人倒下了,永远躺在这片焦土上了。卸甲甸的男人们被一场血战吞噬殆尽。卸甲甸县城成了寡妇城、孤儿城,他这个卸甲甸县长,如何向那成千上万的孤儿寡妇交代!她们的儿子,她们的父亲,她们的丈夫,她们的兄弟,是他带出去的呀!是他以国家民族的名义带出去的呀!现在他们都去了,有的死在鬼子的炮火中,有的死在自己人的枪口下,他如何向她们说呢?说他们被出卖了?说他也糊里糊涂上了当!他是他们的县长!她们信任他,把自己的儿子、丈夫、兄弟交给他,他却带着他们上当!早知如此,当初倒不如据守城垣和三七七师围城队伍一战到底,如此,卸甲甸父老姐妹们的怨恨将不会集中到他身上。

这幸存下来的二百多号弟兄必须走,他却不能走。他过去是卸甲甸的县长,现在是新三团的团长,他要负责任。既要代表国家民族对他的士兵,对卸甲甸民众负责任;又要代表他的士兵,代表卸甲甸民众对国家民族负责。在一千六百多号弟兄倒在这儿的时候,他没有任何理由以幸存者的身份回去。

新三团在向战争告别,他也在向幸存的弟兄们告别。那面打了三个月,并在下岗子村里被炮火烧掉了一角的团旗,在他怀里揣着。他站在下岗子村头的废墟上,泪眼蒙眬看着幸存的卸甲甸男人们。

天太黑,弟兄们的脸孔看不清。他却想好好再看看这些弟兄们,便令团副霍杰克点火把。霍杰克怕点起火把会引来鬼子的炮火,他淡淡地说,不管这么多了,反正马上要撤了,就是鬼子打几炮,也没啥了不得,他们开炮,正好给咱送行!

十几支火把点着了,弟兄们的脸孔变得真切起来。

他看到了三营长侯独眼。

这个当初肇事的祸首依着磨房前炸塌了半截的青石墙立着,扁平的脸孔上毫无表情,似乎对生死已麻木了。这老兄运气好,和他一起肇事的章方正死于一七六一团的阻击,兰尽忠死于鬼子进攻的枪弹,他却安然活着。

当然,侯独眼该活,就是兰尽忠也该活,没有这两位营长的最后坚持,入夜前的最后一次进攻很难打退。况且,兰尽忠又救了他的命。他觉着,侯独眼和面前的弟兄们活下去,就等于他活了下去——马鞍山阻击战把他和他们的生命融为一体了。

侯独眼身边是欧阳贵。这个铁匠弟兄三个两个阵亡,只剩下了他。他是被绑进新三团的,绑他的是保长丁汉君。他记得那日写花名册时,欧阳贵还把桌子踢翻了,方参谋差点没毙他。后来听说欧阳贵老和丁保长闹个不休,至少揍过丁保长三回。如今,血战的炮火也把他们打到一起了,欧阳贵一只胳膊上缠着绷带,另一只强壮的胳膊还架着同样受伤的丁保长。

丁保长冤枉。事变那夜,他连大门也没出,编建新三团的头一天,还卖力地帮他抓丁,最后自己也进去了,叫他当连长,他还不干,结果以保长的身份做了三个月大头兵。眼下,他的腰、腿都受了伤,看样子怕是难以走出战场了。

目光下移,在一棵连根炸翻的槐树旁,又看到了足登皮靴的刘破烂。刘破烂歪戴着帽子,肩头上背着个蓝花布小包袱,不知包袱里掖着什么宝贝。这人的胆量他真佩服,接连三次爬到鬼子汉奸的尸体堆里发洋财,光拖上来的子弹就有几百发。为此,他三次给他发赏,总计怕发了不下千余元的法币。死神对这种不怕死的人偏就没辙,这人居然连根汗毛都没伤。刘破烂只要今夜穿过一七六一团防线,就是赢家。他可以在未来和平的日子里,在酒足饭饱之后,毫不羞愧地对人们炫耀他的战争故事,和他从死神手里捞回的战争财富。

这也合情合理。就冲着刘破烂的英勇,他也该带着他的财富凯旋而归。

不属于卸甲甸的只有三人:龟副官、报务员白小姐、团副霍杰克。

此刻,这三人都站在他身边,霍杰克手里举着火把,龟副官在火把跃动的光亮下抽烟,白洁芬吊着受伤的胳膊,在龟副官身后木然站着。

霍杰克直到现在依然衣帽整齐,从他身上看不到绝望给生命带来的丝毫懈怠。这个年轻大学生活得庄严,凭一腔热血,掷笔从戎,以身许国,自愿跳进了以抗日名义设下的陷阱。知道被出卖后,他依然保持着可贵的理智,从未产生过投降附逆的念头。这真难得。

龟副官是新三团的陪葬者。韩培戈将他和方参谋送来陪葬,可能是因为他们在二十三路军司令部里就不讨喜欢,不会吹牛拍马。方参谋不说了,这个精明强干的参谋脾气大,和新三团的弟兄都冲突不断,和司令部里的人免不了顶顶撞撞。可龟副官又为啥被赶到这儿来送死的呢?龟副官脾气真不错,为人也憨厚,凭啥要落得这种命运?!

也许——是的,也许他的想法不对,也许他们都是韩培戈很信得过的人,韩培戈派他们来,不仅仅是让他们陪葬,也还想把新三团的葬礼安排得更隆重一些。韩培戈要靠战争毁掉新三团,又想让新三团的毁灭给自己带来最大的好处。为了这目的,葬送两个年轻参谋、副官的生命又有啥了不起?对一个中将总司令来说,两个年轻下级军官的生命真不如他一条宠狗。

还有白小姐,这群幸存者中唯一的女性,她和温小姐大概是作为整个阴谋的一部分,被韩培戈派到新三团来的。当然,她自己肯定不知道,殉国的温小姐更不会知道。他段仁义也是直到此刻,看到了白小姐火光映照下的俊美面容,才鬼使神差想起这一点的。韩培戈为啥不派两个男报务员来,非要派两个年轻女人来?就是要诱使来自卸甲甸的弟兄上钩,一俟发现非礼之举,立即正法。在白集整训时,三营有个弟兄就因为看温小姐洗澡挨了枪子。开战前,原团副章金奎又倒在白小姐的裙下——虽说章金奎是霍杰克打死的,可他相信,霍杰克不打死章金奎,方参谋还是要毙章金奎的,这是嘲弄他段仁义。他做县长时,不是一再抱怨卸甲甸炮营骚扰地方,奸淫民女么?如今你段团长看看自己的部下吧!你还有什么话说?!

他相信韩培戈做得出。事变后,在省城二十三路军司令部的那一幕给他的印象太深了。韩培戈竟然对着地图上的卸甲甸开枪,竟然当着他和高鸿图老主席的面毙了吕营长,竟然在杀气腾腾地进行了这番表演后,还能那么自然地请他出面组建新三团!这位将军不但是阴谋家,是杀人不眨眼的刽子手,还是个道道地地的政治流氓。

雨慢慢地落,他默默地想,由新三团,由面前这场被出卖的血战,想到了许多深远的问题,他极想在这告别时刻,把他想到的都告诉弟兄们……

然而,这太不实际了。

他长叹一声,收回了无边的思绪,重又回到严酷的现实面前。

现实是,这些浸泡在毛毛细雨中的弟兄们要走出去,绕过一七六一团的防线,撤到安全地带,而后辗转返回卸甲甸。卸甲甸该卸甲了,他们的仗打完了,他这个前县长,现团长,得最后向弟兄们说点什么。

他把这意思和团副霍杰克说了。

霍杰克把火把向他面前举了举,大声对弟兄们宣布:

"请段团长最后训话!"

他抹去了脸上的雨水和泪水,嘴张了张,喊了声"弟兄们",下面却没词了。

他真不知道该向弟兄们讲些什么。

弟兄们用忠诚的目光望着他。

他愣了半晌,以县长的口吻,而不是以团长的口吻讲话了:

"弟兄们,我……我只想告诉你们,咱……咱要回家了!上面说啥咱不管,咱……咱回家!有什么账,让他们找本县长算!本县长拼着碎尸万段也……也要为卸甲甸县城留点种!"

他的话语感动了弟兄们,有人呜呜咽咽地哭。

他手一挥:

"哭啥?咱卸甲甸的弟兄都是好样的!咱……咱在这里打了三十六小时阻击,咱……咱无愧于卸甲甸的父老姐妹!本县长感谢你们!真心诚意地感谢你们!你们给本县长争……争了脸,给咱卸甲甸父老姐妹争了脸,咱……咱卸甲甸百姓世世代代忘不了你们!"

看到龟副官、霍杰克和白小姐,他又说:

"本县长也要感谢殉国的方参谋、温小姐,和咱龟副官、白小姐、霍团副!没有他们,尤……尤其是没有方参谋,咱坚持不到这一刻!方参谋和温小姐是为咱卸甲甸的弟兄死的,咱……咱卸甲甸人要……要记着他们!永远把他们当作咱……咱的兄弟姐妹看待!"

白小姐伏在龟副官肩头,呜呜哭出了声。龟副官和霍杰克眼圈也红红的。

他动了感情,声音越发呜咽了:

"事……事到如今,我也不……不再多说啥了,我本不是个团长,我……我只是个县长,我……我把一千八百号卸甲甸人带……带到这里来,只……只把你们这二百来号人送……送回去,我……我……"

侯独眼大叫:

"段县长,别说了,这不怪你!活着的和死去的弟兄都不怪你!只要今夜走出去,咱们他娘的就和二十三路军司令部算账!和韩培戈这杂种算账!"

他点点头,整了整军装,正了正军帽,最后一次以新三团团长的身份发布了命令:

"弟兄们,现……现在我宣布,国民革命军陆军第二十三路军新编第三团立即撤出马鞍山,并于撤退完成后自行解散,撤退途中,遇到无论来自何方何部的阻拦,一律予以击溃!"

说毕,他郑重抱起了拳,向漫山遍野站着的弟兄们四下作揖,含泪喃喃道:

"弟兄们保重!保重!"

按照事先的安排,撤退有条不紊地开始了。侯独眼率最后凑起的战斗部队走在最前面,黾副官、欧阳贵带着一帮轻伤员紧随其后,他和霍杰克并十几个重伤员走在最后面。队伍往山上进发时,所有火把全熄了,山野重又陷入黑暗中。

在那个细雨绵绵的黑夜,段仁义已决定向这个不可理喻的世界告别了,他既无脸面见江东父老,又无法逃脱抗命撤退必将招来的杀身之祸,除一死别无他途。看着撤退的队伍一段段向山上的上岗子方向跃动,他站在废墟上一动没动,只是在白洁芬小姐从他面前走过时,要白小姐不要哭。不料,白小姐倒越哭越凶,最后还是黾副官硬把她拉走了。……

他的六轮手枪那当儿已扣开了空槽,只要他及时地把枪口对准自己的脑门,以后的一切便结束了,他这个县长就和自己治下的一千六百余名殉国的卸甲甸男性民众,和这片遍布弹坑的山野一起永存了。

偏来了个霍杰克,而且偏在他将枪口对准脑门时来了。他抠动枪机时,霍杰克抓住了他握枪的手,飞出的子弹没击中他的脑门,却擦着胸前的皮肉,击中了他身体另一侧的肺叶和肩膀。

嗣后几分钟,一切都很清楚。能感到自己的身体在流血,能嗅到浓郁的血腥味,能听到霍杰克惊慌的呼喊。后来,响起了脚步声,伴着脚步声,许多人来到他身边,有刘破烂和白小姐。他冲着白小姐苦涩地一笑,最后看了一眼那个湿漉漉的夜晚的湿漉漉的天空,便沉沉睡了过去。睡过去前的最后一瞬间,他以为他死了,按照自己的意愿死定了,遂挺着身子,于心灵和肉体的双重痛苦中,说了最后一句话:

"我……我也无愧啊!"

十八

对段仁义团长来说,马鞍山阻击战结束在那个湿漉漉的夜晚,而对团副霍杰克来说,战斗又延续了半夜,结束在天亮后的又一个黎明,一个阴沉沉的黎明。

那个黎明对他,就像那个夜晚对段仁义一样,值得用一生的岁月去咀嚼,去回味。在那个夜晚,他阻止了段仁义的自毙,而在几小时后的那个黎明,他却不止一次地想把枪口压在太阳穴上,用一粒子弹击穿自己年轻而骄傲的头颅。段仁义不知道那夜发生的事情,如果知道,也一定会于悲愤中再度把自毙的枪口瞄向脑门。

那夜的撤退是悲惨的,谁也没想到一七六一团会在山上布雷,更没想到上岗子四周还设置了那么多歼击点。

他们事先做了防范,为保险起见,还在上岗子主阵地下面,把撤退的队伍一分为二。一队由侯顺心营长和龟副官带着,走左边一条山沟,一队由他和欧阳贵带着,走右边山腰。分手时言明,不到万不得已决不开火,只要有一边走通,另一边即改道跟上。对新三团最后二百余名幸存者来说,那夜的目的很明确,不是向一七六一团复仇,而是安全撤出。按他们一厢情愿的设想,有几个小时的时间,又有绵绵细雨和沉沉夜幕的掩护,悄悄撤出战场是完全有把握的。

不料,一七六一团却要把新三团的弟兄斩尽杀绝,偏在山上两侧山口给新三团的幸存者们掘好了最后的墓坑,不但布了雷,还给每个歼击点配置了机枪和美式冲锋枪。两队分手不到半小时,侯营长、龟副官那边就接二连三地响起了爆炸声,继而,响起了激烈的枪声。开初,他和欧阳贵还没想到爆炸的是地雷,直到他们这边的弟兄也踏响了地雷,并引来了歼灭点的机枪扫射后,霍杰克才恍然大悟,一边指挥弟兄们抵抗,一边仓促后退。

身边不断有人倒下,有的是被居高临下的机枪、冲锋枪扫倒的,有的是被地雷炸倒的。他亲眼看见背着小包袱的刘破烂被一团爆响的火光吞掉,小包袱里的一双皮靴,一前一后落到他身边,有一只差点砸着他的腰。他及时卧倒,左膀子上还被崩伤两处,若不是卧倒,只怕连命都要送掉。

那当儿,欧阳贵趴在地上用轻机枪对着山上的火力点扫。欧阳贵一只胳膊原本受了伤,撤退的时候还和另一个弟兄架着丁汉君。打机枪的时候,丁汉君已不见了,守在他身边的是另一个弟兄。他和那个弟兄竟把机枪打得那么好,至少有一阵子压住了山上的火力,使他拖着段仁义爬到了一个凹坑里。

在凹坑里,他向欧阳贵喊,要欧阳贵退下来,可枪声太响,欧阳贵听不见。他便向他身边爬,还没爬到身边,机枪不响了,他以为他退了,遂再次回到凹坑,拖起段仁义往山下爬。爬了很久,爬到他认为的安全地带再看看,周围除了奄奄一息的段仁义已没人了——就连欧阳贵也没跟上来。

过了好久,大约总有个把小时,山上两侧山口的枪声稀落了,一个人爬到他面前不远处的山石上滚下来。他以为是欧阳贵,跌跌撞撞扑过去搀扶,可翻过那人的身子才发现,不是欧阳贵,却是跟鼋副官、侯营长那队撤的白洁芬白小姐。白小姐受了伤,胸前湿漉漉的,手上、脖子上满是血迹。他翻过她身子时,她已不行了。神智还是清醒的,她认识他,用漂亮的大眼睛望着他,轻声说:

"都……都死了!鼋……鼋副官、侯营长都……都死了,谁也没走……走出去!"

霍杰克呆了,泪水从眼窝里溢出,在被烟火熏黑了的面颊上缓缓流,流到了白小姐苍白的脸上。白小姐的脸是看得清的,那时,黎明已悄悄逼近,天色朦胧发亮了。

白小姐笑了笑,笑得很好看,碎玉般的牙齿在他面前一闪,又说:

"霍……霍团副,你……你真傻,还……还写团歌哩,'马鞍山前飘扬着我……我们的战旗,炮……炮火硝烟弥……弥漫了我……我们的阵地……'咱……咱值……值么?"

他没想到白小姐会在这时候提起他的团歌!

他动情地摇撼着白小姐的身体说——既是对白小姐说,又是对自己说:

"咱值!值!咱这仗不是替二十三路军打的,不是替韩培戈打的!是替国家民族打的!是替我四万万五千万同胞打的!白小姐,后世会记住我们的忠诚,也……也会记住他们的背叛!"

白小姐眼中聚满了泪:

"也……也许吧!我……我也……也和你一样想,也……也和你一样傻,那首团……团歌我也记……记下了,在……在这……这……"

她将他的手无力地抓住,放在自己湿漉漉的胸前,示意着什么。

手压到了她的胸脯上,温腥的血沾到手上,他才想起她还在流血的伤口,没去理会她的示意,便解开了她军衣、衬衣的纽扣,看到了一只血肉模糊、艳红艳红的乳房。

那只糊满鲜血的乳房,他再也不会忘记。战争对美的摧残,在那一瞬间使他动魄惊心。他曾在用驳壳枪对着前团副章金奎时,无意中瞥见过那乳房,并由此而生出了许多美丽的幻想,如今,幻想在严酷的真实面前破灭了,被枪弹毁灭了的美好,使他看透了战争的全部罪恶。

当时没顾得上想这么多,严峻的遐想是在日后不断忆起那血淋淋的乳房时随之产生的。当时,他只想救人,从死亡线上救回这个不该死的少尉报务员。他扯下自己的衣襟,笨拙而又小心地给她包扎伤口,可没包扎完,白小姐已咽了气。

他伏在白小姐的尸体上放肆地哭了起来。直到那一刻,他才弄明白,原来他是爱她的。那爱,在他用枪口对着章金奎时就不知不觉萌生了。

然而,萌生的爱情刚刚发现时便随着被爱者的死亡而死亡了。如果他能侥幸活下去,联系他和她的除了关于新三团,关于这场阻击战,关于那首团歌的回忆,再没有其他任何东西了。

想起了那首团歌。

他木然地跪在她身边,从她胸前军衣的口袋里掏出了一张电文纸。电文纸上浸满了血,纸上的歌词大部看不清了。他却透过鲜红的热血,分明看清了上面的字,那是他写的歌,新三团团歌。

想象中的歌声在耳边回荡:

> 马鞍山前飘扬着我们的战旗,
> 炮火硝烟弥漫了我们的阵地,
> 为了民族的解放,
> 弟兄们英勇抗敌。
> 不怕流血,
> 何惧捐躯,
> 新三团无愧于历史的记忆……

在想象的歌声中,他重新回到段仁义身边,偎依着他的团长,等待着那个必然要来临的黎明——血战后的第三个黎明,并在那无望的等待中,昏昏沉沉睡了过去。

醒来时发现,他和段仁义置身的地方距下岗子村不到百余米,距前沿阵地也不过六七百米。下岗子村被炮火轰平了,周围的树木也大都被崩断、掀翻了,前沿阵地上的景象举目可见。

那是一幅惨痛的图画,视线所及的半面山坡上铺满了鬼子、汉奸和弟兄们的尸体。昨夜最后的战斗是惨烈的,弟兄们和冲上来的鬼子汉奸拼上了刺刀。肉搏的痕迹处处可见,战壕前许多弟兄临死还握着刺刀,有的弟兄是和鬼子撕扯着死去的。他还亲眼看到,二营一连的一个弟兄,身上捆着五颗手榴弹,和冲上来的鬼子同归于尽……

在那个黎明,英勇也变成了痛苦的记忆。新三团不存在了,被鬼子、汉奸和自己的友军合伙吃掉了,新三团关于战争的全部历史仅为马鞍山前这绝望的一战,既短暂又悲壮。

这时想到了死。山坡上弟兄们安详的睡姿,那么强烈地诱惑了他,死去的白小姐那么执迷地召唤着他——他认定白小姐在召唤他,白小姐的面孔老在他面前晃。他觉着,在敌人进攻前的黎明悄然死去是有充分理由的。新三团的弟兄们都死了,他不该再苟且着活下去,他弱小而孤寂的心承受不了那活下去的沉重负荷。

况且,他不是死在退却途中,是死在自己的阵地上,没人知道他是自杀。他给段仁义一枪,再给自己一枪,阵前殉国的全部庄严便实现了。

想到了自己的阵地,和庄严的殉国,他觉得可以死得从容一些,要真正走到自己的阵地上,走到倒卧着无数弟兄尸体的战壕里去死。白小姐说他傻,可他不傻,他活要活得像个样,死也死得像个样。他是在前沿战壕里殉国的,他的死也将化作对韩培戈最后的谴责。

拖着段仁义,一点点向前沿阵地挪时,鬼子新一天的进攻又开始了,炮火又扑到山前。迸飞的焦土,弥漫的硝烟,使那个原本阴暗的黎明变得更加阴暗。

他不怕,一点也不怕。他想,只要鬼子的炮火不把他的躯体连同他的生命一起轰倒,他就要在死前和鬼子开个玩笑,把段仁义怀里那面新三团的团旗升起来,让鬼子汉奸们好好看看它,也让倒卧在这片焦土上的弟兄好好看看它。

想象中的歌声又响了起来:

马鞍山前飘扬着我们的战旗,
炮火硝烟弥漫了我们的阵地……

然而,没挪到战壕前,他就倒下了,倒在一个弟兄炸飞了脑袋的躯体旁。三天后在医院醒来才知道,他是被炮火轰倒的,他瘦小的躯体在倒下的一瞬间竟钻进了六块弹片。

霍杰克的黎明因那六块弹片造成的昏迷而戛然中止。

下 篇

十九

【中央社讯】

捷报

在蒋委员长的英明统帅下,在韩中将培戈总司令的果决指挥下,我国军二十三路军将士在洗马河、马鞍山一线,一举围歼日本侵略军之精锐部队山本旅团,并伪和平建国军杨华波二整编师,造成大捷。此役毙敌逾万,俘敌七千,缴获重炮二十六门,迫击炮数十门,轻重机枪逾三百挺,枪支弹药无以计数。韩中将培戈总司令称:大捷之实现,有赖我国军机动灵活作战策略之施行。初,我做出河西决战假象,诱敌入瓮,其后,主动弃守河西之省城、浍城,迂回洗马河一线,以主力部队配合洗马东之三七七师,形成铁壁合围,陷敌于绝地,大获全胜。韩将军透露,此役二十三路军总司令部直属之新三团作出卓绝牺牲。该团奉命阻敌于最后时刻,全团官兵不畏强敌,英勇作战,写下了二十三路军抗战历史上最具光辉的篇章……

【共同社讯】

捷报

皇军中国派遣军松井师团、池田师团、古贺师团,并井口晃旅团,在大岛贯一中将指挥下,如期完成河西作战,已将盘踞于该地区之重庆二十三路军击溃,攻克其省城和军事重镇浍城,并连下十七县,将圣战战线推至沙洋以南。此次作战,皇军进展神速,击敌于措手不及。七日内相继消灭重庆二十三路军三〇三师、三二四师、三七五师,击毙并俘敌计四万余人。

二十三路军节制之暂十六军深明解放圣战大义，于作战过程中归顺汪精卫主席，现已编入国民政府和平建国军序列。此次作战，古贺师团属下之山本旅团尤值称道，该旅团官兵先在重庆军最精锐部队的猛烈对抗下，为天皇陛下浴血苦战，后陷入十倍于我之敌军重围，仍不失大和武士道精神，战至最后一人。日前，天皇陛下已下诏中国派遣军司令部并大岛贯一将军，对作战之成功予以嘉勉，并钦令授予壮烈死国之山本三郎旅团长以金鸮勋章……

【美联社讯】

来自中国战场的捷报

在我美军将士艰苦卓绝对日作战之际，蒋介石将军麾下的中国政府军和广大国民，继续抵抗并牵制侵华日军，日前在中国中部战场又歼日军山本旅团，创本战季以来中国战场最佳战果。据重庆军方发言人透露，围歼战之初，中国政府军仅投入一个新编团，该新编团组建不过月余，武器装备之低劣无法想象。但该团官兵以可歌可泣的爱国精神，勇敢战斗，靠原始的长矛大刀、土炮火枪和"老套筒"——一种中国二十年代出产的落后步枪，牵装备精良拥有重炮联队的山本旅团于中国战区中部之马鞍山前，直战至最后一名士兵阵亡为止。日本共同社因此惊呼，皇军遭遇中国政府军最精锐部队。日军中国中部战区司令大岛贯一中将也无可奈何地叹息：装备如此低劣的中国军队，进行如此成功而英勇的战斗是不可思议的……

又讯：

得克萨斯州参议员杰克逊先生上书国会，呼吁进一步扩大"援华法案"实施范围，给中国政府和中国军队以更加切实有力的军事和经济援助。杰克逊先生在为中国战区抗日将士募捐的民众集会上说："我们不仅是在拯救中国，拯救亚洲，也是在拯救自己，拯救人类世界的文明。中国军队有了精良武器，多消灭一个日本强盗，我们太平洋战场的美军同胞就少流一滴血。毁灭文明和保卫文明的战争已把国界和种族界限打破了。现在，只有我们和敌人，不再有什么美国人和中国人……"

【前线社讯】

韩将军培戈亲临卸甲甸主持新三团阵亡官兵葬礼,高主席鸿图并省府长官十二人一并前往

……

卸甲甸乃一小县,位于本省南部边陲,全县人口不及七万,县城人口仅两万余,然该县民众在蒋委员长焦土抗战精神感召下,抗敌热情极为高涨,仅一县城,即为国军输送勇丁一千八百余,并于战前自建一团,编入我二十三路军序列。战端一开,该团奉命进入马鞍山地区,牵制敌优势兵力,血战三日,保证了马鞍山大捷的完满实现。该团官兵无一人临敌怯战,无一人畏缩不前,无一人逃亡偷生,全体玉碎,为国捐躯,令国人闻之感泣,敌伪闻之惊颤。

隆重的葬礼上,新三团殉国的烈士们安息了,棺木、黑纱、孝服为他们构出了一片肃穆庄严的世界。卸甲甸县城在饮泣,脚下浸透了勇士热血的土地在饮泣,勇士们的亲眷在饮泣,国家、民族也在为他们饮泣!

韩将军向他们脱帽致敬。

高主席向他们脱帽致敬。

国军士兵手中的枪对天空鸣响,淡蓝的烟雾在人们头上阵阵腾起。

飘在空中他们为之捍卫的国旗为他们降下了,一尺尺,一寸寸……

新三团的烈士们将安葬在城东某地,高主席鸿图宣布,省府将在适当的时候,拨发特款修建烈士纪念陵园,并拟请于院长右任为其书撰陵碑碑文……

又讯:

韩将军于葬礼结束之归途中云:新三团将归还建制,以彰扬其英烈,光大其传统。对幸存之该团团长段仁义、团副霍杰克、三营二连连长欧阳贵三同志,韩将军拟呈请蒋委员长、何总长,分别授予青天白日勋章,并举行隆重热烈之授勋仪式。

二十

授勋是两个多月后的一个炎热的下午正式通知下来的,来通知的是

二十三路军总司令部副官长李龙道。李龙道说：授勋之所以耽搁了这么久，有两个原因，其一，他们三同志的伤势太重，怕授勋时他们起不了床；其二，也要等重庆中央的回音。现在，他们的伤虽没彻底痊愈，但都能起床了，蒋委员长亲自具名的嘉奖电也收到了，正可以好好庆祝一下，隆重热闹地搞个授勋仪式。

仪式定在次日早晨九时举行，地点在二十三路军总司令部大院，届时，中外记者将拍照采访，一切都已安排妥当。

临别时，李龙道再三交代，要他们注意军容风纪，不能在自己的总司令部里出洋相，让中外记者笑话。

次日八时二十分，两辆二十三路军总司令部的汽车开到了医院。副官长李龙道和两个随从，将身着二十三路军新军装的段仁义、霍杰克、欧阳贵接进了汽车。十五分钟后两辆汽车相继驰抵总司令部所在的原陆基滩专署大院。

韩培戈将军在大院门楼下候着，身边聚着一帮随从军官。段仁义一下车就注意到，将军身着崭新的中将戎装，还刮了胡子，很威严，也很精神，似乎比他半年多前在省城司令部里见到时要年轻些。将军还是将军，这场葬送了整个新三团的惨烈战争，非但没在将军身上留下任何痕迹，反倒使将军显得更沉稳，更气派了。

段仁义被韩培戈将军的气派震慑住了，未及走到将军面前，便在将军威严目光的注视下，鬼使神差地举起手臂，对着将军和将军身边的随从军官们敬了个礼。身边的霍杰克、欧阳贵见他敬了礼，也先后敬了礼。

礼敬得都很标准，将军似乎挺满意，还了个礼，呵呵笑了。将军两道浓眉下的眼睛，因笑的缘故，微微眯了起来，眼角、额头现出许多深刻的皱纹。朗朗笑着，将军向他们面前走了几步，先捉住他的手摇了摇，又和霍杰克、欧阳贵握了手。

将军握着欧阳贵的手，脸冲着他说：

"段团长，你们新三团打得好哇！我这个总司令脸上有光哇！要向你们致敬哩！"

欧阳贵把手从将军手里抽了出来,哼了一声:

"一千八百多老少爷们都打光了,能打不好么!"

将军注意地看了欧阳贵一眼,又把目光转向他。他心中一惊,镇定了一下情绪,勉强笑了笑道:

"是……是总座您指挥得好!"

将军摇起了手:

"哪里!是弟兄们打得好!没有弟兄们三天的顽强阻击和牵制,就没这场弘扬军威国威的大捷!委员长看了我们的作战总结,在不久前的一次军事会议上说:'如我军各部均有如此献身精神,则三年之内必可逐日寇于国门之外!'委座的评价很高啊!"

委座也知道了这场血战?那么,委座知道不知道新三团是怎么被出卖的呢?想必不会知道。面前这位将军是决不会把真实情况报知委座的,战争的黑幕太深沉了。段仁义想。

将军真厉害,似乎看穿了他的心思,把他们请到休息室坐下时,就绷起脸孔道:

"今天要来许多中外记者,有些记者可能要提出一些离奇古怪的问题。唔,比如说吧,有人怀疑你们新三团牺牲的背后有什么隐秘,荒唐嘛!在这里,本总司令可以负责地告诉你们:新三团的牺牲,完全是会战大局的需要,根本不存在任何非作战之原因。打仗就要死人,不存在谁该死、谁不该死的问题。在河西会战的全局上,新三团是个棋子;在中国抗战的全局上,连我们整个二十三路军也只是个棋子。对此,诸位应该和本总司令一样清楚。"

将军讲得也许有道理,可段仁义不信。卸甲甸事变是真实的,他段仁义不会忘记,韩培戈将军也不会忘记。这位心胸狭隘的将军能在省城司令部里一枪击穿穿军事地图,能下令把卸甲甸轰平,也就必然能用战争的手段报复卸甲甸人。

将军还在说,平静自然地说:

"还有个传闻嘛,传得有鼻子有眼嘛,说新三团的弟兄们打得好,是因为本总司令派了督战队,还在背后打死了不少弟兄。现在,本总司令也可以负责地告诉你们:两次和一七六一团的冲突均出于误会,尤其是最后那天晚上,一七六一团以为是鬼子偷袭。哦,这里顺便说一下,一七六一团这次作战不力,那个姓赵的团长,已被我撤了。我已对记者们发表过谈话,讲明了,新三团无一人畏敌退却,无一人临阵脱逃。"

将军扫视着他、霍杰克和欧阳贵,又淡淡说了一句:

"记者先生们很难对付呢,回答问题时,你们都要小心噢!"

这时,已临近授勋时间了,将军看了看表,起身告辞。

九时许,他和霍杰克、欧阳贵被李龙道和一帮副官簇拥着,通过司令部作战室偏门,进了会议厅,在台下为他们留好的显赫位置上坐下了。刚坐下,两个碧眼金发的外国记者和四五个中国记者就挤过来拍照,炮火爆炸般的照相灯不停地闪,白烟直冒。

拍照未完,台上已有人讲话,好像是一个穿少将军装的总司令部的人。大概是念蒋委员长的嘉奖令。台下许多人在鼓掌,掌声中,军乐队奏起了军乐。李龙道要他们上台,说是韩培戈将军、刘副总司令和参谋长邵将军要分别给他们授勋。

他看看霍杰克和欧阳贵,以团长的身份率先站起,迈着沉重的步履,登上了台阶。

期待已久的时刻终于到了。

一个丧失了男人的县城将向一个将军复仇。

马鞍山阻击战将在将军自己的司令部里,在这场授勋大会上最后结束。

没有慌乱,没有恐惧,在那个湿漉漉的夜晚,他已死过一回了。这次复仇后的死亡,只是那次未完成的死亡的一次补充。

他平静而镇定地走到将军面前。

将军向他笑了笑。

将军笑得牵强而艰涩,嘴仿佛是被几把无形的钳子硬拉开的,拉开后合拢得很慢、很慢……

将军手里捧着一枚系着红色缎带的勋章,缎带红得像血,从将军手指缝里软软垂下来,在铺着洁白桌布的长条桌上方悬着,微微摇动。

矮胖的刘副总司令和参谋长邵将军手里也捧着勋章,不过,不是青天白日勋章。代表军人最高荣誉的青天白日勋章只破例授予了他这个前县长。

他走到将军面前时,霍杰克越过他,走到了邵将军面前,欧阳贵也在矮胖的刘副总司令面前站住了。

中外记者涌到了台阶上,又把照相机对准了他们。

该开始了。

他缓缓抬起受过伤的右手,在手触军帽完成一个军礼之前,果决地用左手去掏怀里暗藏的六轮手枪。

然而,枪刚掏出来,霍杰克、欧阳贵手中的驳壳枪已率先叭叭爆响了,至少有四枪击中了将军的前胸。将军在突如其来的猛烈攻击面前,未及做出任何反应,便颓然跌坐在身后羊皮蒙面的椅子上。

将军的血,和他躯体上流过的,和新三团倒下的一千八百余名弟兄流尽了的,一样鲜红的血,从胸前爆涌出来,染红了笔挺的军装,染红了面前洁白的桌布,也染红了落在桌布上的勋章。

复仇实现了,攻击结束了,他未来得及开枪,也用不着开枪了——霍杰克和欧阳贵比他更有理由,更有资格开枪,他们的身上至今还残留着一七六一团赐予他们的弹头、弹片。

手慢慢垂了下来,尚未扣开空槽的六轮手枪落到了地上。

几乎是与此同时,台侧涌来了许多卫兵。卫兵手中的枪也响了,欧阳贵身中数弹被击毙在他脚下,霍杰克腿上也吃了一枪。尚未回过神来,他和再度受伤的霍杰克被卫兵们扭住了。

不可思议的是,将军挨了四枪后,竟没死,竟支撑着身子站了起来,用一只满是鲜血的手,把那枚沾上了鲜血的青天白日勋章抖颤着递了过来,苦笑着对他说:

"段团长,拿……拿去吧!你……你的!"

这使他大感意外。他根本没准备接受那枚勋章,他是抱着必死的决心来复仇的,将军现刻儿竟叫他拿勋章!他不想去拿,也无法拿,他的手被卫兵们死死抓着,整个身体连动都无法动。

将军挥了挥手,让卫兵们放了他。

被放了以后,他依然于震惊中保持着原有的扭曲的姿势,呆呆立着,像尊痛苦而麻木的塑像。

将军死命支撑着身子,让矮胖的刘副总司令把勋章挂到他脖子上,断断续续地说:

"很像军官了么,段……段团长!记……记得在省城司令部里,我……我对你说的话么?我……我说,用……用不了半年,叫……叫你成为像……像模像样的团长!不……不错吧!"

医官上来给将军包扎伤口,将军将他推开,喘息着,继续说:

"新……新三团的番号还……还在,这团长你……你还要做下去!抗……抗战不结束,就……就做下去!还有你……你的团副,也……也做下去,我……我会叫刘副总司令和……二十三路军的弟……弟兄们好好待……待你们……"

最后,将军挺了挺血淋淋的身子,对他,对周围的军官们,也对台下的人叹息似的说了句:

"都……都散了吧,授勋结……结束!"

言毕,将军轰然倒下了,像倒下了一堵墙。

他傻了,麻木了,自己是活着还是死了都不知道,置身何处也不知道。一时间似乎又回到了弥漫着炮火硝烟的马鞍山前沿,似乎又看到了那满山遍野的尸体。他以为倒下的将军是方参谋,是兰尽忠,是被敌人的枪炮击中的,他想哭、想喊,可既哭不出,也喊不出。他又以为自己死了,那湿漉漉夜晚的枪弹已击穿了他的头颅,他不是人,而是个飘荡的鬼魂。

眼前一黑,段仁义栽倒了……

二十一

【前线社二十三路军特快专电】

昨授勋大会突发惊人事变,二十三路军新三团三营连长欧阳贵,因其所获勋章非青天白日等级,迁怒于该路军总司令韩中将培戈,于上台受勋之际,突对授勋长官韩将军开枪猛射,计发四弹,将韩将军击致重伤,又将枪口转向前来救护之卫兵,遂被众卫兵当场击毙。呜呼!一捷战英雄,不惧强敌之枪林弹雨,竟因勋等之虚荣,向其长官开枪,并招致亡命大祸,痛乎!惨乎!此惨痛事实,岂非我国家民族之大悲剧哉!

【亚通社快讯】

在二十三路军之授勋大会上,一激战中神经错乱之欧阳氏中尉连长,于上台受勋非常时刻,疯症发作,误将授勋台视为战场,举枪满台射击,致使会场大乱,人均失色。主持授勋之二十三路军最高军事长官韩中将培戈,于众人惊乱中镇定如磐,虽身中数弹,仍双掌撑桌,立之巍然,指挥卫兵制止欧阳氏。然欧阳氏手中持枪,且连连击发,卫兵被迫将其击毙。笔者于该欧阳氏上台受勋之际,曾予拍照,已察觉其神色异常,双目滞呆,(见欧阳氏被击毙前之照片一,照片二)……

【共同社讯】

前时主持河西会战的重庆二十三路军中将总司令韩某,日前被其属下军官击毙。据南京国民政府有关人士透露,此一事件决非偶然,实系汪主席和平建国运动深入人心之必然结果。有关人士称:和平建国主张已在重庆军官兵中获得广泛拥戴,欧阳氏诸人不要勋章要和平的事实,宣告了重庆方面欺骗宣传的巨大失败……

【中央社讯】

二十三路军刘副总司令君臣中将,日前邀请中央社、美联社、前线社、亚通社,并十二报馆记者召开谈话会,澄清有关授勋事件真相。刘将军称:前时,亚通社、前线社并有关各报所云,"事件为勋等所致"或口"为神经错乱所致",均属无稽。刘将军受韩总司令全权委托,并以二十三路军总司令部名义,郑重声明,并公告事件事实及背景如左:甲、开枪击伤韩将军之凶犯欧阳氏,本系混入我国军队伍之日伪奸细,目前已在该犯原蛰居之卸甲甸搜出日制微型电台。乙、对授勋事件,日共同社并汪伪报纸广为宣传,声称欧阳氏之举为拥护和平运动一例,又为其身份提供佐证。丙、欧阳氏并非二十三路军司令部卫兵击毙,实系警惕甚高之该团团长段仁义击毙。丁、该团团副霍杰克为掩护危中之韩将军并本副总司令,奋勇夺枪,亦被击伤。戊、凶犯因惊慌之故,四枪均未击中要害,韩将军目前已脱离危险,迅速康复……

【《明报》特稿】

与铁血将军韩总司令培戈一席谈

访员:特派记者白水

……

访员:关于枪击事件,并事件背景,各方议论颇多,将军是否还有新的解释?

将军:没有。刘副总司令在谈话会上已澄清事实,其他议论请不要轻信。

访员:段仁义、霍杰克二同志还在将军麾下吗?

将军:当然。新三团已归还建制,段仁义仍然是团长,霍杰克仍然是团副,这个重建的新三团,将是我二十三路军的第一个美械团。

访员:对段仁义、霍杰克二同志可否探访?

将军:可以。不过,现在不行,本总司令已将他们和一批军官送到美国盟军顾问处接受特训。

访员:外间的疑问恰在这里,有人说段、霍二位已被将军软禁。

将军:纯系谣言!

访员:传言似有根据,因为卸甲甸事变和那场血战——尤其是那场血战……

将军:请不要再提那场血战!这种事过去有,现在有,将来还会有!我告诉你,你要记住:我们处在一个国难不已的时代,一个我们个人力量无法改变的时代,不管这个时代有多少我们无法理解的事,我们都要顺应它,并进而推动它。道理很简单:民族要生存,就必须以铁血手段进行战争,而战争总有牺牲!有时甚至是很大的牺牲,很大很大的牺牲!

访员:将军身体状况如何?今后有何打算?

将军:身体已大部康复。今后的打算,现在还属军事机密,无可奉告。不过,有一点可以透露:我二十三路军将在适当的时候,汇合友军,收复省城、浍城,并沙洋以北之广大地区,再造大捷,以谢国人。

作于1989年4月
2017年8月修订

—— 国 殇 ——

上 篇

一

山头上那片摇曳着枯叶的丛林被炮火摧毁了,一派萧瑟的暗黄伴着枯叶灰烬,伴着丝丝缕缕青烟,升上天空,化作了激战后的宁静和安谧。残存的树干、树枝在醒目的焦黑中胡乱倒着,丛林中的暗堡、工事变成了一片片凄然的废墟,废墟上横七竖八铺满了阵亡者的尸体。太阳旗在山头上飘,占领了山头的日本兵像蚂蚁一样四处蠕动着。深秋的夕阳在遥远的天边悬着,小山罩上了一层斑驳的金黄。

杨梦征军长站在九丈崖城防工事的暗堡里,手持望远镜,对着小山看。从瞭望孔射进的阳光,斜洒在他肩头和脊背上,灿然一片。他没注意,背负着阳光换了个角度,把望远镜的焦距调了调,目光转向了正对着九丈崖工事的山腰上。

一些头戴钢盔的日本兵在挖掘掩体,天已经挺凉了,许多日本兵却赤裸着上身。小钢炮支了起来,一个个炮口指着九丈崖正面,炮位上几乎没有什么遮饰物。日军的骄横是显而易见的,他们似乎料定据守九丈崖的中国军队已无发动反攻的能力。一个赤身裸体,只包着块兜裆布的家伙居然站在一块凸起的石头上,对着杨梦征军长望远镜的镜头撒尿。他脚下,一片干枯的灌木丛正在燃烧,时浓时淡的白烟袅袅腾起。火不知是占领了山头的日军放的,还是炮火打着的,不大,且因着夕阳光线的照射,看得不太真切。火焰舔过的地方是看得清的,一块块焦黑,恍如受伤躯体上刚结出的血痂。

杨梦征军长脚蹬着弹药箱,默默地瞭望,高大的身躯微微前倾,脑袋几乎触到了瞭望孔布满尘土的石台上。

暗堡挺大,像个宽敞的客厅,原是石炮台改造的。堡顶,一根挨一根横着许多粗大的圆木,圆木和圆木之间,扒着大扒钉。这是新二十二军三一二师的前沿指挥所。眼下,聚在这个指挥所里的,除了军长杨梦征,还有三一二师师长白云森和东线战斗部队的几个旅团长官。军长巡视时带来的军部参谋处、副官处的七八个校级随从军官也拥在军长身边,暗堡变得拥挤不堪。

白云森师长和三一二师的几个旅团长在默默抽烟,参谋处的军官们有的用望远镜观察对面失守的山头,有的在摊开的作战地图上做记号,划圈圈。

外面响着冷枪,闹不清是什么人打的。枪声离暗堡不远,大概是从这边阵地上发出的。零星的枪声,加剧了暗堡中令人心悸的沉郁。

过了好长时间,杨梦征把穿着黑布鞋的脚抬离了弹药箱,放到地上,然后转过了身子。军长的脸色很难看,像刚刚挨了一枪,两只卧在长眉毛下的浑眼珠阴沉沉的,发黑的牙齿咬着嘴唇。铺在军长肩头和脊背上的阳光移到了胸前,阳光中,许多尘埃无声地乱飞乱撞。

杨梦征把手中的望远镜递给了身边的一位高个子参谋:

"怎么啦?我们脚下的城防工事还没丢嘛!都哭丧着脸干啥!"

四八八旅旅长郭士文大胆地向杨梦征面前迈了一步,声音沙哑地道:

"军长,兄弟该死!兄弟丢了馒头丘!"

杨梦征几乎是很和蔼地看了郭士文旅长一眼,手插到了腰间的皮带上:

"唔,是你把这个焦馒头给我捧丢了?"

"只怕这个焦馒头要噎死我们了!"

军长身边的那位高个子参谋接了一句。

郭士文听出了那参谋的话外之音,布满烟尘污垢的狭长脸孔变了些颜色,他怯怯地看了杨梦征一眼,慌忙垂下脑袋。郭士文扣在脑袋上的军帽揭开了一个口子,不知是被弹片划开的,还是被什么东西挂破的,一缕短而硬的黑发露了出来。

"军长,兄弟的四八八旅没孬种!守馒头丘的一〇九七团全打光了,接防馒头丘时,一〇九七团只有四百多人,并……并没有……"

站在瞭望孔前抽烟的白云森师长掐灭烟头,迎着阳光和尘埃走到郭士文面前:

"各团还不都一样?四八七旅一〇九五团连三百人都不到,也没丢掉阵地!"

杨梦征挥了挥手,示意白云森不要再说了。

白云森没理会,声调反而提高了:

"郭士文,你丢了馒头丘,这里就要正面受敌,如此简单的常识都不知道吗?你怎么敢擅自下令让一〇九八团撤下来?你不知道咱们军长的脾气吗?"

军长的脾气,暗堡中的这些下属军官们都知道,军长为了保存实力,可以抗命他的上峰,而军长属下的官兵们,是绝对不能违抗军长的命令的。在新二十二军,杨梦征军长的命令高于一切。从军长一走进这个暗堡,东线的旅团长们,都认定四八八旅的郭士文完了。早年军长还是旅长时,和张大帅的人争一个小火车站,守车站的营长擅自撤退,被杨梦征当着全旅官兵的面毙了。民国十九年,军长升了师长,跟冯焕章打蒋委员长,一个旅长小腿肚子钻了个窟窿,就借口撒丫子,也被杨梦征处决了。

郭士文这一回怕也难逃噩运。

军长盯着郭士文看了好一会儿,慢慢向他跟前走了几步,摆脱了贴在胸前的阳光和尘埃,拖着浓重的鼻音问:

"白师长讲的后果你想过没有?"

"想……想过。"

"那为啥还下这种命令?你是准备提着脑袋来见我喽?"

"是……是的!"

杨梦征一怔,似乎有点不相信自己的耳朵。

"你再说一遍?"

"卑职有罪,任军长处裁。"

暗堡里的空气怪紧张的。

杨梦征举起手,猛劈下去。

"押起来!"

两个军部手枪营的卫兵上前扭住了郭士文。

郭士文脸对着军长,想说什么,又没说。

白云森师长却说话了:

"军长,郭旅长擅自下令弃守馒头丘,罪不容赦。不过,据我所知,郭旅长的一〇九七团确是打光了,撤下来的只是个空番号。军长,看在一〇九七团四百多号殉国弟兄的分上,就饶了郭旅长这一回,让他戴罪立功吧!"

杨梦征捏着宽下巴,默不作声,好像根本没听到白云森的恳求。

白云森看了郭士文一眼:

"咋还不向军长报告清楚!"

郭士文挟在两个卫兵当中,脖子一扭:

"我……我都说清了!"

"说清个屁!明知馒头丘要失守了,为啥不派兵增援!"

郭士文眼里滚出了泪,掩在蓬乱胡须下的面部肌肉颤动着:

"师长,你不知道我手头有多少兵么?!一〇九七团打光了,我再把一〇九八团填进去,这九丈崖谁守?!再说,一〇九八团填进去,馒头丘还是要丢!为了给四八八旅留个种,我郭士文准备好了挨枪毙!我不能把四八八旅最后三百多号人再赶到馒头丘上去送死!要死,死我一个好了。"

白云森别过脸去,不说话了。

杨梦征被震动了,愣愣地盯着郭士文看了半天,来回踱了几步,挥挥手,示意手枪营的卫兵把郭士文放开。他像什么事也没发生过似的,走到郭士文面前,手搭到郭士文的肩头上:

"馒头丘弃守时,伤员撤下来了吗?"

"全……全撤下来了!兄弟亲自带人上去抢下来的,连重伤员也……

也没拉下,共计四十八个,眼……眼下都转进城……城里了。"

军长点点头:

"好!咱们新二十二军没有不顾伤兵自己逃命的孬种习惯。这么难,你还把四十多个伤兵抢下来了,我这个做军长的谢你了!"

杨梦征后退两步,脱下帽子,举着花白的脑袋,向郭士文鞠了个躬。

郭士文先是一怔,继而,扑通跪下了:

"军长——杨大哥,你毙了我吧!"

军长戴上帽子,伸手将郭士文拉了起来:

"先记在账上吧!若是这九丈崖还打不好,我再和你算账!就依着你们师长话,给你个戴罪立功的机会!"

"谢军长!"

杨梦征苦苦一笑:

"好了,别说废话了,那只焦馒头让他妈的日本人搂着吧,咱们现在要按牢实脚下的九丈崖,甭让它再滑跑了!"

暗堡里的人们这才松了口气。

军长看着铺在大桌上的军用地图:

"白师长,谈谈你们东线的情况。"

白云森走到军长身边,身子探到了地图上,手在地图上指点着:

"军长,以九丈崖为中心,我东线阵地连绵十七里,石角头、小季山几个制高点还在我们手里,喏,这里!这里!我三一二师现有作战兵员一千八百余,实则不到一个整编旅。而东线攻城之敌三倍于我。他们炮火猛烈,还有飞机助战,如东线之敌全面进攻,除石角头、小季山可据险扼守外,防线可能出现缺口。石角头左翼是四八八旅,喏,就是咱们脚下的九丈崖,这里兵力薄弱,极有可能被日军突破。而日军只要突破此地,即可长驱直入,拿下我们身后的陵城。"

杨梦征用铅笔敲打着地图:

"能不能从别的地方抽点兵力加强九丈崖的防御?"

白云森摇头:

"抽不出来！小季山右翼也危险，一〇九四团只有五百多人。"

杨梦征默然了，眉头皱成了结，半晌，才咬着青紫的嘴唇，离开了地图。

"郭旅长！"

"到！"

杨梦征用穿着布鞋的脚板顿了顿地：

"这里能守五天么？"

郭士文咽了口吐沫，喉结动了一下，没言语。

"问你话呢！九丈崖能不能守五天？"

"我……我不敢保证。"

"四天呢？"

郭士文还是摇头。

"我……我只有三百多号人。"

"三天呢？"

郭士文几乎要哭了。

"杨……杨大哥，您我兄弟一场，我……我又违抗了军令，你……你还是毙了我吧！"

杨梦征火了，抬手对着郭士文就是一个耳光。

耳光激愤有力，颤响灌满了暗堡，几乎压住了外面零零星星的枪声。

众人又一次被军长的狂怒惊住了。

军长今天显然是急红眼了，在近三十年的军旅生涯中，他大概从未像此时此刻在这个暗堡里这么焦虑，这么绝望。从徐州、武汉到豫南，几场会战打下来，一万五千多人的一个军，只剩下不到六千人，刚奉命开到这里，又被两万三千多日伪军包围了。情况是十分严重的，新二十二军危在旦夕，只要九丈崖一被突破，一切便全完了，暗堡里的军官们都清楚地知道这一点。

然而，他们却也同情郭士文旅长，御守九丈崖的重任放在他们任何一个人身上，他们也同样担不了，谁不清楚？九丈崖和馒头丘一样，势在必失。

杨梦征不管这些,手指戳着郭士文的额头骂:

"混蛋!孬种!白跟老子十几年,老子叫你守,守三天!守不住,我操你祖宗!新二十二军荣辱存亡,系此一战!你他妈的不明白么?"

郭士文慢慢抬起了头:

"是!军长!我明白!四八八旅誓与九丈崖共存亡!"

杨梦征的怒火平息了一些,长长叹了口气,拍了拍郭士文的肩头:

"好!这才像我六兄弟说的话!"

郭士文却哭了:

"杨大哥,为了你,为了咱新二十二军,我打到底!可……可我不能保证守三天!我只保证四八八旅三百多号弟兄打光算数。"

杨梦征摇摇头,凄然一笑:

"不行哇,老弟!我要你守住!不要你打光……"

偏在这时,桌上的电话铃响了。一个随从参谋拿起电话,问了句什么,马上向杨梦征军长报告:

"军长,你的电话!"

"哪来的?"

"军部,是毕副军长。"

杨梦征军长走到桌前,接过话筒。

"对!是我……"

军长对着话筒讲了半天。

谁也不知道电话里讲的是什么。不过,军长放下电话时,脸色更难看了,想来那电话不是报喜报捷。大家都想知道电话内容,可又不敢问,都呆呆地盯着军长看。

杨梦征正了正军帽,整了整衣襟,望着众人平静地说:

"弟兄们,眼下的情势,大家都清楚,你们说咋办?"

众军官你看看我,我看看你,没人说话,最后,眼光集中到了白云森脸上。

白云森道：

"没有军长，哪有新二十二军?！我们听军长的！"

杨梦征对着众军官点了点头：

"好！听我的就好！你们听我的，现刻儿，我可要听中央的，听战区长官部的。我再次请诸位记住，我们新二十二军今儿个不是和张大帅、段合肥、吴子玉打，而是和日本人打。全国同胞们在看着我们，咱陵城二十二万父老乡亲们在看着我们，咱不能充孬种！"

"是！"

军官们纷纷立正。

杨梦征想了想，又说：

"我和众位都是多年的袍泽弟兄了，我不瞒众位，刚才毕副军长在电话里讲：赶来救援我们的新八十一军在醉河口被日军拦住了，眼下正在激战。暂七十九军联系不上，重庆和战区长官部电令我军固守待援，或伺机突破西线，向暂七十九军靠拢。情况就是这样。只要我们能拼出吃奶的劲，守上三天，情势也许会出现转机，即便新八十一军过不来，暂七十九军是必能赶到的！我恳请众位一定要不惜一切代价，守住东线！凡未经军部许可，擅自弃守防线者，一律就地正法！"

"是！"

又是纷纷地立正。

杨梦征挥挥手，在一群随从和卫兵的簇拥下，向暗堡麻包掩体外面走，走到拱形麻包的缺口，又站住了：

"郭旅长！"

"有！"

"军部手枪营拨两个连给你，还是那句话，守三天！"

"军长……"

"别说了，我不听！"

杨梦征手一甩，头也不回地走了。

郭士文下意识地追着军长背影跑了几步，又站下了。他看着军长和随从们上了马,看着军长一行的马队冲上了回城的下坡山道。山道上蔚蓝的空中已现出一轮满月,白白的、淡淡的,像张失血的脸。西方天际烧着一片昏黄发红的火,那片火把遥远的群山和高渺的天空衔接在一起了。

他怅然若失地转身往暗堡中的指挥所走,刚走进指挥所,对面馒头丘山腰上的日军炮兵开火了,九丈崖弥漫在一片浓烈的硝烟中……

二

从九丈崖城防工事到陵城东大门不过五六里,全是宽阔的大道。道路两旁立着挺拔高耸的钻天杨,夏日里,整个大道都掩映在幽幽的绿荫里。现在却不是夏日,萧瑟的秋风吹落了满树青绿,稀疏枝头上残留的片片黄叶也飘飘欲飞,空旷的路面上铺满了枯朽的落叶。风起处,落叶飞腾,尘土四扬,如黄龙乱舞,马蹄踏在铺着枯叶的路面上,也听不到那令人心醉的"得得"脆响了。

杨梦征军长心头一阵阵酸楚。

看光景,他的新二十二军要完了。

这是他的军队呵!新二十二军是他一手缔造的庞大家族,是他用枪炮和手腕炮制出的奇迹。就像新二十二军不能没有他一样,他也不能没有新二十二军。现今,落花流水春去也,惨烈的战争,把他和他的新二十二军推到了陵城墓地。下一步他能做的只能是和属下的残存部属,把墓坑掘好一些,使后人能在茶余饭后记起:历史上曾有过一个显赫一时的新二十二军,曾有过一个叫杨梦征的中将军长。

那个叫杨梦征的军长二十九年前就是从陵城,从脚下这块黄土地上起家的。那时,从九丈崖古炮台到城东门的道路还没这么宽,路面也没有这么平整。他依稀记得,那窄窄的路面上终年嵌着两道深深的车辙沟,路边长满刺槐棵子和扒根草,钻天杨连一棵也没有。窄道上,阴天满道泥水,晴日尘土蔽日。那会儿,他也不叫杨梦征,他是九丈崖东北杨家墟子人,大号杨富贵,可墟里墟外的人都管他叫杨老六。他上面有五个叔伯哥,下面有七个叔伯兄弟。他们杨家是个大家族,陵城皮市街上许多绸布店、大酒楼,都是杨家人开的。老族长满世界吹嘘,说他们杨家是当年杨家将的后人,谁知道呢?!族谱上没这个记载,据老族长说,是满人入关时,把有记载的老族谱毁于兵火了。族人们便信以为真,便认定杨家墟子的杨氏家族是应该出个将军、大帅什么的。

直到宣统幼主登基,杨氏家族都没有出将军、大帅的迹象。那时的他虽说喜好枪棒,将军梦还不敢做。整日勾着腰,托着水烟袋的老族长也没料到他有一个愣头愣脑的重孙儿日后会做上中将军长。

宣统登基的第三个年头,陵城周围闹匪了,最出名的一个叫赵歪鼻,手下的喽啰有百十号,还有几十匹好马,十几杆毛瑟快枪,五响的。赵歪鼻胆大包天,那年春上,绑了杨家的一个绸布店老板的票,接下,又摸黑突进陵城,抢了城里最繁华的举人街。城里巡防营的官兵屁用没有,莫说进山剿匪,连抓住的两个喽啰都不敢杀。赵歪鼻发了话,官府敢杀他手下的人,他就拿巡防营开刀。据说,巡防营管带暗地里放了那两个喽啰,又咋咋呼呼说是那两个喽啰逃了。

官府靠不住,百姓们只得自己保护自己。那年夏天,先是杨家墟子,后是周围的村寨和城里纷纷成立了民团、商团,整日价喝符水念咒,舞枪弄棒。老族长知道他自幼喜好枪棒,功夫不浅,就让他做了二团总,团总自然是老族长。后来,老族长吃参吃多了,竟死了。老族长直到死,都不知道外面的世界已闹得沸反盈天,都不知道革命党人已在广州、香港、上海、武昌四处发动了起义。临死时,还拉着重孙儿的手交代:咱拉民团是护乡保民,就如同当年曾相国一样,是护着大清天下的,咱可不能因着有枪有棒,势力坐大,就不听官府的招呼。

那工夫,他只有三支五响毛瑟快枪,还是老族长通过巡防营管带,私下用一百多两白银买来的,人倒不少,杨家墟子、白土堡加城里,四个民团,合计有近一千多号人,使的都是红缨子枪头和大刀片。就这些枪头子和大刀片,便把赵歪鼻吓住了,整整一个冬季,赵歪鼻和他的喽啰们都没敢在杨家族人身上下手。

过了大年,省城的信息传来了,说是宣统小圣上的龙座保不住了,四处都起义独立了。城里已有了革命党,革命党和赵歪鼻联络,要他带人来打陵城。杨家一个在南京水师学堂念书的秀才也跑了回来,也成了革命党。秀才是他的堂哥。秀才堂哥很严重地告诉他:武昌成立了军政府,各省都督府代表云集上海,通电宣布,承认武昌军政府为统领全中国的中央军政府。秀才堂哥以革命党的名义,劝他带领民团、商团,抢在赵歪鼻一伙的前面,干掉巡防营,接管陵城。

他直到这时才明白,建立武装并不仅仅能保护自己,保护家族的财产势力,而且能够干预政治,改变人们的生活秩序和历史的进程。他的第一个老师,应该说是那位两年后因病谢世的秀才堂哥,他日后渐渐辉煌起来的梦想,也是那位秀才堂哥最先挑起的。

不过,那当儿,他却很犹豫。老族长的谆谆教诲还在耳边响着,巡防营和他们杨家,和民团、商团的关系又一直不错,向巡防营下手他狠不下心。

秀才哥说,你不下手,赵歪鼻就要下手,他要是一宣布起义独立,接管了陵城,不但咱们杨家,连全城都要遭殃。到那时你再打他,革命党人就会帮着他来打你了。量小非君子,无毒不丈夫,要想成大事,就不能讲情面,不能手软心善。

在秀才哥的怂恿下,他干了,当夜扑进了陵城,缴了巡防营的械,占领县道衙门,宣布起义。三天后,赵歪鼻率着喽啰们赶来"造反"时,陵城古都已咸与革命了。

赵歪鼻恼透了,扬言要踏平陵城,血洗杨家墟子。秀才哥和革命党人便从中斡旋,说大家都是反清志士,要一致对付清廷,不能同室操戈。于是便谈判。赵歪鼻子不做山大王了,改邪归正,投身"革命"了——据他声称,他内心早就倾向革命了,当年抢掠陵城举人街便是革命的确证。他的喽啰并到了城防队里,杨梦征做队总,他做队副。后来,城防队正式编为民军独立团,杨梦征做中校团长;赵歪鼻做少校团副——这家伙好运不长,做了少校没几天,就因着争风吃醋被手下的人打死了。原陵城商团的白云森也做了中尉旗官。

他由此而迈入了军界,开始了漫长而艰险的戎马生活。先是在陵城,后是在皖北、河南、京津,二十多年来马蹄得得,东征西战,走遍了大半个中国,参加了制造中国近代历史的几乎每一场战争。民国二十三年,在名正言顺做了中将军长以后,他还幻想以他的这支杨姓军队为资本,在日后的某一天,决定性地改变民国政治。当年的吴佩孚吴大帅不就是仗着一个第三师改变了北洋政府的政治格局,操纵了一个泱泱大国的命运吗?!

没想到,民国二十六年七月七日,卢沟桥一声炮响,他隐匿在心中的伟大梦想被炸断了。日军全面侵华,两个国家、两个民族的大厮杀、大拼搏开始了。他和他的新二十二军身不由己地卷进了战争的旋涡,在短短三年中,打得只剩下了一个零头。他是有心计,懂韬略的,十分清楚新二十二军的衰败对他意味着什么。可是,在这场关乎民族存亡的战争中,他既不能不打,也不能像在往昔的军阀混战中那样耍滑头、搞投机。他若是还像往昔那样耍滑头,不说对不起自己作为一个中国军人的良心,也对不起真心拥戴他的陵城地区二十二万父老兄弟。

在关乎民族存亡的战争中,是没有妥协选择的余地的。

往昔的战争却不是这样。

民国九年,他率着独立团开出陵城,扯着老段的旗号打吴佩孚的镇守使时,一看情况不妙,马上倒戈,枪口一掉,对着自己的友军开了火。民国十一年四月,直奉战争爆发,他先是跟着同情奉系的督军拥张倒吴,后来一看吴佩孚得势,马上丢下阵地,和直系的一个旅长握手言和。再后来,冯焕章占领京师,赶走了废帝宣统,他又率着家族部下投身国民军行列,且因着兵力雄厚,升了旅长。冯焕章没多久服膺三民主义,他便也信奉了孙总理,贴上了蒋委员长——那时蒋委员长还没当委员长哩!再后来,张宗昌十万大兵压境,他的独立旅支撑不住,摇身一变,又把蒋委员长和孙总理的三民主义踏在脚下,向张宗昌讨价还价,要了一个师的名分,和张宗昌一起打北伐军。狗肉将军张宗昌十足草包,和北伐军没战上几个回合,一下子完了。他当机立断,没让蒋总司令招呼,又冲着张宗昌的一个旅开了火,竟把那个旅收编了,正正经经有了一个整编师。如今的副军长毕元奇就是当时那个旅的旅长,守九丈崖的郭士文是那个旅的团长。民国十九年,冯焕章伙着阎老西打蒋委员长,他二次反叛,在出师训话时,把蒋委员长痛骂了一通,而后气派非凡地率部上了前线。打了没多久,冯焕章、阎老西和蒋委员长谈判修好了,他又名正言顺地变成了国民革命军的少将师长。

从宣统年间拉民团起家,到民国十九年参加蒋、冯、阎大战,十六年间,他真不知道究竟打了多少乱仗,信奉过多少主张和主义,耍过多少次滑头。为了保存实力,为了不让自己的袍泽弟兄送死,在漫长喧闹的十六年中,他几乎没正正经经打过一次硬仗、恶仗。他不断地倒戈、抗命,成了军界人所共知的常败将军、倒戈将军、滑头将军。可奇怪的是,那么多血气方刚的常胜将军都倒下了,这个叫杨梦征的将军却永远不倒。而且,谁也不敢忽略他的存在。更令那些同行们惊讶的是:他的队伍像块无缝的铁板,永远散不了。有时候被打乱了,他的部下和士兵们临时进了别人的部队,可只要一知道杨梦征在哪里,马上又投奔过去,根本不用任何人招呼。仅此一点,那些同样耍枪杆子的将领们就不能不佩服。汤恩伯司令曾私下里说过:杨梦征带的是一支家族军。李宗仁司令长官也说:新二十二军是支扛着枪吃遍中国的武装部落。

李长官的话带着轻蔑的意思。这话传到他耳朵里后,他心里挺不是滋味。那时,他还没见过这位桂系的首脑人物。

民国二十六年四月,台儿庄眼见着要打响了,最高统帅部调新二十二军开赴徐州,参加会战。他去了,也真想好好教训一下日本人,给家乡的父老兄弟脸面上争点光。不曾想,整个五战区的集团军司令们却都不愿接收他,都怕他再像往昔那样,枪一响就倒戈逃跑。因左右逢源的成功而积蓄了十六年的得意,在四月八号的那个早晨,在徐州北郊的一片树林里,骤然消失了⋯⋯

第二天,李宗仁长官召见他,把新二十二军直接划归战区长官部指挥,让他对此事不要计较。李长官告诉他:过去,咱们打的是内战,你打过,我也打过,打输了,打赢了,都没意思。你要滑头也能理解。旧事,咱们都别提了。今日是打日本人,作为中国军人,如果再怯敌避乱,那就无颜以对四万万五千万国人了!他知道。他频频点头。最后,拍着胸脯向李长官表示:新二十二军绝对服从李长官调遣,一定打好。

民国二十六年四五月间的徐州,像个被炮火驱动的大碾盘。短短四十天中,日军先后投进了十几个师团,总兵力达四十万之巨;中国军队也相继调集了六十多万人参战,分属两个东方民族的庞大武装集团,疯狂地推动着战争的碾磙,轰隆隆碾灭了一片片生命的群星。先是日军在台儿庄一线惨败,两万余人化作灰烬,继而是国军的大崩溃,几十万人被围困在古城徐州。

日军推过来的碾磙也压到了他的新二十二军身上,三千多弟兄因此丧生碾下。而他硬是用那三千具血肉之躯阻住了碾磙向运河一线的滚动,确保了孙连仲第二集团军的台儿庄大捷。

他和他的新二十二军第一次为国家,为民族打了一次硬仗。

后来,当台儿庄大捷的消息传到陵城,全城绅商工学各界张灯结彩为之庆贺,还不远千里组团前往徐州慰劳……

五月中旬撤出徐州之后,他率部随鲁南兵团退过了淮河,继而又奉命开赴武汉,参加了武汉保卫战。武汉失守,他辗转北撤,到了豫南,在极艰难、极险恶的情况下,和日军周旋了近十个月。

三十年初,豫南、鄂北会战开始,新二十二军歼灭日军一个联队,受到了最高统帅部通电嘉勉。杨梦征的名字,从此和常败将军、倒戈将军的耻辱称号脱钩了。陵城的父老兄弟们因此而认定,从陵城大地走出去的杨梦征和新二十二军天生就是保家卫国的军队,杨梦征军长和新二十二军的光荣,就是他们的光荣。

豫鄂会战结束后,战区长官部顺乎情理地把新二十二军调防陵城了。其时,陵城周围四个县已丢了三个,战区长官部为了向最高统帅部交账,以陵城地区为新二十二军的故乡,地理条件熟,且受本地各界拥戴为由,令他率六千残部就地休整,准备进行游击战。不料,刚刚开进陵城不到一周,从沦陷区涌出的日军便开始了铁壁合围,硬将他和他的子弟兵困死在这座孤城里了……

骑在马上,望着不断闪过的枯疏的树干,和铺满路面的败枝凋叶,杨梦征真想哭。

在反抗异族侵略者的战争中,他成名了——一万多袍泽弟兄用性命鲜血,为他洗刷掉了常败将军、倒戈将军的耻辱,然而,事情却并不美妙。他有力量的时候,得不到尊敬;得到尊敬的时候,力量却作为换取尊敬的代价,付给了无情的战争。

他感到深深的愧疚,对脚下生他养他的土地,对倒卧在鲁南山头、徐州城下、武汉郊外、豫南村落的弟兄们。他不知道现在幸存的这几千部下是否也要和他一起永远沉睡在家乡古城,还有二十二万敬爱他的和平居民。

战争的碾磙又压过来了,当他看到东城门高大城堡上"抗日必胜"四个赤红耀眼的大字的时候,不禁摇了摇头,心想:抗日会胜的,只是眼下这座孤城怕又要被战争的碾磙碾碎了。这里将变为一片废墟,一片焦土,而他和他的新二十二军也将像流星一样,以最后的亮光划破长空,而后,永远消失在漫长而黑暗的历史夜空中,变为虚无飘渺的永恒。

他叹了口气,在城门卫兵们向他敬礼的时候,翻身下了马。在自己的士兵面前,他是不能满面阴云的,他一扫满面沮丧之色,重又把一个中将军长兼家长的威严写到了皮肉松垮的脸上。

军部副官长许洪宝在城门里拦住了他,笔直地立在他面前,向他报告:陵城市府和工商学各界联合组织的抗敌大会,要请他去讲演,会场在光明大戏院,市长、商会会长已在军部小白楼恭候。

这是三天前就答应了的,他要去。日军大兵压境,陵城父老还如此拥戴他,就冲着这一点,他也得去。他可以对不起任何上峰长官,却不能对不起陵城的父老兄弟。

他点了点头,对许副长官交代了一下:

"打个电话给军部,就说我直接到会场去了,请市长和商会的人不要等了。告诉毕副军长,如有紧急军情,如新八十一军、暂七十九军有新消息,立即把电话打到会场来。噢,还有,令手枪营一、三连立即到九丈崖向四八八旅郭士文报到,二连和营长周浩留下!"

三

杨梦征在一片近乎疯狂的掌声中走下了戏台子。台下的人们纷纷立起。靠后的人干脆离开座位,顺着两边的走道向前挤,有的青年学生站到了椅子上。会场秩序大乱,闹哄哄像个大兵营。副长官许洪宝害怕了,低声对军部手枪营营长周浩说了句什么,周浩点点头,拔出了驳壳枪,率着许多卫兵在军长和与会者之间组成了一道人墙。

杨梦征见状挺恼火,令周浩撤掉人墙,把枪收起来。他在尚未平息的掌声中,指着楼上包厢上悬着的条幅,对周浩道:

"这是陵城,新二十二军的枪口咋能对着自己的父老乡亲呢?看看横幅上写的什么嘛?!"

横幅上的两行大字是:

"胜利属于新二十二军!光荣属于新二十二军!"

周浩讷讷道:

"我……我是怕万一……"

"陵城没有这样的万一!假使真是陵城的父老乡亲要我死,那必是我杨梦征该死!"

副官长许洪宝走了过来:

"会已经散了,这里乱哄哄的,只怕……军长还是从太平门出去回军部吧!"

杨梦征没理自己的副官长,抬腿跨到了第一排座位的椅子上,双手举起,向下压了压,待掌声平息下来,向众人抱拳道:

"本军长再次向各界父老同胞致谢!本军长代表新二十二军全体弟兄向各界父老同胞致谢!"

话刚落音,第四排座位上,一个剪着短发的姑娘站了起来,大声问:

"杨军长,我是本城《新新日报》记者,我能向您提几个问题么?"

他不知道陵城何时有了一张《新新日报》,不过,看那年轻女记者身边站着自己的外甥女李兰,他觉着得允许女记者问点什么。

女记者细眉大眼,挺漂亮。

他点了点头。

"市面纷传,说是本城已被日军包围,沦陷在即,还说,东郊馒头丘已失守,九丈崖危在旦夕,不知属实否?"

杨梦征挥了挥手:

"纯系汉奸捏造!馒头丘系我军主动弃守,从总体战略角度考虑,此丘无固守之必要!九丈崖有古炮台,有加固了的国防工事,有一个旅防守,固若金汤!"

女记者追问:

"东郊炮声震天,其战斗之惨烈可想而知,九丈崖能像军长讲的'固若金汤'么?"

杨梦征有些火,脸面上却没露出来:

"你是相信本军长,还是相信汉奸的谣言?"停顿了一下,又说:"若是本城真的危在旦夕,本军长还能在这里和父老乡亲们谈天说地么?!"

会场上响起一片啧啧赞叹,继而,不知谁先鼓起了掌,掌声瞬时间又响成了一片。

掌声平息下来之后,女记者头发一甩,又问:

"我新二十二军还有多少守城抗敌的兵力?"

杨梦征微微一笑:

"抱歉,这是军事机密,陵城保卫战结束之前,不能奉告。"

"请军长谈谈本城保卫战的前途?"

杨梦征指了指包厢上悬着的横幅:

"胜利属于新二十二军!"

这时,过道上的人丛中,不知是谁说话了,音调尖而细:

"军长不会再弃城而逃,做常败将军吧?"

全场哗然。

众人都向发出那声音的过道上看。

手枪营营长周浩第二次拔出了驳壳枪。

杨梦征一笑置之,侃侃谈道:

"民国二十六年以前,自家内战,同室操戈,你打我,我打你,全无道理,正应了一句话:'春秋无义战'。本军长知道它是不义之战,为何非要打?为何非要胜?为何非要我陵城子弟去流血送死?本军长认为,二十六年前之国内混战,败不足耻,胜不足武。民国二十六年'七七事变'以后,本军长和本军长率属的新二十二军为民族,为国家拼命流血,是我同胞有目共睹的,本军长不想在此夸耀!提这个问题的先生嘛,我不把你看作动摇军心的汉奸,可我说,至少你没有良心!我壮烈殉国的新二十二军弟兄的在天之灵饶不了你!"

女记者被感动了:

"军长!陵城民众都知道,咱新二十二军抗日英勇,军长是咱陵城光荣的旗帜!"

"谢谢小姐!"

"请军长谈谈,陵城之围,何时可解?听说中央和长官部已令友军驰援,可有此事?"

杨梦征气派非凡地把手一挥:

"确有其事。我国军三个军已星夜兼程,赶来增援,援兵到,则城围解。"

"如若这三个军不能及时赶到呢?"

"我守城官兵将坚决抵抗!有我杨梦征,就有陵城……"

刚说到这里,副官长许洪宝跳上椅子,俯到杨梦征耳边低语了几句。

杨梦征再次向众人抱了抱拳:

"对不起!本军长今晚还要宴请几位重要客人,客人已到,不能奉陪了!抱歉!"

杨梦征跳下了椅子,在众多副官、卫兵的簇拥和市政各界要员的陪同下,通过南太平门向戏院外面走。刚出太平门,女记者追了上来,不顾周

国　殇 // 115

浩的阻拦,拦住杨梦征问:

"军长,我能到九丈崖前沿阵地上探访吗?"

杨梦征面孔上毫无表情:

"不行,本城战况,军部副官处每日会向各界通报!你要探访,就找许副官长!"

外甥女李兰冲过去,站到了女记者身边:

"舅舅,你就……"

杨梦征对外甥女也瞪起了眼睛:

"不要跟着起哄,快回去!"

杨梦征迈着军人的步子,头都不回,昂昂地向停在举人街路边的雪铁龙汽车走去。走到离汽车还有几步的时候,从戏院正门出来了几个商人模样的老人,冲破警戒线,要往他跟前扑。手枪营的卫兵们虽然阻拦,可怕军长责怪,不敢过分粗暴。几个老人气喘吁吁,大呼小叫,口口声声说要向军长进言。

杨梦征喝住卫兵们,让几个老人来到面前:

"诸位先生有何见教?"

一个戴瓜皮帽的老人上前拉住他的手:

"老六!做了军长就不认识我这老朽本家了!我是富仁呀!宣统年闹匪时被绑过,后来,咱杨家拉民团……"

杨梦征认出来了:

"唔,是三哥,我正说着等军务忙完了,到皮市街去看看咱杨家老少爷们,可你看,初来乍到,连营寨还没扎牢实,就和日本人干上了!"

"是喽!是喽!做将军了,忙哩!我到你们军部去了三次都没寻到你……"

"三哥,说吧,有啥事?还有你们诸位老先生。"

戴瓜皮帽的本家道:

"还不是为眼下打仗么!老哥我求你了,你这仗可能搬到别处去打?咱陵城百姓子民盼星盼月似的盼你们,可你们一来,鬼子就来了,老六,这是咋搞的?"

另一个挂满银须的老头也道:

"将军,你是咱陵城人,可不能在咱陵城城里开仗哇!这城里可有二十几万生灵哇!我等几个老朽行将就木,虽死亦不足惜,这一城里的青壮妇孺,走不脱,出不去,可咋办呀?将军,你积积德,行行好吧!可甭把咱陵城变成一片焦土死地哇!"

杨梦征听着,频频点头:

"二位所言挺好,挺好!我考虑,我要考虑!本军长不会让鬼子进城的,也不会把陵城变成焦土的!放心!你们放心!实在抱歉,我还有要务,失陪!失陪!"

说着,他钻进了雪铁龙,未待刚钻进来的许洪宝关闭车门,马上命令司机开车。

车一离开欢送的人群,他便问许洪宝:

"毕副军长刚才在电话里讲的什么?"

许洪宝叹了口气,忧郁地道:

"孙真如的暂七十九军昨日在距陵城八十二里的章河镇一带附逆投敌了!姓孙的通电我军,劝我们向围城日军投降,电文上讲:只要我军投降,日本军方将在点编之后,允许我军继续驻守陵城!如果同意投降,可在今、明两夜的零点至五点之间打三颗红色信号弹。围城日伪军见到信号弹,即停止进攻。据毕副军长讲,电文挺长,机要译电员收译了一个小时,主要内容就是我报告的这些。"

"新八十一军现在情况如何?"

"依然在醉河一线和日军激战,五时二十分电称:将尽快突破重围,向我靠拢!"

"孙真如的暂七十九军投敌,新八十一军知道么?"

"知道。重庆也知道了。六时二十八分,重庆电告我军,宣布暂七十九军为叛军,取消番号,令我继续固守,在和新八十一军汇合之后,西渡黄河,开赴中原后方休整待命。长官部七时零五分,也就是刚才,电令我军伺机向黄泛区方向突围,友军将在黄泛区我军指定地点予以接应。"

"混账话！我们突得出去么？"

"毕副军长请您马上回军部！"

杨梦征仿佛没听见似的,呆呆望着窗外。

汽车驰到贝通路大东酒楼门前时,他突然命令司机停车。

雪铁龙停下,手枪营营长周浩的两辆摩托车和一部军用卡车也停了下来。

周浩跳下车斗,跑到雪铁龙车门前:

"军长,不是回军部么,为什么停车？"

杨梦征道:

"请客！今天你做一次军长,找一些弟兄把大东酒楼雅座全给我包下来,好好吃一顿,门口戒严,不准任何人出入。把牌子挂出来,扯上彩灯,写上:杨梦征军长大宴嘉宾！十一时前不准散伙。"

"是！"

"要搞得像真的一样！"

"明白。这带出的两个排,我留一个排护卫军长吧！"

"不必！再说一遍,这是陵城！"

杨梦征连雪铁龙也摔下了,自己跳上了一辆摩托车,许洪宝跳上了另一辆,一路呼啸,向位于陵城风景区的军部小白楼急驰……

四

情况越来越坏,一顿丰盛的晚餐都被糟踏了。从在餐桌前坐下来,到晚餐结束,离开餐桌,杨梦征几乎被电话和报告声吵昏过去。一顿饭吃得极糊涂。东线九丈崖告急,西线在日军强大炮火的攻击下军心浮动,三一一师副师长,杨梦征的侄子杨皖育,请求退守城垣。城中机动团(实际不到三百人)十三个士兵化装潜逃,被执法处抓获,请示处置。半个小时前,在光明大戏院还慷慨激昂的总商会会长,现在却低三下四地打电话来,恳请新二十二军以二十二万和平居民为重,以古城池为重,设法和日伪军讲和。总商会答应为此支付八十万元法币的开拔费。城北矿业学院的大学生则要新二十二军打下去,并宣称要组织学生军敢死队前往东线助战,恳请军长应允。

杨梦征几乎未经考虑,便接二连三发出了命令:从机动团抽调百余人再次填入九丈崖。把侄子杨皖育臭骂了一通,令其三一一师固守西线。十三个逃兵由执法处押赴前沿戴罪立功。对商会会长则严词训斥云:本军军务,本城防务,任何人不得干预,蓄意扰乱军心者,以通敌罪论处。对矿院大学生代表,则好言相劝,要他们协助军政当局,维持市内秩序,救护伤员。为他们的安全计,不允许他们组织敢死队,擅自进入前沿阵地。

晚饭吃完,命令发布完,已是九点多钟了,毕元奇副军长,许洪宝副官长才满面阴郁在他面前坐下。

毕元奇把暂七十九军孙真如的劝降电报递给了他,同时,似乎很随便地问了句:

"看军长的意思,我们是准备与陵城共存亡喽?"

他接过电报,反问了一句:

"你说呢?"

"我?"

毕元奇摇摇头,苦苦一笑,什么也没说。

许洪宝也将几张红红绿绿的纸片递了上来:

"军长,这是刚才手枪营的弟兄在街上捡来的,不知是日军飞机扔的,还是城内汉奸散发的,您看看,上面的意思和孙真如的电报内容相同。鬼了说:如果我新二十二军不走暂七十九军孙真如的路,他们明日就要用飞机轰炸陵城市区了。"

"逼我们投降?"

"是的,您看看。"

杨梦征翻过来掉过去将电报和传单看了几遍,突然,从牛皮蒙面的软椅上站起来,将电报和传单揉成一团,扔进了身边的废纸堆里。

"孙真如真他妈的混蛋!"

"是呵,长官部不派他增援我们反好,眼下,他可要掉转枪口打我们了!"

毕元奇的话中有话。

杨梦征似乎没听出来,站起来在红漆地板上踱着步:

"情况确实严重,可突围的希望么,我看还是有的!新八十一军不就在醉河附近么?若是他们突破日军阻隔,兼程驰援,不用三天,定能赶到本城。新八十一军的赵锡恒,我是知道的,这家伙是条恶狼,急起来又撕又咬,谁也阻不住的!还记得二十七年底在武汉么?这家伙被日本人围了大半个月,最后还不是率部突出来了么?!"

毕元奇摇了摇头:

"问题是,陵城是否还能守上三天以上?今日下午六时以后,日军一反常态,在东、西两线同时发动夜战,八架飞机对东线进行轮番轰炸,我怀疑这其中必有用意。"

"用意很明显,就是迫降么!他们想在我部投降之后,集中兵力回师醉河,吃掉新八十一军!新八十一军不像我们这样七零八落的,赵锡恒有两个整师,一个独立旅,总计怕有两万五六千狼羔子哩!"

"军长,难道除了等待新八十一军,咱们就没有别的路子可走了么?咱们就不该做点其它准备么?"

杨梦征浑黄的眼珠一转:

"做投降的准备么?"

投降这两个字,只有军长敢说,毕元奇见杨梦征说出了这两个字,便大胆地道:

"是的!事关全军六千多号弟兄的生死存亡,我们不能不做这样的准备!况且,这也不算投降,不过是改编。我们是不得已而为之,一俟形势变化,我们还可弃暗投明么,就像民国二十六年前那样。"

杨梦征摇摇头:"我不能这样做!这是陵城,许副官长、白师长,还有三分之二的弟兄,都是陵城人,咱们和日本人拼了整三年,才拼出了新二十二军的抗日英名,作为新二十二军的军长,我不能在自己父老兄弟面前做汉奸!"

毕元奇不好说话了,他不是陵城人,他已从杨梦征的话语中听出了责怪的意思。

副官长许洪宝却道:

"军长!我们迫不得已这样做,正是为了我陵城二十二万父老乡亲!在光明大戏院门口,还有方才的电话里,乡亲们讲得还不明白么?他们不愿陵城变为一片焦土哇!他们也不愿打呀!打输了,城池遭殃,百姓遭殃,就是幸免于战火的乡亲,在日本人治下,日子也不好过。而若不打,我军接受改编,不说陵城二十二万百姓今日可免血火之灾,日后,有我们的保护,日子也要好过得多。"

杨梦征叉腰站着,不说话,天花板上悬下来的明亮吊灯,将他的脸孔映得通亮。

毕元奇叹了口气,接着许洪宝的话题又说:

"梦征大哥,我知道,作为抗日军人,这样做是耻辱的。您、我、许副官长和我们新二十二军六千弟兄可以不走这条路,我们可以全体玉碎,尽忠国家。可如今城里的二十二万百姓撤不出去哇,我们没有权利让这二十二万百姓陪我们玉碎呀!梦征大哥,尽管我毕元奇不是陵城人,可我也和大哥您一样,把陵城看作自己的家乡,您如果觉着我说这样的话是怯战怕死,那兄弟现在就脱下这身少将军装,扛根汉阳造到九丈崖前沿去……"

杨梦征红着眼圈拍了拍毕元奇圆圆的肩头:

"老三,别说了!大哥什么时候说过你怕死?!这事,咱们还是先搁一搁吧!至少,今夜鬼子不会破城!还是等等新八十一军的信儿再说!现在,咱们是不是先喝点什么?"

许洪宝知道军长的习惯,每到这种抉择关头,军长是离不开酒的。军长酒量和每一个豪饮的陵城人一样,大得惊人,部属们从未怀疑过军长酒后的选择——军长酒后的选择绝不会带上酒味的。

几个简单的拼盘和一瓶五粮液摆到了桌上,三人围桌而坐,喝了起来。气氛压抑而沉闷,毕元奇一支接一支地抽烟,往天从不抽烟的许洪宝也抽了起来。只有杨梦征一杯接一杯地喝酒。末日感和危亡感夹杂在烟酒的雾气中,充斥着这间明亮的洋房。军参谋长杨西岭已在豫鄂会战中殉国了,杨梦征却一再提到他,后来,眼圈都红了。毕元奇和许洪宝都安慰杨梦征说:就是杨参谋长活着,对目前新二十二军的危难也拿不出更高明的主意。二人一致认为,除了接受改编,已没有第二条路可走了。看杨梦征不作声,毕元奇甚至提出:今夜就该把三颗意味着背叛和耻辱的红色信号弹打出去。杨梦征不同意。

一瓶酒喝到三分之一的时候,门口响起了急促的脚步声,一个机要译电员赶来报告了:

"杨军长、毕副军长,刚刚收到新八十一军赵锡恒军长急电,渡过醉河向我迂回的新八十一军三〇九师、独立旅和军部被日军压回了醉河边上,伤亡惨重,无法向我部靠拢,发报时已沿醉河西撤。尚未渡过醉河的该军三〇一师,在暂七十九军孙真如劝诱下叛变附逆。电文尚未全部译完。"

"什么?"

杨梦征被惊呆了,塑像般地立着,高大的身躯不禁微微摇晃起来,仿佛脚下的大地都不牢实了。

完了,最后一线希望也化为乌有了。

过了好半天,杨梦征才无力地挥了挥手,让译电员出去,重又在桌前坐下,傻了似的,低着花白的脑袋,眼光直直地看着桌上的酒瓶发呆。

"梦征大哥!"

"军长!"

毕元奇和许洪宝怯怯地叫。

杨梦征似乎被叫醒了,仰起头,两只手颤巍巍地按着桌沿,慢慢站了起来,口中讷讷道:

"让我想想!你……你们都让我想想……"

他摇摇晃晃离开了桌子,走出了大门,拖着沉重的脚步上了楼。许洪宝望着杨梦征的背影,想出门去追,毕元奇默默将他拦住了。

"我……我再去劝劝军长!"

毕元奇难过地别过脸：

"不用了，去准备信号弹吧！"

电话铃偏又响了，东线再次告急。毕元奇自作主张，把城内机动团最后二百余人全部派了上去。放下电话，毕元奇看了看腕子上的手表，见手表的指针已指到了十字，心中一阵悲凉：也许两小时或三小时之后，陵城保卫战就要以新二十二军耻辱的投降而告结束了。他走到窗前，望着夜空下炮声隆隆的东郊，两行浑浊的泪水滴到了窗台上……

五

十点四十五分，李兰闯进了军长的卧室，发现这个做军长的舅舅阴沉着脸，趴在大办公桌上写着什么。她一进门，舅舅就把手中的派克笔放下了，把铺在桌上的几张写满了字的纸草草叠了叠，塞进了抽屉里。她以为舅舅在起草作战命令、安民告示之类的文稿，便没疑心，只随便说了句：

"舅，都这么晚了，还写个啥？赶明儿让姜师爷写不行?!"

往日，新二十二军的重要文告大都出自姜师爷之手。姜师爷是晚清的秀才，从杨梦征做旅长时，就跟杨梦征做幕僚了。

杨梦征笑笑说：

"师爷老了，身子骨一天不如一天，眼下的事又这么多，这么急，光指望他哪成呢?!"

李兰拍手叫道：

"那，我给舅舅荐个女秀才，准保比姜师爷高强百倍！舅，就是今晚你见过的那个《新新日报》的记者，叫傅薇。她呀，在上海上过大学堂。"

杨梦征挥挥手，打断了李兰的话头：

"好了，兰子，别提那个女秀才了，舅舅现在没心思招兵买马！来，坐下，我和你谈点正经事！"

"你不听我的话，我也不听你的正经事！人家傅薇对你敬着哩！甭看她说话尖辣，心里可是向着咱新二十二军！会一散，她就写文章了，明日《新新日报》要登的！"

"我也没说她不好嘛!"

"那,你为啥不准她到东郊前线探访?!舅,你就让她去吧,再给她派两个手枪营的卫兵!昨儿个,我都和周浩说过了,他说,只要你一吐口,莫说两个,十个他也派!"

杨梦征叹了口气:

"好吧,别搅了,这事明天——咱们明天再谈,好不好?"

"明天你准保让她去?"

杨梦征点了点头,又指了指办公桌对面的椅子,要李兰坐下。

李兰坐下了。直到这时,她都没发现舅舅在这夜的表现有什么异样。自从随陵城慰劳团到了徐州之后,三年中,她一直跟在舅舅身边,亲眼见着舅舅在一场场恶战中摆脱噩运,渡过难关。舅舅简直像个神,无所不能,军中的官兵敬着舅舅,她也敬着舅舅。她从未想过把死亡和无所不能的舅舅连在一起。

她大意了。

舅舅显得很疲惫:

"兰子,自打民国二十七年五月到徐州,你跟着舅舅南南北北跑了快三年了,劝也劝不走你,甩也甩不掉你,真叫我没办法。如今,你也二十大几了,也该成个家了。我知道你这三年也不都是冲着我这舅舅来的,你对白云森师长的意思我明白,往日我阻拦你,是因为……"

她垂着头,摆弄着衣襟,怪难堪的。

"过去的事都甭提了,眼下看来,白师长还是挺好的,四十七岁,妻儿老小又都死于国难,若是你没意见,我替你过世的母亲做主,答应你和白师长的这段姻缘,也不枉你跟我跑了一场!"

她过了好半天,才抬起头:

"白……白师长也……也许还不知道我……我有这意思!"

杨梦征摇摇头:

"白师长是新二十二军最明白的人,你的意思,他会不知道?笑话了!"

过后,杨梦征又唠唠叨叨向外甥女讲了白云森一大堆好话,说白云森如何有头脑,有主见,如何靠得住,说是嫁给白云森,他这个做舅舅的就是死也能放心瞑目了。

舅舅明白地提到死,她也没注意。她根本没想到舅舅在安排她婚事时,也安排了自己和新二十二军的丧事。

她告退的时候,大约是十一点多钟,出门正撞上手枪营营长周浩赶来向杨梦征报告。

周浩清楚地记得,他跨进军长卧室大门的时候,是十一点二十分,这是不会错的。从位于贝通路口的大东酒楼到军部小白楼,雪铁龙开了十五分钟。他是严格按照军长的命令,十一点整撤除警戒返回军部的。下了车,他在军部大院里见到了许副官长,打个招呼,说了几句话,而后便进了小白楼门厅,上了三楼。他知道,在这激战之夜,军长是不会在零点以前睡觉的。

果然,军长正在落地窗前站着,他一声报告,军长缓缓转过了身子:

"回来了?"

"哎!"

他走进屋子,笑嘻嘻地道:

"军长,替你吃饱喝足了。"

军长点点头:

"好!回去睡吧!"

他转身要出门时,军长又叫住了他:

"回来!"

"军长,还有事?"

军长走到办公桌前拉开抽屉,取出一把勃朗宁手枪:

"浩子,你往日尽偷老子的手枪玩,今天用不着偷偷摸摸的了,老子送你一把!"

他有点不相信自己的眼睛和耳朵,望着军长甩在桌上的枪不敢拿,眨着小眼睛笑道:

"军长,您又逗我了?!我啥……啥时偷过您的枪玩?您可甭听许副官长瞎说!这家伙说话靠不住哩!那一次……"

军长苦苦一笑:

"不想要是不是?不要,我可收起来了,以后别后悔!"

"哎,军长!别……别!军……军长不是开玩笑吧?"

"不是开玩笑,冲着你小子今天替我吃得好,本军长奖你的!"

周浩也没料到军长会自杀,一点也没想到爱玩手枪的军长把心爱的勃朗宁送给他,是在默默和他诀别。他十六岁投奔军长,先是跟军长当勤务兵,后来进手枪营,由卫兵、班长、排长、连长,一直到今天,当了营长。他曾三次豁出性命保护过军长。两次是对付刺客,一次是对付日军飞机投下的炸弹,为此,他膀子上吃过一枪,大腿上的肉被炸弹掀去了一块。

姜师爷在快十二点的时候,听到了走廊上的脚步声。脚步声沉重而凝缓,在寒意渐进的秋夜里显得很响。姜师爷那刻儿也没歇下,正坐在太师椅上看书,听得脚步声响到门前,摘下老花眼镜,向门口走,刚走到门口,杨梦征便进来了。

"老师爷还没歇觉?"

"没歇,揣摩着你得来,候着你呢!"

杨梦征在姜师爷对面坐下了,指着书案上一本发黄的线装书,不经意地问:

"又是哪个朝代的古董?"

姜师爷拿起书,递到杨梦征手上。

"算不得古董,前朝王秀楚的《扬州十日记》,不知军长可曾看过!"

杨梦征看了看书面,随手翻了翻,把书还给了老师爷。

"扬州我没去过,倒是听说过的。有一首诗讲过扬州的,'烟花三月下扬州',是不是?说是那里美色如云哩!"

姜师爷拍打着手上的书:

"王秀楚的这本《扬州十日记》,却不是谈烟花,谈美色的,军长莫搞错了!"

"哦？那是谈什么？"

"清朝顺治年间,大明倾覆,清兵一路南下,攻至扬州。明臣史可法,不负前朝圣恩,亲率扬州全城军民人等,与异族满人浴血苦战。后满人在顺治二年四月破扬州,纵火烧城,屠戮十日,致一城军民血流成河,冤魂飘飞,是为史称之'扬州十日'也!"

杨梦征一惊:

"噢,这事早年似乎是听说过的!"

姜师爷拉动着枯黄的面皮,苦苦一笑:

"同在顺治二年,离'扬州十日'不过三月余,清兵越江而下,抵嘉定。嘉定侯峒曾,亦乃忠勇之士也,率义兵义民拼死抵挡。殊不料,天命难违,兵败城破,两万生灵涂炭城中。十数日后,城外葛隆、外冈二镇又起义兵,欲报前仇,旋败,复遭清兵杀戮,此谓二屠,第三次乃朱瑛率属的义兵又败,嘉定城再破,清兵血洗城池。"

杨梦征呆呆地看着姜师爷,默不作声。

"后人叹云:史可法、侯峒曾、朱瑛三位其志可嘉,其法则不可效也。大势去时,风扫残叶,大丈夫岂能为一人荣辱,而置一城生灵于不顾呢？自然,话说回来,当时的南明小朝廷也实是昏得可以。史可法拒清兵于扬州城下之际,他们未予策应,徒使可法孤臣抗敌,最终落得兵败身亡,百姓遭殃。后人便道:可法等臣将若不抵死抗拒,那'扬州十日'、'嘉定三屠'或许都不会有的!"

杨梦征听罢,慢慢站了起来:

"老师爷,时辰不早了,您……您老歇着吧,我……我告辞了。"

姜师爷抚须叹道:

"唉!老朽胡言乱语,军长切不可认真的!哦,先不忙走吧,杀上一盘如何？"

杨梦征摇摇头:

"大敌当前,城池危在旦夕,没那个心思了!我马上要和毕副军长商

国殇 // 127

讨一下军情！"

六

其实，已没什么可以商讨的了，为了二十二万和平居民，为了这座古老的城池，新二十二军除了向日军投降，别无出路。杨梦征明白，毕元奇也明白，因此，他完全没必要再多费口舌向毕元奇解释什么了——这位副军长比他明白得还早些。

杨梦征把拟好的投降命令从办公桌的抽屉里取出来，递给了毕元奇：

"看看吧，同意就签字！"

毕元奇看罢，愣愣地盯着他：

"决定了？"

"决定了。"

"是不是把团以上的军官召来开个会再定呢？这事毕竟关系重大呵！"

"不必了！正因为关系重大，才不能开会，才不能让他们沾边。在这个命令上签字的只能是你我，日后重庆方面追究下来，我们承担责任好啦！"

毕元奇明白了杨梦征的良苦用心，长长叹了口气：

"梦征大哥，这责任可不小哇，闹不好要掉脑袋的！六十九军军长石友三去年十二月就被重庆方面处了死刑……"

杨梦征阴阴地道：

"那我们只好做石友三第二、第三喽！"

"我的意思是说，是不是再和三一二师的白云森和三一一师的杨皖育商量一下呢？这么大的事，我们总得听听他们的意见才是。皖育是你的侄儿，咱们不说了，至少白师长那里……"

杨梦征火了：

"我已经说过了，不能和他们商量！这不是他妈的升官发财，是卖国当汉奸呵！你我身为军长副军长，陷进去是没有办法，我们怎能再把别人往里拖呢?投降是你和许副官长最先提出来的,你若不敢担肩胛,那咱们就打下去吧,我杨梦征已打定主意把这副老骨头葬在陵城了!"

毕元奇无奈,思虑了好半天,才摸过杨梦征的派克笔,在投降命令上签了字。

毕元奇总归还是条汉子,杨梦征接过毕元奇递过的派克笔时,紧紧握住了毕元奇的手:

"元奇兄,新二十二军交给你了,一切由你来安排吧!改编之后,不愿留下的弟兄,一律发足路费让他们走,千万不要难为他们。"

"我明白。"

"去吧,我要歇歇,我太……太累了……"

杨梦征未待毕元奇离开房间,就颓然倒在办公桌前的椅子上了……

杨梦征无论如何也忘不了民国二十七年四月八日的那个黎明。

那个黎明是从槐树林的枝叶梢头漏下来的,稀稀拉拉,飘忽不定,带着露珠的清凉,也带着丝丝缕缕的惆怅。那夜,他一直没睡,就像今夜一直未睡一样。他当时就有一种预感,觉着在自己生命的旅途中要发生点什么事。新二十二军开到徐州北郊整整三十六小时了,五战区长官部在三十六小时中,至少下达了四道命令,一忽儿把他划归汤恩伯军团,一忽儿又调给孙连仲的第二集团军……最终,哪儿也没让他去,而是要他和他的新二十二军原地待命。他当时并不知道那些集团军司令们不愿要他,还以为战局发生了变化,李司令长官要把新二十二军派到刀口上用哩!

他焦虑不安地等待着,有几个小时干脆就守在电台和电话机边上。等到后来,他觉着有点不对头了,走出帐篷,到槐树林里去散步。直到天朦胧发亮的时候,毕元奇从徐州五战区长官部赶来,才沮丧地向他们讲明了真情。

他一下失了态,狂暴地大骂李宗仁,大骂汤恩伯,大骂那些集团军司令们……

那是他和新二十二军耻辱的日子。

他永远也忘不了。

今天,同样的命运又落到了新二十二军头上。他刚刚签署了一个耻辱的命令,新二十二军万余弟兄的血白流了,他杨梦征也在签署这个命令的同时,又回到了民国二十七年四月八日悲哀的原地。新二十二军从此之后,将被重庆中央宣布为叛军,取消番号,他这个中将军长又成了倒戈将军。

他知道,重庆方面绝不会宽恕他和他的新二十二军的。新二十二军在往昔的内战中两次反叛,委员长都是耿耿于怀的。日后抗战胜利,委员长绝不可能因为他曾使一座古城免于毁灭,曾使二十二万和平居民得以生存,而认可他的投降。由此想到:暂七十九军的孙真如率全军投敌,依附汪伪,也不是没有道理的。孙真如也和他杨梦征一样,靠民间武装起家,也和蒋委员长干过。不同的只是,他杨梦征投降是被迫的,而孙真如怕是谈不上被迫;此人早年就和周佛海、任援道有联系,如今南京伪政府成立,和平建国军竖旗,他早晚总要投过去的。

新二十二军走到如今这一步,都是他一手造成的,新二十二军的弟兄们对得起他,他却对不起他们。他知道,弟兄们大都是不愿当汉奸的,他不但背叛了中央,也背叛了他们。尽管他为了弟兄们的将来留了一手,可内心的愧疚却还像乌云一样驱赶不散。万余弟兄用鲜血和性命洗刷着他的耻辱,而他却在最后关头下令投敌附逆,就冲着这一点,他也没脸活在这个世界上了。

木然地拉开抽屉,从抽屉里摸出手枪,他吃力地站了起来,推开椅子,走到窗前。

窗外,古老的陵城在枪炮声中倒卧着,黑乎乎一片,因为灯火管制,昔日那壮观的万家灯火看不见了,战争改变了这个夜城市的面孔。

哦!战争,战争……

战争原本是男子汉的事业,是男子汉用枪炮改变世界、创造历史的事业,这事业是那么令人着迷,使人们一投身其间就兴奋不已,跃跃欲动。

他就这么兴奋过,跃动过。他把近三十年光阴投入了战争的血光炮火。他穿过一片片硝烟,踏过一具具尸体,由中校、上校、少将而做了中将军长。然而,直到今天的这一刻,直到用手枪抵着自己太阳穴的时候,他才悲哀地发现,三十年来,他并没有改变什么、创造什么,而是被世界和历史改变了。他双鬓斑白,面孔上布满皱纹,他老了,早已不是原先那个虎虎有生气的男子汉了,举起手枪的那一瞬间,他甚至觉着自己的心脏已停止了跳动,周身的热血在脉管中凝固了。

世界还是那个世界。

历史依然在如雾如嶂的硝烟中流淌着。

他站在窗前默默流泪了,泪眼中的世界变得一片恍惚。身体摇晃起来,两条麻木的腿仿佛支撑不住沉重的躯体了。他怕自己会瘫倒。

在生命的最后时刻,他想到了已做了副师长的侄子杨皖育,想到了他留给陵城父老乡亲的最后的礼物——和平。他承担了投降的耻辱,而杨皖育们和二十二万陵城民众可以免于战火了。

他还给新二十二军留下了种。

是夜零时四十五分,中国国民革命军陆军新编第二十二军中将军长杨梦征饮弹自毙。零时四十七分,三颗红色信号弹升上了天空。一时十五分,陵城东西线日军停止了炮击,全城一片死寂。

耻辱的和平开始了。

中 篇

七

随着雪铁龙车轮的疯狂滚动,小白楼跌跌撞撞扑入了白云森眼帘。那白生生的一团在黑暗中肃然立着,整座楼房和院落一片死寂。街上的交通已经断绝,军部手枪营的卫兵们三步一岗,五步一哨,从大街上一直排到小白楼门厅前。卫兵们头上的钢盔在星光和灯光下闪亮。雪铁龙驰入院落大门,还没停稳,黑暗中便响起了洪亮的传呼声。

"三一二师白师长到!"

白云森钻出轿车,一眼看到了站在门厅台阶上的手枪营营长周浩,疾走几步,上了台阶:

"出什么事了,深更半夜的接我来?"

周浩眼里汪着泪,哽咽着道:

"军……军长……"

"军长怎么啦?"

"军长殉国了!"

"怎么回事?快说!"

门厅里响起了脚步声,一个沉沉的黑影骤然推到了白云森和周浩面前。周浩不敢再说,急忙抹掉了眼窝里的泪,笔直立好了。

"白师长,请,请到楼上谈!"

来人是副官长许洪宝。

"老许,究竟出了什么事?"

许洪宝脸色很难看,讷讷道:

"军长……军长殉难了。哦,上楼再说吧,毕副军长在等你呢!"

白云森一时很茫然,恍若在梦中。好端端一个军长怎么会突然死了?七八个小时前,他还在九丈崖前沿指挥所神气活现地发布命令呢,怎么说死就死了?这么一头狡诈而凶猛的狮王也会死么?他不敢相信这是事实。他认定,在整个新二十二军,没有谁敢对这个叫杨梦征的中将军长下手。可眼前的阵势又明明白白摆在这里,他深更半夜被军部的雪铁龙从东线前沿接到了小白楼,周浩和许洪宝也确凿无误地证明了军长的死亡,他还能再怀疑什么呢?那个叫杨梦征的中将军长死了——甭管是怎么死的,反正是死了。这头狮王统治新二十二军的时代结束了,尽管结束得很不是时候。他说不出是应该欣慰还是应该悲哀,只觉着胸中郁郁发闷,喉咙口像堵着什么东西似的。

楼梯口的壁灯亮着,红漆剥落的扶手上跃动着缕缕光斑。他扶着扶手,一步步机械地向三楼走,落满尘土的皮靴在楼梯木板上踩出了一连串单调的"咔咔"声。

"想不到军长会……唉!"

声音恍惚很远,那声叹息凄婉而悠长,像一缕随风飘飞的轻烟。

"凶手抓到了吗?"

他本能地问,声音却不像自己的。

"什么凶手哇?军长是自杀!"

"自杀?军长会自杀?"

"是的,毕副军长也没想到。"

他摇摇头:"唉!军长咋也有活腻的时候?!"

这一切实际上都无关紧要了。不管是自杀还是被杀,反正军长不会再活过来了。从他跨进军部小白楼的时候开始,新二十二军将不再姓杨了,这才是最重要的。他当即在心中命令自己记住:军长死了!死了、死了、死了……

然而,楼梯上,走道上,乃至整个小白楼都还残留着军长生前的气息,仿佛军长的灵魂已浸渗在楼内的每一缕空气中,现在正紧紧包裹着走进楼里的每一个人,使每一个人都不敢违拗军长的意志而轻举妄动。

军长一定把自己的意志留下来了,他被接到这里,大约就是要接受军长的什么意志的。军长自毙前不会不留下遗言的。这头狮王要把新二十二军交给谁?他不会交给毕元奇的,毕元奇统领不了这帮陵城子弟,能统领这支军队的,只能是他白云森。

新二十二军要易手了。

白云森摸了摸腰间的枪套,悄悄抠开了枪套上的锁扣。

可能要流点血——或者是他和他的三一二师,或者是杨皖育和杨皖育的三一一师,也或者是毕元奇和他的亲信们。

自然,在这种时候,最好是不要发生内乱,最好是一滴血都不流。大敌当前,新二十二军的每一个官兵都必须一致对外,即便要流血也该在突围之后,到看不见日本人的地方去流,免得叫日本人笑话。

他决不打第一枪。他只准备应付任何人打出的第一枪。

胡乱想着,走到了三楼军长卧室门口。门半开着,一个着军装的背影肃然立着,他对着那肃然的背影,习惯地把靴跟响亮地一碰,笔直一个立正:

"报告军长……"

话一出口,他马上觉出了自己的荒唐,军长已经死了,那个肃立者决不会是军长。

肃立者是副军长毕元奇。

毕元奇转过身子,向门口迎了两步。

"哦,云森兄,请,里面请。"

他走进房间,搭眼看到了军长的遗体,遗体安放在卧室一端的大床上,齐胸罩着白布单,头上扣着军帽,枕头上糊着一摊黑血。

他扑到床前,半跪着,俯在军长的遗体上,不知咋的,心头一阵颤栗和酸楚,眼圈竟红了。

"军长,军长!"

他叫着,两行清泪落到了白布单上……

一切都过去了,一切都消逝了,他和倒下的这头狮王在二十几年中结下的诸多恩恩怨怨,全被狮王自己一枪了结了。他不该再恨他、怨他,而且,只要这头狮王把新二十二军交给他,他还应该在新二十二军的军旗上永远写下这头狮王辉煌的名字。

他慢慢站了起来,摘下军帽,垂下头,默默向狮王告别。

"云森兄,别难过了,军长走了,我们不能走!我们还要生存下去!新二十二军还要生存下去!我请你来,就是要商量一下……"

他转过身,直直地盯住毕元奇:

"毕副军长,军长真是自杀么?"

"是的,谁也没有想到。听到枪声后,我跑到这里,就见他倒在这扇窗下了,手里还攥着枪,喏,就是这把,当时的情形,姜师爷、周浩和他外甥女李兰都看到的。"

他点燃了一支烟,缓缓抽着。

"军长为什么在这时候自杀?"

"很简单,仗打不下去了。"

"什么?"

"哦,你还不知道,暂七十九军叛变附逆,新八十一军沿醉河西撤,我们没指望了。"

他手一抖,刚凑到嘴唇边的香烟掉到了地板上。他没去捡,木然地将烟踩灭了。

"这么晚请你来,就是想商量一下这事。梦征大哥眼一闭,撒手了,这烂摊子咱们要收拾,是不是?"

他默默点了点头,心中却发出了一阵冷笑:好一头狮王,好一个爱兵的军长!大难当头,知道自己滑不掉了,竟这么不负责任!竟能不顾数千部属官兵,不顾一城二十几万百姓父老,自己对自己的脑门搂一枪!混账!

"军长临终前留下什么话没有?"

"留下了一道命令,是自杀前亲手草拟,和我一起签署的。"

"什么内容?"

毕元奇迟疑了一下:

"投降。接受日军改编。"

他又是一惊,脱口叫道:

"不可能!今日傍晚,他还在九丈崖口口声声要三一二师打到底哩,怎么转眼又……"

毕元奇没争辩,掏出命令递给了白云森。

白云森匆忙看着,看罢,眼前一片昏黑,跟跟跄跄走了几步,在大桌前的椅子上坐下了。他万没想到,这头狡诈而凶猛的狮王在踏上黄泉之路的时候,还会给新二十二军留下这么一道荒唐无耻的命令:他在命令中只字未提新二十二军的指挥权问题,只让他们投降。他自己死了,不能统治新二十二军了,就把它作为礼物送给了日本人。直到死,这位中将军长的眼里都没有他白云森,也没有新二十二军的袍泽弟兄,更甭说有什么国家利益,民族气节了。而面前这位姓毕的也不会是什么好人,至少他是同意叛变附逆的——也说不准是他力主投降的。事情很清楚,只要由毕元奇出头接洽投降,伪军长一职便非他莫属,看来,军部今夜戒备森严的阵势,决不仅仅因为那个叫杨梦征的中将军长的毙命,也许是面前的这位副军长要用武力和阴谋解决新二十二军的归属问题。

白云森发现,自己掉进了毕元奇设下的陷阱。

毕元奇逼了过来:

"云森兄意下如何?"

他想了想,问:

"新八十一军和暂七十九军的消息属实么?"

毕元奇努了努嘴,默立在一旁的副官长许洪宝将七八份电文递到了白云森面前。他一份份看着,看毕,长长叹了口气,垂下了脑袋。

"妈的,这帮混蛋!"

许洪宝说:

"不是逼到了这分上,军长不会自杀,也不会取此下策,实在是没有办法呀！白师长,你是明白人,想必能理解军长一片苦心！"

白云森这才想起:他从前沿指挥所离开时,日军停止了轰炸和炮击,随口问道:

"这么说,信号弹已经打出去了？日军已知道我们投降的消息了？"

毕元奇点了点头。

"为什么不和我们商量一下？"

"我提出了要和你们商量,军长不同意。现在,我还是和你商量了嘛！说说你的主张吧！"

白云森愣了半天:

"既然走到了这一步,又有你们军长、副军长的命令,我……我还有什么话说?！只是,三一一师杨皖育那里,还有两个师的旅团长那里怕不好办吧？"

毕元奇笑了笑:

"三一一师杨副师长马上就来,只要你们二位无异议,旅团长们可召集紧急会议解决！我们必须在拂晓前稳住内部,出城和日军谈判洽商！"

一个卑鄙的阴谋。

他强压住心中的厌恶:

"挺好！这样安排挺好！稳住内部最要紧,估计三一一师问题不大。三一一师有杨皖育,头疼的还是我手下的旅团长们,我同意接受改编,可我不能看着我手下的人流血。"

"你说咋办？"

"是不是容我回去和他们商量一下,陈明利害！"

毕元奇摇着头道:

"不必了吧？我想,他们总不会这么不识时务吧？军长都走投无路了,他们还能有什么高招？再说,时间也来不及呀,我已通知东西线旅团长们来开会了。云森兄,你是不是就在这儿找个房间歇歇,等着开会？"

他当即明白了,起身走到毕元奇面前,拍了拍腰间的枪套:

"要不要我把枪存在你这儿？"

毕元奇尴尬地笑着：

"云森兄多虑了！我这不是和你商量么？又不是搞兵变！"

"那好，兄弟告辞！"

许洪宝在前面引路，将他带到了二楼一个房间门口。这时，楼下传来了雪铁龙汽车的刹车声，一个洪亮的声音响了起来：

"三一一师杨副师长到！"

许洪宝交代了一句：

"白师长，你先歇着，我去接杨副师长！"

说罢，匆匆走了。

白云森独自一人进了屋，反手插上门，沉重的身体紧紧依在门上，两只手摸索着，在黑暗中急速地抽出了枪，打开了保险……

——看来是得流点血了。

八

屋子很黑，开初几乎什么都看不见，连自己是否存在都值得怀疑，白云森像挨了一枪似的，身子软软的。身体的某个部位似乎在流血，他觉着那瀑涌的鲜血正一点点淹没他的生命和呼吸。他汗津津的手紧握着枪，眼前老是闪出毕元奇阴冷的面孔。他认定毕元奇打了他一枪，就是在这嘿不透的黑暗中打的。他受伤了，心被击穿了。他得还击，得瞄准毕元奇的脑袋实实在在来他几梭子。厮杀的渴望一时间像毒炽的火焰一样，腾腾地燃了起来。

他和新二十二军都处在危亡关头，他们被死鬼杨梦征和汉奸毕元奇出卖了，如果不进行一场奋力格杀，新二十二军的一切光荣都将在这阴冷的秋夜黯然死去。他白云森也将成为丑恶的汉奸而被国人永远诅咒。天一亮，毕元奇和日本人一接上头，事情就无法挽回了。

最后的机会在天亮之前。

他必然在天亮之前干掉毕元奇、许洪宝和那些主张投降的叛将们，否则，他宁愿被他们干掉，或者自己对自己的脑门来一枪，就像杨梦征干过的那样。杨梦征这老东西,看来也知道当汉奸不是好事,可既然知道,他为什么还要逼他们做汉奸呢?这混账的无赖!他把新二十二军当作自己的私产了,好像想送给什么人就能送给什么人似的。

够了,这一切他早就受够了,姓杨的已经归西,新二十二军的弟兄们该自由了,他相信,浴血抗战三年多的弟兄们是决不愿在自己的父老乡亲眼皮底下竖白旗的,他只要能抓住最后的时机,拼命扳一扳,说不准就能赢下这决定性的一局。

响起了敲门声。微微颤响传导到他宽厚的脊背上,他敏捷地闪开了,握枪的手缩到了身后。

"谁?"

"白师长,许副官长让我给你送夜宵。"

他摸索着,拉亮了电灯,开了门。

门外站着一个端着茶盘的矮小卫兵,脸很熟,名字想不起来了。他冲他笑笑,叫他把茶点放在桌上。

"白师长还有什么吩咐?"

"没啦,出去吧!"

那矮小卫兵却不走。

"许副官长吩咐我留在这里照应你!"

"哦?"他不经意地问,"许副官长还给你交代了什么?"

卫兵掩上门悄悄说:

"副官长说,马上要开一个重要会议,要我守着您,不让您出去。白师长,究竟出什么事了?军长是自杀么?莫不是被谁算计了?"

他莫测高深地点了点头。

看来毕元奇的布置并不周密,军部手枪营的卫兵们对这一切还蒙在鼓里。他确有扳一下的机会。

白云森脑子里突然闪出一个大胆的念头。

"你们营长周浩呢?"

"在楼下大厅里。"

"叫他到我这来一下!"

"可……可是许副官长说……"

他火了,把藏在身后的手枪摔到桌上:

"姓许的总没让你看押我吧?"

卫兵讷讷地道:

"白师……师长开……开玩笑了!好!我……我去,我去!"

他交代了一句:

"注意避着那个姓许的。"

"噢!"

片刻,卫兵带着周浩进来了。

"白师长,您找我?"

他用眼睛瞥了瞥那个卫兵。

周浩明白了:

"出去,到门口守着!"

卫兵顺从地退出了房门。

"白师长,究竟有什么事?"

他清楚周浩和军长的关系。

"知道军长是怎么死的么?"

"自杀!枪响之后,我第一个上的楼!"

他怔了一下。

"真是自杀?"

"不错。"

"知道军长为什么自杀么?"

周浩摇了摇头。

"知道马上要开什么会么?"

"不知道!"

他向前走了两步,站到周浩面前,双手搭在周浩肩头上,将周浩按在椅子上坐下来。

"我来告诉你！如果你能证实军长是自杀的话,那么军长是被人逼上绝路的。副军长毕元奇一伙人暗中勾结日本人,准备投降。军长不同意,可又无法阻止他们。不过,我还怀疑军长不是自杀,可能是被人暗杀。现在,军长去了,他们动手了,想在马上召开的军事会议上干掉那些跟随军长多年的旅团长们,发动兵变,宣布投降,他们说这是军长的意思!"

周浩呆了:

"军长怎么会下令投降?!肯定是他们胡说!下午在光明大戏院演讲时,军长还……"

他打断了周浩的话:

"他们这一手很恶毒!军长死了,他们还不放过他,还让他背着个汉奸的臭名!还想以此要挟我们,要我们在自己的父老兄弟面前做汉奸,周浩,你干么?"

周浩反问:

"白师长,你干?"

"我干还找你么?"

"那您说,咋办?"

他压低声音道:

"我走不脱了,你立刻把九丈崖手枪营的两个连调到这里来,相机行事。"

"是!"

"设法搞支手枪给我送来,万不得已的时候,我得亲自动手!"

"行!"

周浩突然想起,自己的口袋里就装着军长的勃朗宁,当即抽了出来:

"给,这里现成的一把。"

他接过勃朗宁,掖进怀里。

"事不宜迟,快去吧!"

周浩走了。

送周浩出门的时候,白云森发现,守在门口的那个卫兵不见了,心里不由一阵紧缩。

好在周浩争取了过来,而且已开始了行动,对扳赢这一局,他有了一半的把握。毕元奇、许洪宝就是现在发现了他的意图,也没有多少办法了,前线的弟兄不明真相,一时半会又调不过来,军部的一个手枪连就是都站在毕元奇一边,毕元奇也未必能稳操胜券。

他头脑清醒多了,自知靠自己的声望不足以号令新二十二军,不管他怎么仇恨杨梦征,怎么鄙视杨梦征,在这关键的时刻,还得借重这头狮王的恩威才行。莫说手枪营,杨皖育的三一一师,就是他的三一二师,杨梦征的影响怕也不在他白云森之下,他得最后一次充分利用这个老无赖生前的影响,决定性地改变自己的也是新二十二军的命运。

这颇有些阴谋的意味,可这阴谋却是正义的,他不应该为此而感到不安。有时,正义的事业也得凭借阴谋的手段来完成,这是没办法的事,他既不是第一个这样干的,也不是最后一个这样干的。

一切还要怪杨梦征。

杨梦征充其量只是个圆滑的将军,却决不是一个聪明的政治家,而他是。他的眼光要比杨梦征远大得多,深邃得多。他有信仰,有骨气,能够凭借敏锐的嗅觉,捕捉到一个个重要信号,认准历史发展的大趋势。如若他处在杨梦征的位置上,是决不会取此下策的。

二十九年前陵城起义建立民军时,他和杨梦征处在同一起跑线上。尽管那时候杨梦征是中校团长,他是中尉旗官,可他们身上带有同等浓烈的土腥味。而后来,他身上的土腥味在连年战乱中一点点脱去了,杨梦征则带着土腥味一直混到了今天。这是他们的不同之处,这不同,造成了民国十五年底他们之间的第一场公开的冲突。

那时,吴佩孚委任张宗昌为讨贼联军司令,大举进攻国民军,从军事上看,冯焕章的国民军处于劣势,依附于国民军的陵城独立旅压力挺重。当时还是旅长的杨梦征昏了头,贴上了张宗昌,讨价还价要做师长。而他却清楚地看到,真理并不在张宗昌手里,却在冯焕章手里。冯焕章五原誓师,率部集体参加国民党,信奉了三民主义。而三民主义的小册子,他看过许多,真诚地认为它是救国救民之道,必能行之于天下。他劝杨梦征不要跟张宗昌跑,还劝杨梦征读读国民党人散发的这些小册子。杨梦征不干,逼着他们团向友军开火,他第一次耍了滑头,在向友军进攻前,派人送了信。杨梦征事后得知,拔出枪要毙他。他抓住了杨梦征的投机心里,侃侃而谈,纵论天下大势,预言:国民革命军将夺得天下,他们应该为避免了一场和真理的血战而庆幸。

此话被他言中,转眼间,张宗昌大败,杨梦征为了生存,不得不再次打起三民主义的旗帜。

民国十九年,蒋、冯、阎开战,土腥味十足的杨梦征又按捺不住了,第二次反叛。他力劝无效,当即告假还乡,一去就是十个月,直到杨梦征再次意识到了选择上的错误,他才被接回军中。

打那以后,杨梦征对他是高看一等了,可心中的猜忌和不信任却也是明摆着的。二十四年改编为新二十二军的时候,杨梦征提出两个职务让他挑:做副军长,或做三一二师师长,杨梦征自己却做了军长兼三一一师师长,他非但没让他做副军长兼师长,还在他选择了三一二师师长一职时,要把自己的侄子杨皖育派来当副师长。他一气之下,提出自己来做副师长,这才逼着杨梦征让了步,没派杨皖育到三一二师来。

今夜,这鸡肚心肠的杨梦征总算完蛋了,他又一次背叛了自己的人格和良心,又一次看错了天下大势,稀里糊涂给自己描画了一副叛将、汉奸的脸孔,这是他自找的。他今夜打出他的旗号,决不是为了给他刷清脸上的油彩,而是为了新二十二军往昔的光荣和未来的光荣。

吃夜宵的时候,他已不再想那个叫杨梦征的中将混蛋了,他要谋划的是如何完成马上就要开场的这幕流血的反正。

杨皖育的态度不明。也许他会跟毕元奇走的,如果他和他手下的旅团长们真死心塌地跟毕元奇一起投敌,他就把他们也一起干掉!这是没办法的事。他相信每一个有良心的爱国将领处在他今夜这个位置上,都会这样做的。

门又敲响了,他开门一看,是那个矮小的卫兵。卫兵进门后,紧张地告诉他,毕元奇发现周浩不见了,正四处寻找。他不禁一怔,不祥的预感瞬时间潮水般漫上了心头。

鹿死谁手,现在还很难说,也许——也许他会为这场反正付出身家性命。

九

天蒙蒙发亮的时候,东西两线的旅团长们大都到齐了。副军长毕元奇赶到他房间,陪同他到楼下会议厅去。一下楼,他便看到:会议厅门口和走廊上站着十余个手枪营的卫兵,对过的休息室门口放着一张大桌子,桌上摆满了各种型号的手枪,走到桌前,毕元奇率先掏出手枪交给了守在桌边的卫兵,还对他解释说:这是听从了他的劝告,为了避免流血被迫采取的措施。他心下明白,没让毕元奇再说什么,也掏出了腰间的佩枪摔到了桌上。恰在这时,副官长许洪宝陪着三一一师副师长杨皖育走过来了,他们也逐一将手枪交给了卫兵。

他想和杨皖育说点什么,摸摸他的底,可手刚搭到杨皖育肩头,只说了句"节哀",毕元奇便跨进了会议厅的大门。会议厅里一片骚动之声,旅团长们、军部的校级参谋、副官们纷纷起立立正。他只好放弃这无望的努力,也和许洪宝、杨皖育一起,鱼贯进入会议厅。

手下三一二师的旅团长们大都用困惑的眼光看着他,四八八旅旅长郭士文还向他捏了捏拳头。他只当没看见,径自从他们身边走过去,在紧挨着毕元奇和许洪宝的座位上坐下了。毕元奇打了个手势,屋里的人也坐下了。

六张条案拼起来的大长桌前是两个师二十余个旅团军官,他们身后靠墙的两排椅子上安置着军部的参谋、副官,门口有握枪的卫兵,阵势对他十分不利。不说门口的卫兵,就是那些参谋、副官们怀里怕也揣着枪,只要桌前的旅团长们敢反抗,他们正可以冲着反抗者的脑袋开火。还有一个不利的是,毕元奇手里攥着一份杨梦征亲自起草并签署的投降命令,只要这命令在与会者手中传阅一遍,他就无法假杨梦征之名而行事了,而杨皖育究竟作何打算,他又一点底也没有。

很明显,这一切都是精心安排好的。

毕元奇揭下军帽放在桌上。

"诸位,在战局如此险恶之际,把你们从前沿召来,实在是迫不得已。你们大概都知道了,军长已于四小时前在这座楼的三楼上自杀殉国……"

"毕副军长,是不是把军长自杀详情给诸位弟兄讲清楚点,免得大伙儿起疑。"

他正经作色地提醒了一下。

毕元奇向他笑了笑。

"好!先向大家讲一讲军长自杀的情况。军长取此下策,莫说你们没想到,我这个副军长也没想到。今日,——唔,应该是昨日了,昨日晚,暂七十九军孙真如率全军部属在章河镇通电附逆,其后,新八十一军急电我军,声称被敌重创,无法驰援……"

无论如何,他还是得干!他决不相信这一屋子的抗日军人都愿意做汉奸。三年,整整三年,他们新二十二军南北转进,浴血奋战,和日本人打红了眼,打出了深仇血恨,今日让他们把这深仇血恨咽进肚里,他们一定不会答应的。他们当中必然有人要反抗,既然如此,他就应该带着他们拼一拼。

毕元奇还在那里讲。

"军长和我谈了许久,军长说:'为了本城二十二万和平居民,为了给咱新二十二军留点种,仗不能再打下去了。'后来,他回到卧房起草了和日军讲和,接受改编的命令,自己签了字,也要我签字……"

毕元奇终于摊牌了。

"这就是军长的命令,白师长和杨副师长都看过了,他们也同意的。"

毕元奇举着命令展示着,仿佛皇帝的御旨。

命令一传到众人手里就啰嗦了!他不能等周浩了,如果命令被旅团长们认可,周浩带人赶来,怕也无法挽回局面了,他把右手伸进口袋里,攥住了那把小号勃朗宁:

"毕副军长,是不是把命令念一下?"

毕元奇淡淡地道:

"还是让众位传着看看吧!"

毕元奇将命令递给了许洪宝,许洪宝越过他传给了他旁边三一一师的杨参谋长。杨参谋长刚接过命令,还未看上一眼,他一把把命令夺了过来,顺势用胳膊肘打倒了许洪宝,口袋里的勃朗宁掏出来,对准了毕元奇的脑门:

"别动!"

一屋子的人全呆了。

门口的卫兵和靠墙坐着的参谋、副官们纷纷摸枪。他们摸枪的时候,白云森急速跳到了毕元奇身后,枪口抵到了毕元奇的后脑勺上。

"命令他们放下武器!退出会议厅!"

毕元奇也傻了,从惊恐中醒转过来后,无可奈何地挥了挥手:

"退……退出去吧!"

拔出了枪的卫兵和参谋、副官们慢吞吞往外退。七八个手里无枪的参谋、副官们坐着没动。

他又是一声命令:

"非三一二师、三一一师作战部队的军官,通通出去!"

毕元奇再次挥了挥手。

余下的参谋、副官们也退出去了。

他这才松了口气,大声对不知所措的旅团长们道:

"弟兄们,命令是伪造的!毕元奇勾结日本人,阴谋叛变附逆,杀死了军长,缴了我们的械,要逼我们去当汉奸,你们干么?"

"不干!"

四八八旅旅长郭士文第一个跳起来,往白云森身边冲,刚冲了没几步,窗外飞进一颗流弹,击中了他的肩头,他一个踉跄歪倒了。另一个赶来搀扶郭士文的副旅长也被击倒在地。

手无寸铁的旅团长们都缩起了头。

毕元奇冷笑了：

"白师长,不要这样么！我这不是在和大家商量么？不愿干的,可以回家,我并不勉强,再说,命令是军长下的,我也是执行军长的命令！"

"胡说！"

毕元奇想扭过头,他又用枪在他脑袋上点了一下,毕元奇不敢动了,嘴上却还在说：

"白师长,我不想流血,今日新二十二军自家火并,可是你造成的！这会议厅外的窗口、门口都是卫兵,你要是蛮干,这一屋子人可走不出去！"

三一一师的一个老军官慌了神：

"白师长,别这样,有话好商量！"

坐在距他和毕元奇没多远的杨皖育却冷冷一笑：

"你别管！且看这出戏如何收场！"

他额上渗出了汗：

"皖育,你也相信你当军长的叔叔会下令让我们附逆么？"

杨皖育脸色铁青：

"我不知道！"

完了。

他不知咋的,食指一动,手中的勃朗宁就抠响了,面前的毕元奇哼了一声,"扑通"栽倒在地。他顾不上去看毕元奇一眼,枪口一掉,对着歪倚在墙根的许洪宝又是两枪,而后,将枪口瞄向了自己的脑门：

"既然你们他妈都想认个日本爹,这场戏只好这么收场了……"

不料,就在他要抠响这一枪的时候,杨皖育扑了过来,一头撞到他胸口上,将他手中的枪撞离了脑袋,继而,夺下了他的枪。

门外的卫兵们拥了进来,扭住了他。

会议厅里一片混乱。

杨皖育跳到桌上,冲着天花板放了一枪,厉声道：

"军部手枪营什么时候姓毕了？都给我住手！毕元奇、许洪宝谋害军长,伪造命令,图谋附逆,罪不容赦！谁敢动白师长一下,老子毙了他！"

杨皖育话音刚落,一声爆响,窗外又飞进一粒子弹,击中了他的胳膊,他跳下桌子,捂着伤口,继续对卫兵们喊:

"把参谋处、副官处的家伙们全抓起来!"

拥入会议厅的卫兵们这才悟出了什么,放开了白云森,纷纷往门外冲。而这时周浩也带着两个连的卫兵扑进了楼。卫兵们在周浩的指挥下,当即全楼搜捕,将十八九个参谋、副官一一抓获。

毕元奇、许洪宝的尸体被抬走了,医官给杨皖育、郭士文几人包扎好伤口,两个师的旅团长们才各自取了佩枪,重在桌前坐下。

混乱结束了,弥漫着血腥味的会议厅庄重肃穆。直到这时,白云森才悟到:他成功了。

他和杨皖育在毕元奇、许洪宝坐过的位子上坐下,他让杨皖育说说下一步的打算。杨皖育不说,暗暗在桌下握了握他的手,要他说。他说了,声称,新八十一军西撤和暂七十九军附逆都是毕元奇和围城日伪军造出的谣言。目前,这两个军正在西部迂回,伺机向陵城靠拢,新二十二军应利用毕元奇擅自叛变造成的短暂和平,突破西线,挺进醉河,和新八十一军汇合,而后西渡黄河。他命令东线三一二师守军渐次后撤,一路抵抗,在三一一师打开西线缺口之后,随之突围。杨皖育也重金悬赏,令三一一师组织敢死队,在上午十时前打响突围之战。

会议开了不到半小时,七时二十分,白云森宣布散会,两个师的旅团长们各返前沿。他和杨皖育留在军部,代行军长、副军长职。七时三十五分,散发着油墨气味的《新新日报》送到了,头版通栏标题醒目扎眼:

"本城各界昨晚举行抗敌大会,杨将军梦征称云:陵城古都固若金汤,新二十二军誓与日寇殊死决战。"

十

把报纸拍放在桌上,白云森的眉头皱成了结,脸孔上的得意被忧郁的阴云遮掩了。他烦躁地端起桌上的茶杯喝了一通水,手扶桌沿站立起来,对正吊着受伤的胳膊在面前踱步的杨皖育喊:

"看这混账报纸,瞧军长说了些什么?到啥辰光了,还'固若金汤'哩!"

杨皖育摇头叹气:

"他玩这一套也不是一次了,谁想到他会栽在陵城呢?!这老爷子谁不唬?不到最后关头,他跟我这个亲侄子也不说实话的!"

白云森抓着报纸挥着:

"眼下你我咋向陵城父老交代呢?"

"唉呀!嘴是两片皮么,咋翻不行?谁还会来找咱对证不成?还是甭在这上面烦心啦!"

白云森把报纸揉成一团,摔到地下:

"事到如今,想烦也烦不了了。军部必须马上撤到西关去,随主力部队突围,啥东西丢了都行,电台得带上,以便突围之后和长官部联系,你看呢?"

杨皖育点点头:

"我都听你的!"

这回答是真诚的,就像他刚才在会议厅里对他的支持一样真诚。他受了些感动,心头油然升起了神圣的责任感和使命感。他既然敢把新二十二军从附逆投敌的道路上拉回来,也就该对全军弟兄负责到底,领着他们突出去。这是一着险棋,可他必须走。他不能像杨梦征那样不负责任,一忽儿"固若金汤",一忽儿又在"金汤"上来一枪。他做什么事情都义无反顾,认准了,就一头扎到底。

他揣摩,至少在眼下杨皖育是不会和他一争高下的,不说他比他大了十二三岁,名分上比他长一辈,就是单凭气魄,凭能力,凭胆量,这场即将开始的恶仗他也打不下来。

他会听他的。

他相信杨皖育的真诚。

他和杨皖育商量了一下,叫来了周浩和两个师的参谋长,发布了几道命令,派三一一师杨参谋长到西池口落实突围战的最后准备。派三一二师刘参谋长火速与总商会联系,疏散医院中的伤病员。叫周浩派人把关在三楼上的那帮原军部的参谋、副官们押到西线的三一一师敢死队去,并明确下达了军部在九时前撤退的命令。

两个师参谋长匆匆走了,周浩也随即上了楼,安排撤退事宜。不一会儿,楼上楼下便乱作一团,"咚咚"的脚步声在天花板上擂鼓般地响,悬在半空中的吊灯也晃了起来。

那帮倒霉的参谋、副官们被武装卫兵押到了院子里,有几个家伙冲着他所在房间的窗户大叫冤枉。他也知道这其中必有受了冤枉的,但时间紧迫,来不及一一审问甄别了。这不能怪他,只能怪战争的无情。

他和杨皖育也忙活起来,收拾焚烧军部文件。

这时,周浩又赶来报告:

"白师长,姜师爷咋办?是不是还派四个弟兄用担架抬走?往日军长……"

"抬吧!按往日办!"

说话时,他头都没抬。

"慢!"杨皖育把一叠燃着了的文件摔到地下,对白云森道:"这老僵尸留着何用?他和姓毕的是一个道上的!姓毕的向我劝降时,他也在一旁帮腔,尽讲什么'扬州十日'、'嘉定屠城',硬说那命令是军长的意思!我看——"

白云森点点头:

"好!甭管他!日本人破城后,能活下来,算他的造化!"

"他知道的可是太多了,只怕……"

白云森一怔,想了想,走到杨皖育面前,从杨皖育的枪套里拔出手枪,取出多余的子弹,只留下一颗压进了枪膛。

"杨副师长说的也是。把这个给姜师爷送去吧,就说是杨副师长赏他的。"

"这……这……"

周浩似乎要哭。

"这是为了军长,执行命令!"

周浩看看白云森,怯怯地垂下了脑袋:

"是!"

杨皖育拍了拍周浩的肩头:

"军长没白栽培你!记着,好生教教老僵尸咋着使枪,别浪费子弹,眼下子弹金贵着哩!"

周浩点点头,拿着杨皖育的手枪走了。

一个卫兵又进来报告,说是李兰带着一个《新新日报》的女记者求见。

白云森一听李兰,脸孔上的阴云一下子消失了许多,顺手把几份机要文件装进军用皮包里,转身对卫兵道:

"让她们进来!"

李兰和《新新日报》记者傅薇一前一后进来了。李兰的眼泡红肿着,头发有些凌乱,步履沉重而迟钝。白云森想,她大概已经知晓了这座小白楼里发生的噩梦,也许还没从噩梦中醒来。

李兰进门就扑到杨皖育面前:

"二哥,受伤了?"

杨皖育笑了笑:

"我受伤不要紧,白师长没伤着就行!"

李兰瞥了白云森一眼:

"你们都在,我就放心了!方才楼下枪声乱响,我吓坏了,我要下去看,卫兵们不许。"

傅薇随即问道:

"听说毕副军长、许副官长暗杀了杨将军,施行兵变,是吗?"

白云森反问道:

"怎么,为这事来的?要把消息印到《新新日报》上吗?"

李兰忙道:

"不!不是!这事是我刚告诉她的。她原说好要到九丈崖前沿探访,昨晚,我也和舅舅说过的,可现在舅舅……"

白云森点了点头：

"这消息无论如何不能泄露出去！大敌当前,我们不能动摇军心,傅小姐你说呢？"

"是的！"

"为了不使陵城毁于战火,我军决定今日突围,九丈崖守军已奉命后撤,小姐无探访之必要了！"

傅薇一惊,这才注意到了房间里的凌乱。

"昨日在光明大戏院,军长不是还说陵城古都固若金汤么？今天怎么又……"

杨皖育不耐烦地打断了她的话：

"军情瞬息万变！姓毕的一伙又勾结日军,战况恶化了……好了！说了,军事上的事,说了你们也不懂！"

白云森尽量和气地道：

"杨副师长说得不错,情况恶化了,我们要马上突围,军部现在也要撤退,小姐还是回家安置一下吧！我军一走,鬼子就要进城了。"

傅薇抿着嘴呆了一会儿,突然道：

"白师长,杨副师长,我也随你们一起突围！"

李兰兴奋得脸色绯红：

"太好了,二哥！白师长！就带上她吧！这样,我又多了个伴！"

杨皖育未置可否,只用眼睛盯着白云森看。

白云森皱着眉头来回踱了几步,在傅薇面前站住了：

"小姐,这很危险呵！如果……"

"我不怕！"

白云森终于点了头。

"好吧,你就和李兰一起,随那几个女译电员一起走,几个女同胞在一起,也好有个照应！"

"谢谢白师长！"

"李兰,带她到三楼电台室去吧！记住,不管发生什么情况,都不要离队！还有,不要穿军装,你们是随军撤离的难民,不是军人!"

李兰点点头,看了白云森一眼,说了句保重,随后带着傅薇出了门。

两个女人刚走,桌上的电话响了,城北矿业学院的学生又打电话来,声言已组织了四百人的学生军,即刻要到小白楼请愿参战。白云森告诉他们军部已从小白楼撤出,要他们立即解散。他们还在电话里争辩,白云森不愿再听,"啪"的挂上了电话。

刚挂上电话,周浩一声"报告",又进来了：

"白师长,杨副师长,姜师爷死了!"

"哦?!"白云森怔了一下,"咋没听枪响?"

杨皖育脸一黑：

"莫不是你放跑了他?"

周浩眼圈红红的：

"不!不是!我……我走到他的房间,见……见他已睡死过去了,好像刚咽气。"

周浩递上杨皖育的手枪,又把几张折叠得整整齐齐的纸捧到了白云森面前：

"这是老师爷留下的。"

"哦?!"

白云森展开纸要看,杨皖育却说：

"甭看了,这老僵尸不会留下什么好话的,咱们快收拾一下,准备走吧!"

周浩眼中江上了泪：

"二位长官还是看看吧!这是……是为咱新二十二军留下的文告。"

杨皖育不相信,挤到白云森身边看。

果然,那是份《泣告全城各界民众书》。老师爷似乎拿出了一生考科举的看家本领,临终还做出了一篇绝好的文章,文章用笔不凡,一开头就气势磅礴地纵论天下大势,历数新二十二军抗日的光荣,而后,笔锋一转,谈到了艰难的陵城之役,谈到了新二十二军和陵城父老兄弟的骨肉之情,随之泣曰:"身为华夏民族正义之师,降则大辱,虽生犹死;战则古城遭殃,生灵涂炭。新二十二军为求两全只得泣别父老,易地而战。"文告最后一页的空白处,写了几行蝇头小楷,那才是他简短的遗言,遗言说,他跟随军长半生,得其知遇之恩,未能报答,如今,也随军长去了。他既然不能救陵城二十二万生灵于水火倒悬,只得留下这一纸文告,对新二十二军的后继者或许有用。

白云森和杨皖育都默然了。

半晌,白云森才感叹道:

"一个尽职尽忠的幕僚!"

杨皖育刚点了下头,旋即又摇起了脑袋:

"幕僚的时代毕竟结束了!"

白云森把文告重新叠起来:

"也是。军长糊涂,姜师爷也糊涂。"

周浩脸上挂着泪,大胆地争辩道:

"师爷不糊涂!他许是算准了我……我们要杀他,才……"

白云森没作声,心头却恍惚骤然掠过一阵阴风,直觉着浑身发冷。不错,老师爷是明白人,也算是个正派的好人,死也死得干净,不拖累别人。这不是每一个人都能做到的,也许他就做不到。

拍了拍手里的文告,他转脸对杨皖育道:

"我看,这文告还有用,咱们不能拍拍屁股就走,至少得和'金汤'里的父老兄弟打个招呼嘛!"

"是该这样!"

白云森将文告上老师爷的简短遗言用刀子裁下来,把文告还给了周浩:

"去,派人送到《新新日报》馆,让他们在报上登一下!"

周浩抹掉脸上的泪,应了一声,拿着文告跑步出去了。

……

八点多钟,在手枪营的护卫下,军部撤离了小白楼,矿业学院的学生们赶到小白楼时,小白楼已空无一人了,只有二楼和三楼的几个大房间里飘飞着文件的灰烬和丝丝缕缕青烟。没多久,城东城西同时响起了枪炮声,突围战打响了。

十一

情况比白云森预料的要糟,从上午九点多到下午四点,城西的三一一师两个旅近两千号人在机枪重炮的配合下,发起了三次集团冲锋,均未能突破日军防线,东线的三一二师边打边退,至下午三时左右陆续放弃了九丈崖、石角头、小季山几个险要的城防工事,缩入了城中,被迫据守城门、城墙与敌苦战。四时之后,白云森在作为临时军部的西关小学校里和杨皖育并两个师参谋长商量了一下,决定暂时停止西线的出击,扼守现有阵地,待夜幕落下来后再作新的努力。

日军却并不善罢甘休,继续在东西两线发动攻击,七八架飞机和几十门大口径火炮毫无目标地对城里狂轰滥炸。繁华的皮市街和举人街化作了一片火海,巍巍耸立了八百七十余年的钟鼓楼被炸塌了半边;清朝同治年间建成的县道衙门被几颗重磅炸弹崩得七零八落,只剩下一个摇摇欲倒的门楼;那座曾作为军部的小白楼也中弹变成了废墟。有些街区变得无法辨认了,坑洼不平的青石大道上四处都是瓦砾、砖石,残墙断垣。负责东、西两线联络的传令兵几次跑迷了路。

日本人简直发了疯,他们似乎打定主意要把陵城从民国地图上抹掉,把城中的军民擂成肉泥。各处报来的消息都令人心惊肉跳:位于城市中央的博爱医院挨了十几发炮弹,未及疏散的重伤员大部死难,据目击者说,摊在着弹点上的伤病员们被炸得血肉横飞。残缺不全的胳膊、腿伴着弹片抛到了大街上。医院铁栅门的空当上嵌着血肉模糊的人头。一颗挂着粘膜的眼珠硬挤进了断垣的墙缝里。举人街上到处倒卧着尸体,向四处漫延扩张的大火已无人扑灭。许多人往光明大戏院方向拥,而光明大戏院已着了火,先进去的人正往外挤,戏院门口的大街上充斥着绝望的哀号。日军飞机一颗炸弹扔下来,便有几十上百人死亡。有些被吓昏了的人往死人堆里钻,往排水沟的臭水里钻。奉命引导疏散的百余个新二十二军士兵已无法控制这绝望导致的混乱了。

古老的陵城在炮火硝烟中痛苦地挣扎着,呻吟着……

白云森的心也在呻吟。几个小时前,他还没料到战争会进行到眼下这种地步,他原指望借和平的假象、借日军等待投降接洽时的松懈,一举突破日军防线,冲出城去。这样,不论是对新二十二军,还是对脚下这座古城,对城里的百姓,都是最好的出路,不料,竟失算了,日军早已想到了他前头,而且,因为上当进行了疯狂的报复。他无可奈何地把这座生他养他的古城,和二十二万民众推进了血火爆涌的地狱。

听着那些报告,他真想哭,后来,他按捺不住了,睁着血红的眼珠对他们吼:

"滚开,都滚开!既然走到这一步了,老子就要打到底!"

站在西关小学一幢校舍的房顶上用望远镜向烟火起处瞭望时,他力图说服自己。无论如何,他是正确的,他的选择并没有错。即便整个陵城都被战争的铁拳打碎了,也不应后悔,城池毁了,可以重建,而一个民族的精神崩溃了,一切便全完了。他做出这样痛苦的选择,不仅仅是为了一个人的或一个军的荣辱,而是为了整个中华民族的尊严。老师爷不是和杨皖育谈起过史可法么?史可法就是他的榜样。当年的扬州,十日血雨飘过,只留下了清军的残暴恶名,扬州没从大地上滑走,史可法人亡魂存,光昭日月,为后世传颂。他没错,就是蒋委员长也讲过焦土抗战的。无此决心,也就不会有抗战的最后胜利。

自然,他并不希望陵城真的变成昔日的扬州,变成一片焦土。他得尽快突出去,让战火尽早在陵城熄灭。为了陵城,为了二十二万父老乡亲,夜间的突围必须不惜一切代价取得成功。

谋事在人,成事在天,能否成功他也说不准。天已朦胧黑了,日军攻击的炮火依然十分猛烈。安放在学校校长室的电话不停地响。几乎每一个电话都是告急报丧,东城墙北段危急,四八七旅一〇九五团团长、团副相继阵亡,南段一〇九四团已使上了大刀,团长重伤。三一二师副师长老赵捂着被打出的肚肠,嘶哑着嗓门向他哭诉,要求派兵增援。西边的三一一师情况也不妙,旅、团干部伤亡过半,从前沿阵地上抬下来的伤兵已排满了三大间校舍。

他对着电话不断地吼叫,骂人,一味命令各部坚持,直到入夜以后,日军攻击的炮火渐渐平息下来,他才抓住时机,把城东三一二师的四八七旅悄悄调了过来,和三一一师合为一处,准备星夜出击。整个城东防线只留下了郭士文四八八旅残部三百多人掩护撤退。

日军没再发动猛烈攻击,他揣摸,日军或许是认为此夜无法破城,才不那么迫不及待了。

十一点四十分,四八七旅一千余人跑步赶到了西关小学,向他报到。与此同时,三一一师又一支五百人的敢死队组成了。一个个背负大刀,全副武装的敢死队员也云集到小学校的操场上。

在几支火把的照耀下,他和杨皖育登上了操场前的砖石台,对分属于两个师的官兵们训话。

白云森率先挥着胳膊喊:

"弟兄们,我新二十二军生死存亡在此一战,这不是我白某人说的,是我们殉国的军长说的。军长为了不让我们做汉奸,被毕元奇一伙谋害了!我们为了军长,也得打好这一仗!弟兄们,对不对?"

"对!"

台下齐呼,气氛悲壮。

"我们新二十二军是军长一手创建的,你们每个人身上都寄托着军长的希望,你们只有拼着性命,不怕流血,冲出重围,才是对军长最好的报答!你们活着,把新二十二军的军旗打下去,军长九泉之下也可以瞑目了,我白云森就是死了,也有脸去见军长了!"

他走下砖台,从一个敢死队员手里取过了一把大刀片,旋又走到台上,把大刀举过了头顶:

"弟兄们,新二十二军就是靠它起家的!辛亥首义后,军长和我,就是用它铲了陵城巡防营,攻占了县道衙门!今儿个,我们还要用它去砍鬼子的脑袋！谁敢怯阵不前,本师长也用大刀剁他的头！记住,鱼死网破就在今夜,从本师长到你们诸位都得下定决心,不成功则成仁！举起枪来,跟我发誓:'不成功,则成仁！'"

"不成功,则成仁！"

台下的士兵们举枪齐吼,其声如雷。

"好！下面请杨副师长训话。"

杨皖育愣了一下,嘴唇嚅动了半天,才缓缓开口道:

"我没有多少话说了！该说的白师长都说了。我们都是凡夫俗子,都不愿死,可是,鬼子逼着咱拼命的时候,咱也得拼！若是怕了,就多想想倒在徐州郊外、武昌城下的弟兄们吧,不说为了军长了,就是为了那些殉国的弟兄,咱们也不能充孬种！"

"为殉难弟兄报仇！"

有人跳出队列高喊。

"为殉难弟兄报仇！"

"一切为了军长！"

"一切为了军长！"

台下呼声又响成一片。

待呼声平息下来之后,杨皖育又道:

"我和白师长就率着军部跟在你们后面突围,你们都倒下了,我和白师长顶上去,哪怕我新二十二军全部打光,也不能……"

响起了轰隆隆的爆炸声。两发炮弹落在东墙角,把小学校的围墙炸塌了一截。离爆炸点很近的一些弟兄及时卧下了。没人伤亡。

杨皖育不说了,手一挥,命四八七旅和三一一师敢死队士兵们跑步出发,到西池口集结。

整齐而沉重的脚步声轰轰然响了起来,震得砖石台都索索发抖。没有月。惨淡的星光下,操场上那由一千五百多号官兵构成的巨蟒渐渐伸直了盘蜷的躯体,一段段跃出了校门,消溶在凄惨的黑暗中。

是夜零时二十分,三一一师四八五旅开始向西南杨村方向佯攻。零时二十五分,白云森令三一一师敢死队、三一二师四八七旅汇合四八六旅由西池口向西北赵墟子一线强行突围。零时四十五分,在军部已准备撤离西关小学时,四八六旅旅长郭士文挂来了最后一个电话说:东城墙已被日军炮火炸塌多处,日军在轻重机枪的掩护下,从炸开的缺口突进城内,整个城东只有城门楼还在我军手中。最后,郭士文大喊了一声:"师长保重!"电话里便没了声音。

白云森抓着话筒呆站了半天,眼中的泪水不知怎么就流了下来。

他知道,郭士文这最后一声"师长保重",实际上是临终遗言了,他苦心经营了许多年的四八八旅终于不存在了。他在新二十二军的一个可以托之以性命的忠实部下和他永别了。

他放下电话,脸上滚着泪,对杨皖育道:

"四八八旅完了……"

"这么说,鬼子进城了?"

他点了点头。

"快!上马,我们也得走了!"

新二十二军终于向苦难的陵城告别了。

走出西关小学校门的时候,他骑在马上勒着缰绳,对着东方火光冲天的城池,对着那一片片残墙断垣,举起了沉重的手,敬了一个庄严的军礼。

十二

马背上的世界恍恍惚惚,飘移不定。掩映在夜色中的残败城墙方才还在火光中闪现着,转眼间便不见了。宽阔的城门洞子在他策马穿过时还巍巍然立着,仿佛能立上一千年似的,出了城,跃上一个土丘回头再看时,门楼子已塌下了半截。炮火震撼着大地,急剧改变着眼前的一切,使他对自己置身的世界产生了深刻的怀疑,生死有命,今夜,他和手下弟兄的一切都得由上天安排了。

枪声、炮声不绝于耳。一团团炽白的火光在他身后的黑暗中爆闪。夜幕被火光撕成了无数碎片,在喧闹滚沸的天地间飘浮。他有了一种飘起来的感觉,似乎鞍下骑着的不是一匹马,而是一股被炮火造出的强大气浪。

根本听不到马蹄声。激烈的枪声、炮声把马蹄声盖住了。他只凭手上的缰绳和身体的剧烈颠簸、摇晃,才判定出自己还在马上,自己的马还在跑着。道路两边和身边不远处的旷野上,突围出来的士兵们也在跑,黑压压一片。有的一边跑,一边回头放枪。各部建制被突围时的炮火打乱了,在旷野上流淌的人群溃不成军。

他勒住缰绳,马嘶鸣起来,在道路上打旋:

"杨副师长!杨副师长!"

他吼着,四下望着,却找不到杨皖育的影子,身边除了手枪营押运电台的周浩和十几个卫兵,几乎看不到军部的人了。

周浩勒住马说:

"杨副师长可能带着军部的一些人,在前面!"

"去追他,叫他命令各部到赵墟子集结,另外,马上组织收容队沿途收容掉队弟兄!告诉他,我到后面看看,敦促后面的人跟上来!"

"白师长,这太危险,我也随你去!"

周浩说罢,命令身边的一个卫兵去追杨皖育,自己掉过马头,策马奔到了白云森面前,和白云森一起,又往回走。

一路上到处倒卧着尸体和伤兵,离城越近,尸体和伤兵越多,黄泥路面被炸得四处是坑,路两边的许多刺槐被连根掀倒了。炮火还没停息,从城边的一个小山坡上飞出的炸弹呼啸着,不时地落在道路两旁,把许多簇拥在一起拼命奔突的士兵们炸得血肉横飞。一阵阵硝烟掠过,弥漫的硝烟中充斥着飞扬的尘土和浓烈的血腥味。

他心中一阵悲戚,进一步明白了什么叫焦土抗战。陵城已变成焦土了,眼下事情更简单,只要他被一颗炸弹炸飞,那么,他也就成了这马蹄下的一片焦土,也就抗战到底了。

他顾不得沿途的伤兵和死难者,一路往回赶,他知道这很险,却又不能不这样做。今夜这惨烈的一幕是他一手制造的,他又代行军长之职,如果他只顾自己逃命,定会被弟兄们耻笑的,日后怕也难以统领全军。不知咋的,在西关小学操场上对着弟兄们训话时,他觉着新二十二军已完全掌握在他手里了。他讲杨梦征时,就不由得扯到了自己。其实,这也不错,当年攻占县道衙门时,他确是一马当先冲在最头里的,当时他才十六岁。新二十二军是他和杨梦征共同缔造的,现在杨梦征归天了,他做军长是理所当然的。

到了方才越过的那个小土坡时,周浩先勒住了马,不让他再往前走了。他揣摸着日本人大概已进了城,再往前去也无意义了,这才翻身下马,拦住一群正走过来的溃兵:

"哪部分的?"

一个脸上嵌着大疤的士兵道:

"三一一师四八五旅的!"

他惊喜地问:

"打杨村的佯攻部队?"

"是的!一〇九一团!"

"你们旅冲出多少人?"

"冲出不少,快两点的时候,传令兵送信来,要我们随四八六旅向这方向打,我们就打出来了。"

"好!好!快跟上队伍,到赵墟子集合!"

"是!长官!"

溃兵们的身影刚消失,土坡下又涌来了一帮人。他近前一看,见是李兰、傅薇和军部的几个译电员。她们身前身后拥着手枪营的七八个卫兵,几个卫兵抬着担架。

他扑过去,拉住了李兰的手:

"怎么样?没伤着吧?"

"没……没!就是……就是傅薇的脚脖子崴了,喏,他们架着哩!"

"哦!我安排!你上我的马!快!早就叫你跟我走,你不听!"

李兰抽抽搭搭哭了。

他扶着李兰上了马,回转身,用马鞭指着担架问:

"抬的什么人?"

一个抬担架的卫兵道:

"军长!"

"什么军长?"

"就……就是杨军长哇!是周营长让我们抬的!"

周浩三脚两步走到他面前:

"哦,是我让抬的!"

他猛然举起手上的马鞭,想狠狠给周浩一鞭子,可鞭子举到半空中又落下了:

"都什么时候了,还抬着个死人!"

"可……可军长……"

他不理睬周浩,马鞭指着身边一个担架兵的鼻子命令道:

"把尸体放下,把傅小姐抬上去!"

抬担架的卫兵们顺从地放下了担架,一人抱头,一人提脚,要把杨梦征的尸体往路边的一个炮弹坑抬。

周浩愣了一下,突然"扑通"一声在他面前跪下了:

"白师长,求求你!你可不能这么狠心扔下咱军长!"

刚刚在马背上坐定的李兰也喊:

"云森,你……你不能……"

白云森根本不听。

"活人重要,还是死人重要?这简单的道理都不明白么!军长爱兵,你们是知道的,就是军长活着,他也会同意我这样做!"

周浩仰起脸,睁着血红的眼睛:

"傅小姐不是兵!"

傅薇挣开搀扶她的卫兵扑过来:

"白师长,我能走!你……你就叫他们抬……抬军长吧!"

白云森对傅薇道:

"你在我这里,我就要对你负责!这事与你无关,你不要管!"

说这话时,他真恨,恨杨梦征,也恨周浩,恨面前这一切人。他们不知道,这个叫杨梦征的老家伙差一点就把新二十二军毁了!而他又不好告诉他们,至少在完全摆脱日军的威胁之前,不能告诉他们。更可恨的是,死了的杨梦征竟还有这么大的感召力和影响力!难道他这一辈子都得生存在杨梦征的阴影下不成?就冲着这一点,他也不能再把这块可怕而又可恶的臭肉抬到赵墟子去。

"不要再啰嗦了,把傅小姐抬上担架,跑步前进!"

他推开周浩,翻身上了马,搂住了马上的李兰。

李兰在哭。

几个卫兵硬把傅薇抬上了担架。

杨梦征的尸体被放进了弹坑,一个卫兵把他身上滑落的布单重新拉好了,准备爬上来。

他默默望着这一切,狠下心,又一次命令自己记住,杨梦征死了!死了死了死了!从此,新二十二军将不再姓杨了。

不料,就在他掉转马头,准备上路的时候,周浩从地上爬起来,冲到弹坑边,跳下弹坑,抱起了杨梦征的尸体。

"周浩,你干什么?"

周浩把杨梦征的尸体搭到了马背上:

"我……我把军长驮回去!"

他无话可说了,恨恨地看了周浩一眼,在马屁股上狠抽了一鞭,策马跃上了路面。

这或许是命——他命中注定甩不脱那个叫杨梦征的老家伙。老家伙虽然死了,阴魂久久不散,他为了反正,又不得不借用他的名义。这样做,虽促成了他今夜的成功,却也埋下了日后的危机,脱险之后如不尽早把这一切公布于众,并上报长官部,只怕日后的新二十二军还会姓杨的。身为三一一师副师长的杨皖育势必要借这老家伙的阴魂和影响,把新二十二军玩于股掌。

事情没有完结,他得赶在杨皖育前面和自己信得过的部下们密商,尽快披露事情真相,让新二十二军的幸存者们都知道真相。他不怕他们不信,他手里掌握着这个中将军长叛变投敌的确证。

也许还得流点血。也许同样知道事情真相的杨皖育会阻止他把这一切讲出来。也许他的三一二师和杨皖育的三一一师会火并一场。

他不禁打了个冷战,迫使自己停止了这充斥着血腥味的思索。

在这悲壮的突围中,倒下的弟兄难道还不够多么,自己在小白楼的会议厅里大难不死,活到了现在,难道还不够么?他还有什么理由再挑起一场自家弟兄的内部火并呢!不管怎么说,杨皖育是无可指责的,他在决定新二十二军命运的关键时刻站到了他这边,拼命帮他定下了大局。

他不能把他作为假设的对手。

天蒙蒙亮的时候,他在紧靠着界山的季庄子追上了杨皖育和四八七旅的主力部队,杨皖育高兴地告诉他,新二十二军三个旅至少有两千余人突出了重围。

他却很难过,跳下马时,淡淡地说了句:

"那就是说还有两千号弟兄完了?"

"是这样,可突围成功了!"

"代价太大了!"

东方那片青烟缭绕的焦土上,一轮滴血的太阳正在升起。那火红的一团变了形,像刚被刺刀挑开的胸膛,血腥的阳光迸溅得他们一脸一身。

"代价太大了!"

他又咕噜了一句,不知是对自己,还是对杨皖育,也不知是愧疚,还是艾怨。

太阳升起的地方依然响着零零星星的枪声。

下 篇

十三

这村落名字很怪,叫蛤蟆尿。

村落不大,总共百十户人家,坐落在界山深处一个叫簸箕峪的山包包上。簸箕峪的山名地图上是有的,蛤蟆尿的村名却没有。杨皖育找到村中一个白须长者询问,也没问出个所以然。那白须长者说,打从老祖宗那阵子就叫蛤蟆尿了,如今还这么叫,地图上为啥偏没这泡尿,那得问画图的人。长者为偌大的一泡尿没能尿上官家的地图愤愤不平,打躬作揖,恳求杨皖育出山后,申报官家,在地图上给他们添上。杨皖育哭笑不得,好不容易才甩开了长者。不料,没屁大的工夫,那长者又在几个长袍瓜皮帽的簇拥下,气喘不歇地赶到军部驻扎的山神庙,口口声声要找方才那个白脸长官说话。杨皖育躲不掉,只得接见。长者和那帮长袍瓜皮帽们说新二十二军的士兵们抢他们的粮食,要求白脸长官作主。长者引经据典,大讲正义之师爱民保民的古训,杨皖育便和他们讲抗日救国要有力出力,有粮出粮的道理。双方争执不下,后来,杨皖育火了,拉过几个受伤的士兵,又指着自己吊起的胳膊对他们吼:"我们抗日保民,身上钻了这么多窟窿,眼下没办法,才征你们一点粮食,再啰嗦,枪毙!"直到杨皖育拔出了手枪,长者和瓜皮帽们才认可了抗日救国的道理,乖乖退走了。他们走后,杨皖育想想觉着不妥,又交代手下的一个军需副官付点钱给村民们。

这是吃晚饭前的事。

吃过晚饭,杨皖育的心绪便烦躁不安了,他总觉着这地方不吉利,偌好的一个村落,为甚偏叫蛤蟆尿?难道好不容易才从陵城突出来的弟兄们又要泡到这摊尿里不成？昨天上午九点多赶到赵墟子时,他原想按计划在赵墟子住下来,休整一天。白云森不同意,说是占领了陵城的日军随时有可能追上来。白云森不容他多说,命令陆续到齐的部队疾速往这里撤,赵墟子只留下了一个收容队。到了这里,白云森便寻不着了,连吃晚饭时都没见着他。他怀疑白云森是不是掉在这摊尿里溺死了。

做军长的叔叔死了,一棵大树倒了,未来的新二十二军何去何从是个问题。昔日叔叔和白云森的不和,他是清楚的,现在对白云森的举动,他不能不多个心眼。白云森确是值得怀疑:他急于修复电台,想向长官部和中央禀报什么？如果是急于表功,那倒无所谓,如果……他真不敢想下去。

看来,叔叔的死,并没有消除他们之间的怨恨。突围途中的事情,他已听周浩说了。白云森要遗弃的决不仅仅是叔叔的尸体,恐怕还有叔叔的一世英名。如斯,一场新的混乱就在所难免,而新二十二军的两千多号幸存者们再也经不起新的混乱了。

他得向白云森说明这一点。

山神庙里燃着几盏明亮的粗芯油灯,烟蛾子在扑闪的火光中乱飞,他的脸膛被映得彤亮,心里却阴阴的。那不祥的预感像庙门外沉沉的夜幕,总也撩拨不开。快九点的时候,他想起了表妹李兰,叫李兰到村落里去找白云森。

李兰刚走,手枪营营长周浩便匆匆跑来了,他当即从周浩脸上看出了那不祥的征兆。

果然,周浩进门便报丧:

"杨副师长,怕要出事！"

"哦?！"

他心里"格登"跳了一下。

"白云森已和三一二师的几个旅团长密商,说是军长……"

周浩的声音压得很低。

他明白了,挥挥手,让庙堂里的卫兵和闲杂人员退下。

"好！说吧！别躲躲闪闪的了！"

他在香案前的椅子上坐下来，也叫周浩坐下。

周浩不坐：

"杨副师长，白云森说军长确是下过一道投降命令，他要把命令公布于众。"

"听谁说的？"

"三一二师刘团长说的，刘团长和我是一拜的兄弟。刘团长嘱我小心，说是要出乱子。"

他怔了一下，苦苦一笑：

"说军长下令投降，你信么？"

周浩摇摇头：

"我不信，咱军长不是那号人！"

"如果人家拿出什么凭据呢，比如说，真的弄出了一纸投降命令？"

"那也不信！我只信咱军长！命令能假造，咱军长不能假造！我周浩鞍前马后跟了军长这么多年，能不知道他么？"

他真感动，站起来，握住周浩的手：

"好兄弟，若是两个师的旅团长们都像你这样了解军长，这乱子就出不了了！新二十二军的军旗就能打下去！"

周浩也动了感情，按着腰间的枪盒说：

"我看姓白的没安好心！想踩着军长往上爬，他对刘团长说过：从今开始新二十二军不姓杨了！不姓杨姓啥？姓白么？就冲着他这忘恩负义的德性，也配做军长么？婊子养的，我……"

他打了个手势，截断了周浩的话头：

"别瞎说，情况还没弄明白哩！"

"还有啥不明白的？刘团长是我一拜的二哥，从不说假话，我看，为军长，咱得敲掉这个姓白的！杨大哥，只要你点一下头，我今夜就动手！"

他怔了一下，突然变了脸，拍案喝道：

"瞎说啥！白师长即便想当军长，也不犯死罪！没有他，咱能突得出

国殇 // 167

来么?"

"可……可是,他说军长……"

周浩脸上的肌肉抽颤着,脸色很难看。

他重又握住周浩的手,长长叹了口气:

"好兄弟!你对军长的情义,我杨皖育知道!可军长毕竟殉国了,新二十二军的军旗还要打下去!在这种情势下,咱们不能再挑起一场流血内讧呀!"

周浩眼里汪上了泪:

"杨大哥,你心肠太软了,内讧不是咱要挑的,是人家要挑的,你不动手,人家就要动手,日后只怕你这个副师长也要栽在人家手里!人家连军长的尸身都不要,还会要你么?!杨大哥,你三思!"

他扶着周浩的肩头:

"我想过了,新二十二军能留下这点种,多亏了白师长,新二十二军可以没有我,却不能没有白云森!"

周浩睁着血红的眼睛瞪着他:

"你……你还姓杨么?!还是杨梦征的亲侄子么?"

"周营长,不要放肆!"

"你说!"

他不说。

周浩怔了半天,突然阴阴地笑了起来:

"或许军长真的下过投降命令吧?"

这神态、这诘问把他激怒了,他抬手打了周浩一个耳光:

"混账!军长愿意投降当汉奸还会自杀么?他是被逼死的!是为了你我,为了新二十二军,被人家逼死的!"

周浩凝目低吼:

"军长为咱们而死,咱们又为军长做了些啥?军长死了,还要被人骂为汉奸,这有天理么?!"

他摇了摇头,木然地张合着嘴唇:

"白师长不会这样做!我去和他说,他会听的。这样做对大家没有好处,他是明白人。"

"如果他狗日的不听呢?"

"那,我也做到仁至义尽了,真出了什么事,我就管不了了。"

周浩脸一绷:

"好!有你这句话就行了!日后,谁做军长我管不了,可谁他妈败坏杨梦征军长的名声,老子用盒子枪和他说话!"

周浩说毕,靴跟响亮地一碰,向他敬了个礼,转过身子,"咔嚓、咔嚓",有声有色地走了。

他目送着周浩的背影,直到他走出了大门,走下了庙前的台阶,才缓缓转过脸,去看香案上的油灯。

灯蛾子依然在火光中扑闪着,香案上布满星星点点的焦黑,像趴着许多苍蝇。跃动的灯火把他的身影压到了地上,长长的一条,显得柔弱无力。

他不禁对自己的孤影产生了深深的爱恋和凄怜。

"蛤蟆尿,该死的蛤蟆尿!"

他自语着,眼圈潮湿起来。

发现自己的柔弱是桩痛苦的事情,而这发现偏又来得太晚了,这更加剧了发现者的痛苦。叔叔活着的时候,他从没感到自己无能。他的能力太大了,路子太顺了,二十二岁做团副,二十四岁做团长,二十八岁行一旅之令,三十四岁就穿上了少将军装,以副师长的名义,使着师长的权柄。新二十二军上上下下,一片奉承之声,好像他杨皖育天生就是个将才,是天上的什么星宿下凡似的。他被大树底下的那帮猁猁们捧昏了头,便真以为自己很了不得,少将副师长当得毫不羞惭。如今,大树倒了,他得靠自身的力量在风雨中搏击了,这才发现,自己是那么不堪一击;这才知道,自己生命的一部分是依附在叔叔这棵大树上的。大树倒下的时候,他的那部分生命也无可奈何地消失了。

细细回想一下,他还感到后怕:从陵城的军部小白楼到现在置身的蛤蟆尿,他真不知道是怎么走过来的。

那夜,雪铁龙突然把他接到军部,他看到了躺在血泊中的叔叔,看到了叔叔留下的投降命令。他惊呆了,本能地抗拒着这严酷的事实,既不相信叔叔会死,更不相信叔叔会下投降命令。有一瞬间,他怀疑是毕元奇和许洪宝害死了叔叔。后来,毕元奇拿出了一份份令人沮丧的电报,说明了叔叔自毙的原委,他才不得不相信,一切都是可能的。叔叔在孤立无援的情况下,为了城池和百姓,为了新二十二军的五千残部,完全可能下令投降。这样做合乎他爱兵的本性,他与生俱存的一切原都是为了新二十二军。自毙也是合乎情理的,他签署了投降命令,自己又不愿当汉奸,除了一死,别无出路。他的死实则透着一种献身国难的悲壮,非但无可指责,反而令人肃然起敬。

然而,肃然的敬意刚刚升起,旋又在心头消失了。他想到了自己,想到了新二十二军的未来——难道他真的得按叔叔的意愿,投降当汉奸么?他不能。三一一师的官兵们也不会答应。毕元奇和许洪宝的答案却恰恰相反,他们手持叔叔的投降命令,软硬兼施,逼他就范。他的柔弱在那一刻便显现出来。他几乎不敢做任何反抗的设想,只无力地申辩了几句,便认可了毕元奇耻辱的安排。当时,他最大胆的奢望只是,在接受改编之后,辞去伪职,躲到乡下。

不曾想,毕元奇一伙的周密计划竟被白云森一举打乱了,白云森竟然在决定新二十二军命运的最后一瞬拔出了勃朗宁,强悍而果决地扣响了枪机,改变了新二十二军的前途。

当白云森用枪威逼着毕元奇时,他还不相信这场反正会成功。他内心里紧张得要死,脸面上却不敢露出点滴声色。这既透出了他的柔弱,也印证了他的聪明。后来,白云森手中的勃朗宁一响,毕元奇、许洪宝一死,他马上明白自己该站在什么位置上了。他毫不迟疑地扑了上去,在胜利的一方压上了决定性的砝码。

这简直是一场生命的豪赌。他冲着白云森的一跃,是大胆而惊人的。倘或无此一跃,白云森或许活不到今天,他和新二十二军的幸存者们肯定要去当汉奸的。

然而,这一跃,也留下了今日的隐患。

他显然不是白云森的对手。白云森的对手是叔叔,是毕元奇,而不是他。和白云森相比,他的毛还嫩,如果马上和白云森摊牌,失败的注定是他。聪明的选择只能是忍让,在忍让中稳住阵脚,图谋变化。他得忍辱负重,用真诚和情义打动白云森铁硬的心,使得他永远忘掉叔叔的那张投降命令,维护住叔叔的一世英名。只要能做到这一点,他就获得了大半的成功,未来的新二十二军说不准还得姓杨。叔叔的名字意味着一种权威,一种力量,只要叔叔的招牌不被砸掉,一切就都可能产生变化。从陵城到这里的一切已经证明了这一点,未来的历史还将证明这一点。

他打定主意,马上和白云森谈谈,把新二十二军交给他,让他在满足之中忘却过去。

一扫脸上的沮丧和惶惑,他扶着落满灯蛾子的香案站了起来,唤来了三一一师的两个参谋,要他们再去找找白云森。

十四

白云森显得很疲惫,眼窝发青,且陷下去许多;嘴唇干裂泛白,像抹了层白灰。他在破椅上一坐下,就把军帽脱下来,放到了香案上。杨皖育注意到,他脑袋上的头发被军帽箍出了一道沟,额头上湿漉漉的。他一口气喝了半茶缸水,喝罢,又抓起军帽不停地扇风。杨皖育想,这几小时,他一定忙得不轻,或许连水也没顾得上喝。

"电台修好了吗?"

他关切地问。

"没有,这帮窝囊废,一个个该枪毙!"

白云森很恼火。

"李兰呢?见到了么?我让她找你的。"

"见到了,在东坡上,我安排了她和那个女记者歇下了。"

"那么,咱们下一步咋办?"

白云森对着油灯的灯火,点燃了一支烟,美美地吸了一口:

"我看,得在这儿休整一两天,等电台修好,和长官部取得联系后,再确定下一步的行动,你看呢?"

他笑了笑:

"我听你的!"

白云森心满意足地喷了口烟,又问:

"赵墟子的收容队赶到了么?"

他摇摇头。

白云森拍了下膝头:

"该死,若是今夜他们还赶不到,咱们就得派人找一找了!说不准他们是迷了路。"

"也许吧!"

过了片刻,白云森站了起来,在香案前踱着步:

"皖育,明天,我想在这里召集营以上的弟兄开个会,我想来想去,觉着这会得开一开。"

他本能地警觉起来,眼睛紧盯着白云森掩在烟雾中的脸庞,似乎很随便地道:

"商量下一步的行动计划么?"

"是的,得商量一下! 不管电台修好修不好,能不能和长官部取得联系,我们都要设法走出界山,向黄河西岸转进。自然,陵城突围的真相,也得和弟兄们讲一下的。"

他的心吊紧了:

"你的意思我不太明白,真相? 什么真相? 两千余号弟兄冲出来了,新二十二军的军旗还在咱手中飘,这不就是真相么?"

"不对呀,老弟!"白云森踱到香案的一头,慢慢转过身子,"这不是全部真相。新二十二军的军旗至今未倒,是因为有你我的反正,没有你我,新二十二军就不存在了。这一点你清楚。你叔叔杨梦征的命令,你看过,命令现在还在我手上,你我都不能再把这个骗局遮掩下去了!"

白云森踱到他面前,手搭在他肩上,拍了拍他的肩头。

他将那只手移开了,淡淡地道:

"有这个必要吗?事情已经过去了,翻旧账能给你我和新二十二军带来什么好处呢?再说,当初假话也是你讲的,并不是我讲的!"

"这不是突围的需要嘛!不客气地讲,皖育,你要学着点!"

他软软地在椅子上坐下了:

"明白了,今天我算明白了!"

白云森的手再次搭到他肩头上:

"皖育,我这不是冲着你来的!没有你,就不会有咱们今儿个突围的成功,也没有我白某人的这条性命!这些,我都记着哩,永生永世也不会忘!可我眼里容不得沙子,我不能不道出真相!"

他挺难受,为自己的军长叔叔,也为白云森。

"白师长,你再想想,我恳求你再想想!这样做对你我,对新二十二军究竟有多少好处?宣布军长是叛将,长官部和中央会怎么看?幸存的弟兄们会怎么看?"

"杨梦征叛变,与你我弟兄们无涉,况且,我们又施行了反正,没有背叛中央,重庆和长官部都不能加罪我们,至于军中的弟兄……"

"军中的弟兄们会相信吗?假话是你说的,现在,你又来戳穿它,这会不会造成混乱,酿发流血内讧?你也知道的,叔叔在军中的威望很高,我们反正突围,也不得不借重他的影响和名声!"

白云森激动地挥起了拳头:

"正因为如此,真相才必须公布!一个叛将的阴魂不能老罩在新二十二军队伍中!"

他这才明白了白云森的险恶用心:他急于公布真相,是为了搞臭叔叔,打碎关于叔叔的神话,建立自己的权威。怪不得叔叔生前对此人高看三分,也防范三分,此人确是不凡,是一个有头脑的政治家。他想到的,白云森全想到了,他没想到的,只怕白云森也想到了。他真后悔:当初他为啥不设法乘着混乱把叔叔签署的命令毁了!现在,事情无法挽回了。

然而,这事关乎叔叔一生的荣辱,也关乎他日后的前程,他还是得竭尽全力争一争。

"白师长,你和叔叔的恩恩怨怨,我多少知道一些,你这样做,不能说没有道理。可如今,他毕竟死了,新二十二军眼下掌握在你手里的,新二十二军现在不是我叔叔杨梦征的了,今儿个是你白云森的了,你总不希望弟兄们在你手里发生一场火并吧?!"

他这话中隐含着忍让的许诺,也夹杂着真实的威胁。

"我杨皖育是抗日军人,为国家,为民族,我不能当汉奸,所以我支持你反正。可我还是杨梦征的亲侄子,我也得维护一个长辈的名声!我求你了,把那个命令忘掉吧!过去,我听你的,往后我还听你的!"

他的声音有些哽咽。

白云森呆呆在他面前立着,半晌没作声。

"咱新二十二军没有一万五六千号兵马了,再也经不起一场折腾了!白师长,你三思!"

白云森嘴唇动了动,想说什么,又没说出来,铁青的脸膛被灯火映得亮亮的,额头上的汗珠缓缓向下流。

显然,这事对白云森也并不轻松。

沉默了好半天,白云森才开口了:

"皖育,没有你,我在小白楼的会议厅就取义成仁了,新二十二军的一切你来指挥!但是,事情真相必须披露!我不能看着一个背叛国家、背叛民族的罪人被打扮成英雄而受人敬仰!我,还有你,我们都不能欺骗历史,欺骗后人啊!"

白云森棋高一着,他杨皖育施之以情义,白云森便毫不吝啬地还之以情义,而且,还抬出了历史。历史是什么东西!历史不他妈的就是阴谋和暴力的私生子么?

敢这样想,却不敢这么说,他怕激怒面前这位顽强的对手。这个对手曾经使无所不能的叔叔惧怕三分,曾经一枪击碎毕元奇的周密阴谋,他得识趣。

"这么说,你非这么做不可了?"

白云森点点头:

"不是我,而是我们！我们要一起这样做！杨梦征下令投降,是杨梦征的事,与你有什么关系！你参加了反正,还在反正中流了血,理应得到应有的荣耀！"

好恶毒！

他进一步看出了白云森的狡诈,这家伙扯着他,决不是要他去分享什么荣耀,而是要借他来稳住三一一师,稳住那些忠于叔叔的军官,遏制住可能发生的混乱。看来,周浩的报告是准确的,为这场摊牌的会议,白云森进行了周密的布置。

他被耍了——被昨日的盟友,今日的对手轻而易举地耍了。

他羞怒难当,憋了好半天,才闷闷地道:

"既然你铁下心了,那你就独自干吧！我再说一遍:我是抗日军人,也还是杨梦征的亲侄子,让我出来骂我叔叔是汉奸,我不干！"

白云森阴阴地一笑,讥问道:

"你就不怕在会上发生火并?"

他无力地申辩道:

"真要发生火并,我也没办法！该……该说的,我都向你说了……"

白云森手一挥:

"好！那明天的会我负责！谁敢开枪,叫他冲我来！可你老弟必须到会,话由我白某人来说！"

他无可奈何地被白云森按入了精心布置好的陷阱,就像几天前被毕元奇按进另一个陷阱一样。这回只怕没有什么人能帮他挽回颓局了。

他再一次觉察到了自己的柔弱无能。

接下来,白云森又和他谈起了下一步的西撤计划和电台修好后,须向中央和长官部禀报的情况,快一点的时候,他才和白云森一起在大庙临时架起的木板床上和衣歇下。白云森剥夺了他最后的一点机会,他连和手下的部属见见面商量一下的可能都没有了。

昏头昏脑快睡着的时候,他想起了周浩。明晨要开的是营以上军官会议,周浩是手枪营营长,他要到会的。如果周浩在会上拔出了枪,只怕这局面就无法收拾了,闹不好,自己的性命也要搭上去。尽管他并没有指使周浩如此行事,可周浩和他们杨家的关系,新二十二军是人所共知的,只要周浩一拔枪,他就逃不脱干系了。

忧上加惊,这一夜他根本没睡着。

十五

渐渐白亮起来的天光夹杂着湿漉漉的雾气,从没掩严的门缝里,从屋檐的破洞下渗进了大庙,庙里残油将尽的灯火显得黯然无光了。光和雾根本无法分辨,白森森,一片片,在污浊的空气中鼓荡,残留在庙内的夜的阴影,一点点悄然遁去。拉开庙门一看,东方的日头也被大雾吞噬了,四周白茫茫的,仿佛一夜之间连那莽莽群山也化作雾气升腾在天地间了。

好一场大雾!杨皖育站在被露水打湿的石台上,悲哀地想,看来天意就是如此了,老天爷也在帮助白云森。白云森决定今天休整,山里山外便起了一场大雾,日本人的飞机要想发现隐匿在雾中的新二十二军是万难了。决定未来的会议将在一片迷雾之中举行,他自己也化作了这雾中的一团。他不开口讲话,三一一师的部属们就不会行动,而他若是奋起抗争,就会响起厮杀的枪声。白云森是做了准备的,他只能沉默,只能用沉默的白雾遮掩住一个个狰狞的面孔。然而,只要活下去,机会总还有。这一次是白云森,下一次必定会是他杨皖育。一场格杀的胜负,决定不了一块天地的归属,既然天意决定今天属于白云森,那么,他就选择明天吧!

为了明天,他不能不提防周浩可能采取的行动。吃过早饭,他和白云森商量了一下,派周浩带手枪营二连的弟兄沿通往赵墟子的山路去寻找收容队。

白云森对这安排很满意。

九点多钟,营以上的军官大部到齐了,大庙里滚动着一片人头。《新新日报》的女记者傅薇也被搀来了,手里还拿着小本本和笔,似乎要记点什么。他起先很惊诧,继而便明了:这是白云森又一精心安排。白云森显然不仅仅想在军界搞臭叔叔,也要在父老乡亲面前搞臭他。在陵城,白云森一口答应带上这个女记者,只怕就包藏着祸心。

大多数与会的军官并不知道马上要开的是什么会。他们一个个轻松自在,大大咧咧,彼此开着玩笑,骂着粗话。不少人抽着烟,庙堂里像着了火。

大门外是十几个手枪营的卫兵,防备并不严密,与会者的佩枪也没缴,这是和陵城的小白楼军事会议不同的。由此也可以看出,白云森对会议的成功胸有成竹。

快九点半的时候,白云森宣布开会,他把两只手举起来,笑呵呵向下压了压,叫与会者们都找个地方坐下来。庙堂里没有几把椅子,大伙儿便三个一伙,五个一堆,席地而坐。那女记者,白云森倒是特别地照顾,他自己不坐,倒把一把椅子给了她。

他坐在白云森旁边,身体正对着大门,白云森的面孔看不到,白云森的话语却字字句句听得真切。

"弟兄们,凭着你们的勇气,凭着你们不怕死的精神头儿,咱新二十二军从陵城坟坑里突出来了!为此,我和杨副师长向你们致敬!"

白云森两腿一并,把手举到了额前。

他也站起来,向弟兄们行礼。

"有你们,就有了咱新二十二军。不要看咱今个儿只有两千多号人,咱们的军旗还在嘛,咱们的番号还在嘛,咱们还可以招兵买马,完全建制,还会有一万五、两万五的兵员!"

响起了一片掌声。

"胜败乃兵家常事,胜不能骄,败不能馁,更不能降!今日,本师长要向众位揭穿一个事实:在陵城,在我新二十二军生死存亡的紧要关头,在民族需要我们握枪战斗的时候,有一个身居高位的将军,竟下令让我们投降!"

白云森果真不凡,竟如此诚恳自然地把紧闭的天窗一下子捅亮了。

庙堂里静了一阵子,继而,嗡嗡吟吟的议论声响了起来。白云森叉腰立着,并不去制止。

四八四旅的一个副旅长跳起来喊:

"这个将军是谁,是不是长官部的混蛋?咱们过了黄河,就宰了这个龟孙!"

"对,宰了这个王八蛋!"

"宰了他!"

"宰了他!"

可怕的仇恨情绪被煽惑起来了。他仰起头,冷眼瞥了瞥白云森,一下子捕捉到了白云森脸上那掩饰不住的得意,尽管这得意一现即逝。

白云森又举起了手,向下压了压:

"诸位,这个将军不在长官部,就在咱们新二十二军!知道这件事的人并不多,我是一个,杨副师长是一个。我们昨晚商量了一下,觉着真相必须公布。我说出来,诸位不要吃惊。这个下令投降的将军就是我们的军长杨梦征。"

简直像一锅沸油里浇了瓢水,会场乱了套。交头接耳的议论变成了肆无忌惮的喧叫,三一一师的杨参谋长和几个军官从东墙角的一团中站了出来,怒目责问:

"白师长,你说清楚,军长会下这混账命令么?"

"你不说命令是毕元奇、许洪宝伪造的么?"

"你他妈的安的什么心?"

"说!不说清楚,老子和你没完!"

杨参谋长已拔出了枪。

那些聚在杨参谋长身边的反叛者们也纷纷拔枪。

情况不妙,白云森的亲信,三一二师的刘参谋长率着十几个效忠白云森的军官们,冲到香案前,把他和白云森团团围住了。

情势一下子很难判断,闹不清究竟有多少人相信白云森的话,有多少人怀疑白云森的话;更闹不清究竟是过世的军长叔叔的影响大,还是白云森的魔力大。但有一点是清楚的:新二十二军确有相当一批军官和周浩一样,是容不得任何人污辱他们的军长的。

他既惊喜,又害怕。

白云森大约也怕了,他故作镇静地站在那里,搭在腰间枪套上的手微微抖颤,似乎还没拿定拔不拔枪的主意。他紧绷的嘴角抽颤得厉害,他从白云森腋下斜望过去,能看到他泛白的嘴唇灰蛾似的动。

心中骤然掠过一线希望:或许今天并不属于白云森,而属于他? 或许他过高地估计了白云森的力量和影响?

会议已经开炸了,那就只好让它炸掉了! 反正应该承担罪责的不是他杨皖育。直到现刻儿,他还没说一句话呢! 白云森无可选择了,他却有从容的选择余地。如若白云森控制了局势,他可以选择白云森;倘或另外的力量压垮了白云森,他自然是那股力量的领袖。

真后悔,会场上少了周浩……

没料到,偏在这剑拔弩张的时候,那个女记者清亮的嗓音响了起来。他看到那贱女人站到椅子上,挥起了白皙而纤弱的手臂:

"弟兄们,住手! 放下枪! 都放下枪! 你们都是抗日军人,都是咱陵城子弟,你们的枪口怎么能对着自家弟兄呢? 你们有什么话不可以坐下来好好商量?! 我……我代表陵城父老姐妹们求你们了,你们都放下枪吧! 放下枪吧! 我求你们了,求你们了……"

没想到,一个女人的话语竟有这么大的影响力,一只只握枪的手在粗鲁的咒骂声中缩回去了。他真失望,真想把那个臭女人从椅子上揪下来揍一顿,这婊子,一口一个陵城,一口一个父老乡亲,硬把弟兄们的心叫软了。

白云森抓住了这有利的时机,率先取出枪摔到香案上:

"傅小姐说得对,和自家兄弟讲话是不能用枪的! 今日这个会,不是小白楼的会,用不着枪,弟兄们若是还愿意听我白云森把话讲完,就把枪都交了吧! 不交,这会就甭开了! 三一二师的弟兄们先来交!"

三一二师的军官们把枪交了,杨参谋长和三一一师的人们也一个个把枪交了,卫兵们把枪全提到了庙堂外面。

那女记者站在椅子上哭了,一连声地说:

"谢谢!谢谢你们!陵城的父老乡亲谢谢你们!"

他恶狠狠地盯了她一眼,别过了脸。

会议继续进行。

白云森重新恢复了信心,手扶着香案,接着说:

"我说杨梦征下令投降,不是没有根据的,我刚才说了,杨副师长知道内情,你们当中参加过小白楼会议的旅团长们也清楚,没有杨副师长和我,新二十二军今日就是汪逆的和平建国军了!诸位不明内情,我不怪罪,可若是知道了杨梦征通敌,还要和他站在一道,那就该与通敌者同罪了!诸位请看,这就是杨梦征通敌的确证!这是他亲手拟就的投降命令!"

白云森从口袋里掏出了命令,摊开抚平,冷酷无情地展示着。几十双眼睛盯到纸片上。

"诸位可以传着看看,我们拥戴一个抗日的军长,却不能为一个叛变的将军火并流血!"

话刚落音,三一一师的一个麻脸团长冲了上来:

"我看看!"

白云森把命令给了他,不料,那麻脸团长根本没看,三下两把把命令撕了,边撕边骂:

"姓白的,你狗日的真不是玩意!说军长殉国的是你,说他通敌的还是你!你狗日的想蒙咱爷们,没门!爷们……"

白云森气疯了,本能地去摸枪,手插到腰间才发现,枪已交了出去。他把摸枪的手抬了起来,对门外的卫兵喝道:

"来人,给我把这个混蛋抓起来!"

冲进来几个卫兵,把麻脸团长扭住了。

麻脸团长大骂:

"婊子养的白云森!弟兄们不会信你的话的!你狗日的去当汉奸,军长也不会去当汉奸！你……你今日不杀了老子，老子就得和你算清这个账！"

卫兵硬将麻脸团长拖出了庙堂。

白云森又下了一道命令：

"手枪营守住门口，不许任何人随便进出，谁敢扰乱会议，通通抓起来！"

白云森奇迹般地控制了局面。

三一二师的刘参谋长把被撕坏的命令捡了起来，放到了香案上，拼成一块，白云森又指着它说：

"谁不相信我的话，就到前面来看看证据！我再说一遍，杨梦征叛变是确凿的，我们不能为这事火并流血！"

随后，白云森转过身子，低声对他交代了一句：

"皖育，你和刘参谋长掌握一下会场，我去去就来！"

他很惊诧，闹不清白云森又要玩什么花招。他站起来，想拉住白云森问个明白，不料，白云森却三脚两步走出了大门。这时候，一些军官们拥到香案前看命令，他撇开他们，警觉地盯着白云森向门口走了两步，眼见着白云森的背影急速消失在台阶下。

怕要出事。

四八五旅副旅长赵傻子向他发问：

"杨副师长，白师长说，你是知晓内情的，我们想听你说说！"

"噢！可以！可以！"

肯定要出事！

他又向前走了两步，焦灼的目光再次捕捉到了白云森浮动在薄雾中的脑袋，那只脑袋摇摇晃晃沿着台阶向山下滚。

"军长的命令会不会是毕元奇伪造的？"

"这个……唔……这个么，我想，你们心里应该清楚！"

那个摇晃的脑袋不动了。

他走到门口，扶着门框看见白云森在撒尿，这才放了心。

恰在这时,不知从哪里冒出了一个提驳壳枪的人,从台阶一侧靠近了白云森。

他突然觉着那身影很熟悉。

是周浩!他差点儿叫出来。

几乎没容他做出任何反应,周浩手中的枪便响了,那只悬在半空中的骄傲的脑袋跌落了。在那脑袋跌落的同时,周浩的声音飘了过来:

"姓白的,这是你教我的:一切为了军长!"

声音隐隐约约,十分恍惚。

他不知喊了句什么,率先冲出了庙门,庙堂里的军官们也随即冲了出来。

杨参谋长下了一道什么命令,卫兵们冲着周浩开了枪,子弹在石头上打出了一缕缕白烟。

却没击中周浩。周浩跳到一棵大树后面,驳壳枪对着他和他身后的军官们:

"别过来!"

他挥挥手,让身后的军官们停下,独自一人向台阶下走。他看见白云森歪在一棵酸枣树下,胸口已中了一枪。

"周浩,你……你怎么能……"

"站住,你要过来,老子也敲了你!"

"你……你敢!你敢开……开枪!"

他边走边讷讷地说,内心却希望周浩把枪口掉过去。

周浩真善解人意,真是好样的!他把枪口对准了白云森。

他看见白云森挣扎着想爬起来,耳里飞进了白云森绝望的喊声:

"周浩,你……你错了!我……我白云森内心无……无愧!历……历史将证明!"

周浩手里的枪又连续炸响了,伴着子弹射出的,还有他恶毒的咒骂:

"去你妈的历史吧!历史是他妈的能当饭吃,还是能当×操?!"

白云森身中数弹,烂泥似的瘫倒了,倒在一片铺着败草腐叶的山地上。地上很湿,那是他临死前撒的尿。尿骚味、血腥味和硝烟味混杂在一起,烘托出了一个铁血英雄的真切死亡。

死亡的制造者疯狂大笑着,仰天长啸:

"军长!姓白的王八蛋死了!死了!我替你把这事说清了!军长……军长……我的军长……"

周浩将枪一扔,跪下了……

谁也没料到,会议竟以这样的结局而告终,谁也没想到周浩会在执行任务的途中溜回山神庙,闹出这一幕。连杨皖育也没想到。而没死在陵城的白云森因为一泡尿在这里了却了悲壮的一生,更属荒唐。

时也。命也。

其时其命,使白云森精心布置的一切破产了。下令押走周浩之后,杨皖育把那张已拼接起来的命令再次撕碎。纸片在空中飘舞的时候,他对身后那群不知所措的军官们说:

"谁也没看到军长下过这个命令,我想,军长不会下这种命令的,白师长猜错了!可我们不能怪他,谁也不能怪他!没有他,我们突不出陵城!好……好了!散了吧!"

他弯下腰,亲自将白云森的尸体抬到了台阶上,慢慢放下,又用抖颤的手抹下了他尚未合拢的眼皮。

十六

周浩被关押在簸箕峪南山腰上的一个小石屋里,这是手枪营二连郑连长告诉他的。郑连长跪在他面前哭,求他看在周浩对军长一片忠心的情分上,救周浩一命。他想了半天,一句话没说,挥挥手,叫郑连长退下。

中午,他叫伙夫杀了鸡,炒了几样菜,送给周浩,自己也提着一瓶酒过去了。

他在石屋里一坐下,周浩就哭了,泪水直往酒碗里滴:

"杨大哥,让你作难了!可……可我没办法!军长对我恩重如山,我不能对不起军长哇!"

"知道！我都知道！来，喝一碗，我替叔叔谢你了！"

周浩顺从地喝了一大口。

"杨大哥，你们要杀我是不是？"

他摇摇头：

"没，没那事！"

周浩脸上挂着泪珠笑了：

"我知道你要保我的！白云森死了，新二十二军你当家，你要保我还保不下么？"

"保得下！自然是保得下的！"

他似乎挺有信心。

"啥时放我？"

"得等等，得和刘参谋长和三一二师的几个人商量定！"

周浩把筷子往桌上一放：

"咱们不能把他们全收拾了么？！这帮人都他妈的只认白云森，不认军长，咱们迟早总得下手的！"

他叹了口气：

"老弟，不能这么说呀！咱新二十二军是抗日的武装，要打鬼子，不能这么内讧哇！来，喝酒，说点别的！"

自然而然谈起了军长。

"杨大哥，我和军长的缘分，军长和你说过么？"

"啥缘分？"

"民国八年春里，咱军长在陵城独立团当团长的时候，每天早晨练过功，就到我家开的饭铺喝辣汤。那时我才十岁，我给军长盛汤、端汤……"

"噢，这我知道的，你家那饭铺在皮市街西头，正对着盛记洋油店，对么？"

"对，我也见过你，有时军长喝汤也带你来，那年你也不过十五六岁吧？正上洋学堂，也喜好练武，穿着灯笼裤，扎着绸板带，胸脯儿一挺一挺的，眼珠子尽往天上翻。"

他酸楚地笑了：

"是么？我记不起了！"

周浩蹲到了凳子上：

"我可都记着哩！军长喝完汤,就用胶粘的手拍我的脑瓜,夸我机灵,说是要带我去当兵！我娘说:好儿不当兵。军长也不恼,军长说:好儿得当兵,无兵不能护国。"

"我倒忘了,你是哪年跟上我叔叔的?"

"嘿！军长当真没和你说过我的事么？你想想,独立团是民国九年秋里开拔到安徽去的,当时,我就要跟军长走的,军长打量了我半天,说:'来,掏出鸡巴给我看看。'"

"你掏了?"

"掏了。军长一看,说:'哟！还没扎毛么,啥时扎了毛再来找我！'我又哭又闹,军长就给我买了串糖葫芦。军长走后,有一年春上,我瞒着爹娘,揣着两块袁大头颠了,找了十个月,才在山东地界找到了军长。"

"那是哪一年?"

"民国十五年！那当儿咱军长扯着冯玉祥国民军的旗号,已升旅长喽！"

"那年,我还没到叔叔的旗下吃粮哩！我是民国十六年来的。"

"噢,那你就不知道了。我找到了旅部,把门的不让我进,把我疑成叫化子了。我硬要进,一个卫兵就用枪托子砸我。我急了,大叫:你们狗日的替我禀报杨旅长,就说陵城周记饭铺有人奔他来了！扎毛了,要当兵！"

"有趣！我叔叔还记得扎毛不扎毛的事么?"

"记得,当然记得！军长正喝酒,当下唤我进来,上下看了看,拍了拍我的脑瓜:'好小子,有骨气,我要了！'打那以后,我就跟了军长,一直到今天。军长对我仁义,我对军长也得仁义,要不,还算个人么?！"

"那……那是！那是！来,喝,把……把这碗干了！"

"干！干！"

"好！再……再满上！"

他不忍再和周浩谈下去，只一味劝酒，待周浩喝得在凳子上蹲不住了，才说：

"打死了白师长，新二十二军你……你不能呆了，你得走！"

周浩眼睛充血，舌头有点发直：

"走？上……上哪去？"

"随便！回陵城老家也行，到重庆、北平也罢，反正不能留在军中！"

"行！我……我听你的！你杨……杨大哥有难处，我……我知道，我不……不拖累你，啥……啥时走？"

他起身走到门口，对门外的卫兵使了个眼色，卫兵会意地退避了。

他回到桌前，掏出一叠现钞放在桌上：

"现在就走，这些钱带上，一脱身就买套便衣换上，明白么？"

"明……明白！"

"快！别磨蹭了，被刘参谋长他们知道，你就走不脱了！"

"噢！噢！"

周浩手忙脚乱地把钱装好，又往怀里揣了两个干馍。

"那……那我走了！"

"废话，不走在这儿等死?！一直向前跑，别回头！"

周浩冲出门，跑了两步，又在院中站住，转身跪下了：

"杨大哥，保……保重！"

他冲到周浩面前，拖起了他："快走！"

周浩跌跌撞撞出了院门，沿着满是枯叶的坡道往山下跑，跑了不过十七八步样子，他拔出手枪，瞄准了周浩宽厚的背脊。

枪在手中爆响了，一阵淡蓝的烟雾在他面前升腾起来，烟雾前方一个有情有义的汉子倒下了。

手枪落在了地上，两滴浑浊的泪珠从他的眼眶里滚了出来……

他没有办法。刘参谋长和三一二师的众多官兵坚持要处决周浩，就连三一一师的一些忠于杨梦征的旅团长们，也认为周浩身为军部手枪营营长向代军长开枪，罪不容赦。他们这些当官的日后还要带兵，他们担心周浩不杀,保不准某一天他们也会吃哪个部下一枪。他要那些军官部属,要新二十二军,就得这么做,这是无可奈何的事。

十七

两个墓坑掘好了,躺在棺木中的杨梦征和白云森被同时下葬了,簸箕峪平缓的山坡上耸起了两座新坟。无数支型号口径不同的枪举过了头顶,火红的空中骤然爆响了一片悲凉而庄严的枪声。山风呜咽,黄叶纷飞,肃立在秋日山野上的新二十二军的幸存者们,隆重埋葬了他们的长官,也埋葬了一段他们并不知晓的历史。杨皖育站在坟前想:历史真是个说不清的东西,历史的进程是在黑暗的密室中被大人物们决定的,芸芸众生们无法改变它,他们只担当实践它、推进它或埋葬它的责任,过去是这样,现在是这样,未来也许还是这样。然而,作为大人物们却注定要被他们埋葬,就像眼下刚刚完成的埋葬一样。这真悲哀。

夕阳在远方一座叫不出名的山头上悬着,炽黄一团,热烈火爆,把平缓的山坡映衬得壮阔辉煌,使葬礼蒙上了奢侈的色彩。两千多名士兵像黑压压一片树桩,参差不齐地肃立着,覆盖了半个山坡。士兵们头发蓬乱,满脸污垢,衣衫拖拖挂挂,已不像训练有素的军人。他们一个个脸膛疲惫不堪,一双双眼睛迷惘而固执,他们的伤口还在流血,记忆似乎还停留在激战的陵城。他们埋葬了新二十二军的两个缔造者,却无法埋葬心中的疑团和血火纷飞的记忆。

他却要使他们忘记。陵城的投降令不应该再被任何人提起,它根本不存在。那个叫杨梦征的中将军长,过去是抗日英雄,未来还将是抗日英雄。而白云森在经过今日的显赫之后,将永远销声匿迹。他死于毫无意义又毫无道理的成见报复。真正拯救了新二十二军的是他杨皖育,而不是白云森,怀疑这一点的人将被清除。既然周浩为他夺得了这个权力,他就得充分利用它。

想起周浩他就难过。周浩不但是为叔叔,也是为他而死的。他那忠义而英勇的枪声不仅维护了叔叔的一世英名,也唤起了他的自信,改变了他对自身力量的估价。周浩驳壳枪里射出的子弹打倒了他的对手,也打掉了他身上致命的柔弱,使得他此刻能够如此有力地挺立在两个死者和众多生者面前。

他今生今世也不能忘记他。

然而,他却不能为他举行这么隆重的葬礼,不能把他的名字刻在石碑上,还得违心地宣布他的忠义为叛逆。

是他亲手打死了他。

是他,不是别人。

昏黄的阳光在眼前晃,像燃着一片火,凋零的枯叶在脚下滚,山风一阵紧似一阵,他军装的衣襟被风鼓了起来,呼啦啦地飘。

缓缓转过身子,他抬起头,把脸孔正对着他的士兵们,是的,现在这些士兵们是他的!他的!新二十二军依然姓杨。他觉着,他得对他们讲几句什么。

他四下望了望,把托在手中的军帽戴到头上,扶正,抬腿踏到了一块隆起的山石上。旁边的卫兵扶了他一把,他爬上了山石。

对着火红的夕阳,对着夕阳下那由没戴军帽的黑压压的脑袋构成的不规则的队伍,对着那些握着大刀片、老套筒、汉阳造、中正式的一个个冷峻的面孔,他举起了手。

"弟兄们,我感谢你们,我替为国捐躯的叔叔杨梦征军长,替白云森师长感谢你们!如今,他们不能言语了,不能带你们冲锋陷阵打鬼子了,他们和这座青山,和这片荒野……"

他说不下去了,眼睛有些发湿。

山风的喧叫填补了哀伤造出的音响空白。

他镇定了一下情绪,换了个话题:

"我……我总觉着咱军长没死!就是在一锨锨往墓坑里填土的时候,我还觉着他没死,他活着!还活着!看看你们手中的家伙吧!喏,大刀片,老套筒,汉阳造……不要看它们老掉了牙,它是军长一生的心血呀!过去,大伙儿都说:没有军长就没有新二十二军,这话不错。可现今,军长不在了,咱新二十二军还得干下去!因为军长的心血还在!他就在咱每个弟兄的怀里,在咱每个弟兄的肩头,在咱永远不落的军旗上!"

他的嗓音嘶哑了。

"今天,我们在这里埋葬了军长,明天,我们还要从这里开拔,向河西转进。或许还有一些恶仗要打,可军长和咱同在,军长在天之灵护佑着咱,咱一定能胜利!一定能胜利!"

"胜利……胜利……胜利……"

山谷旷野回荡着他自豪而骄傲的声音。

他的话说完了,浑身的力气似乎也用完了,两条腿绵软不堪。他离开山石时,三一二师刘参谋长又跳了上去,向士兵们发布轻装整顿,安置伤员,向河西转进的命令。刘参谋长是个极明白的人,白云森一死,他便意识到了什么,几小时后,便放弃了对白云森的信仰。

对此,他很满意,况且又在用人之际,他只能对这位参谋长的合作态度表示信任。他很清楚,凭他杨皖育是无法把这两千余残部带过黄河的。

清洗是日后的事,现在不行。

不知什么时候,《新新日报》的女记者傅薇和表妹李兰站到了他身边。傅薇面色阴冷,闹不清在想什么。李兰披散着一头乱发,满脸泪痕,精神恍惚。他知道这两个女人都为白云森悲痛欲绝。他只装没看见,也没多费口舌去安慰她们,她们是自找的。

这两个女人也得尽快打发掉,尤其是那个女记者,她参加了上午的会议,小本本上不知瞎写了些什么,更不知道白云森背地里向她说了些什么……

正胡乱地想着,女记者说话了,声音不大,却很阴:

"杨副师长,把杨军长和白师长葬在这同一座山上合适么?"

他扭过头:

"什么意思?"

"你不怕他们在地下拼起来?"

他压住心中的恼怒,冷冷反问:

"他们为什么要拼?"

"为生前的宿怨呀!"

"他们生前没有宿怨!他们一起举义,一起抗日,又一起为国捐躯了!"

"那么,如何解释上午的会议呢?如何解释那众说纷纭的命令呢?白师长临终前说了一句,历史将证明……历史将证明什么?"

他转过脸,盯着那可恶的女人:

"什么也证明不了,你应该忘掉那场会议!忘掉那个命令!这一切都不存在!不是么?!历史只记着结局。"

"那么,过程呢?产生某种结局总有一个过程。"

"过程,什么过程?谁会去追究?过程会被忘记。"

"那么,请问,真理、正义和良心何在?"

他的心被触痛了,手一挥:

"你还有完没完?!你真认为新二十二军有投降一说?告诉你:没有!没有!"

"我只是随便问问,别发火。"

这口吻带着讥讽,他更火了,粗暴地扭过女记者的肩头,手指着那默立在山坡上的衣衫褴褛的士兵:

"小姐,看看他们,给我好好看看他们!他们哪个人身上没有真理、正义和良心?他们为国家民族而战,身上带着伤,军装上渗着血,谁敢说他们没有良心?!他们就是真理、正义和良心的实证!"

刘参谋长的话声给盖住了,许多士兵向他们看。

他瞪了女记者一眼,闭上了嘴。

刘参谋长继续讲了几句什么,跳下山石,询问了一下他的意见,宣布解散。

山坡上的人头开始涌动。

他也准备下山回去了。

然而,那可恶的女人还不放过他,恶毒的声音又阴风似的刺了过来,直往他耳里钻：

"杨副师长,我是不是可以这样理解:无论杨梦征军长、白云森师长和你们这些将领们干了些什么,新二十二军的士兵们都是无愧于民族和国家的,对吗？对此,我并无疑议。我想搞清楚的正是:你们这些将领们究竟干了些什么?!"

他再也忍不住了,猛然拔出手枪：

"混账,我毙了你!"

女记者傅薇一怔,轻蔑地笑了：

"噢,可以结束了。我明白了,你的枪决定历史,也决定真理。"

枪在他手中抖,抖得厉害。

"杀……杀人了!又……又要杀人了!"

站在傅薇一侧的李兰望着他手上的枪尖叫起来,摇摇晃晃几乎站不住了。

直到这时,他才发现表妹的神色不对头,她的眼光发直,嘴角挂着长长的口水,脚下的一只鞋子掉了,裤腿也湿了半截。

他心中一沉,把枪收回去,走到李兰面前：

"别怕,兰妹!别怕,谁也没杀人!"

"是……是你杀人!你杀了白云森,我知道!都……都知道!"

李兰向他身上扑,湿漉漉的手在他脖子上抓了一下。

他耐着性子,尽量和气地解释：

"我没杀人。白师长不是我杀的,是周浩杀的。周浩被处决了!别闹,别闹了!"

李兰完全丧失了理智,又伸手在他脸上抓了一把,他被激怒了,抬手打了她一个耳光,对身边的卫兵道：

"混蛋!把她捆起来,抬到山下去!那个臭女人也给我弄走!"

卫兵们扭住李兰和傅薇,硬将她们拖走了。

这时,电台台长老田一头大汗赶来报告,说是电台修好了。

他想了一下,没和刘参谋长商量就口述了一份电文：

"向中央和长官部发报,电文如下:历经七日惨烈血战,我新二十二军成功突破敌军重围,日前,全军两师四旅六千七百人已转进界山,休整待命。此役毙敌逾两千,不,三千,击落敌机三架。我中将军长杨梦征、少将副军长毕元奇、三一二师少将师长白云森,壮烈殉国。"

台长不解,吞吞吐吐地问:

"毕元奇也……壮烈殉国?"

他点了点头:

"壮烈殉国。"

台长敬了个礼走了。

他转身问刘参谋长:

"这样讲行么?"

刘参谋长咧了咧嘴:

"只能这样讲。"

他满意地笑了,一时间几乎忘记了自己刚刚主持了一个隆重悲哀的葬礼,忘记了自己是置身在两个死者的墓地上。他伸手从背后拍了拍刘参谋长的肩头,抬腿往山下走。

山下,参加葬礼的士兵们在四处散开,满山遍野响着杂沓的脚步声。山风的叫嚣被淹没了。夕阳跌落在远山背后。夜的巨帷正慢慢落下。陵城壮剧的最后一幕在千古永存的野山上宣告终场。

明天一切将会重新开始。

他将拥有属于明天的那轮辉煌的太阳。

这就是历史将要证明的。

作于 1987 年 7 月
2017 年 8 月修订

事 变

一

　　黑颜色的司蒂倍克像只巨大的甲壳虫,挣命般地冲到大操场的高台前戛然停住了。早已守候在指定位置上的天义师范学校扁脸教务长疾走几步赶到车门前,笨拙地打开了车门。砦魁元司令从车肚子里钻了出来,搭眼看到高台前由手枪队士兵构成的散兵线,抖着手,仰脸扣长袍上第一粒扣子时,又看到了大操场上的一片人头。

　　师范学校副校长孙正才老先生迎了上来,在距砦魁元司令三步开外的地方立定了,把挂在手中的拐杖交给扁脸教务长,用左手提了提右边的袖子,又用右手拎了拎左边的袖子,极郑重地给砦魁元司令作了个大揖。砦司令照例还了老先生一个大揖。几乎是与此同时,扁脸教务长蹿上高台,一声断喝:"砦校长到,全体起立!"大操场上千余号席地而坐的学生齐刷刷站立起来。

　　砦魁元司令在孙正才老先生的引导下,和副官长刘景瑞、手枪队队长鲁保田一起往砖石高台的台阶上走。

　　乐队开始奏乐。

　　砦司令满脸庄严。砦司令在这亲切悦耳的军乐声中走上天义师范学校的砖石高台已经是第五次了,一年一次,都是在这种开春时日。尽管每次礼仪相同,陪同的人员相同,迎候的面孔相同,砦司令还是兴致不减。熟悉砦司令的人都知道,砦司令重视教育,天义师范学校简直是他的心头肉。砦司令曾公开说过,他宁可丢掉一个县外加两个团,也不能丢掉天义师范。因而,砦司令不但亲兼师范学校的校长,每年开学典礼还要亲临训话。于是,开学典礼这天便成了砦司令和天义师范师生们的共同节日。

　　今天这个节日,砦司令不知咋的竟给忘了,一大早鬼使神差地驱车二十里跑到了用自己的姓氏命名的砦公堤上,巡视一百二十三保民众的植树情况,还亲自下车拔了两棵柳椽。柳椽没费多大的力气就被拔出来了。砦司令很生气,当众打了一百二十三保模范保长侯西峡一个耳光。车往里沟一百二十四保开的时候,一百二十四保保长柴跛子气喘吁吁地跑来拦截司令,说是天义师范学校打了电话来,问他还去不去天义。砦司令这才猛然记起,自己把五天前就安排好的头等大事忘了,脸一沉,当即命令车夫掉转车头,直开天义师范。

顺着条石铺就的八级台阶一步步往高台上走时,砦司令的心情似乎有了好转,尽管晚了近两个小时,他还是来了,节日依然是节日,这就好。不过,对记忆的失常,他仍耿耿于怀,登上高台,走到主席座位前了,砦司令的狭长脸孔仍然绷得铁青。

军乐还没奏完,高亢的旋律在整个大操场上激荡不息。初春的中午,天很暖,日头在中天高高悬着,把大操场照得一片白灿,"全体起立"造出的尘埃于那白灿中四处飘飞。有洁癖的副官长刘景瑞用手绢捂起了鼻子,手枪队队长鲁保田也悄悄用蒲扇般的大手在鼻下扇风。

砦司令很不满,看看刘景瑞,又看看鲁保田,重重地干咳了一声,使得鲁保田的大手停止了摆动,也吓得刘景瑞一怔,捂鼻子的手绢掉到脚下都没敢拾。

军乐还在奏着。砦司令的身板益发挺得正直。司令未穿军装也是司令,军人的派儿是丢不了的。砦司令发现,站在台下前几排的学生几乎不敢正眼看他。

乐毕,扁脸教务长宣布:典礼开始,天义师范学校全体学生向校长砦司令行礼。台下的学生纷纷脱帽,先做好了行礼准备,随着扁脸教务长一声号令,一齐鞠躬。学生们鞠躬时,砦司令微微点头还礼,鞠完躬后,砦司令挥挥手叫同学们坐下,自己也坐下了。

按照往常的惯例,新生代表和教员代表都要登上高台,站在高台的一侧向砦司令献词。副校长孙正才老先生也要"之乎者也"大谈一通天义师范的历史和学校的办学宗旨。然后,才由扁脸教务长宣布砦校长训话。

砦校长训话时,全体师生都要起立的。可今天,砦司令自己把这一套全免了,既不要教员学生代表献词歌功颂德,也没容孙老先生卖弄"之乎者也",一坐下来就宣布训话,搞得主持典礼的扁脸教务长不知所措。待弄清了司令要训话,教务长宣布全体起立,砦司令手一摆,又给免了。

砦司令说是要训话,脸孔对着台下望了半天,却什么也没说。两只大手按着桌子站起来了,依然什么也没说。副校长孙正才老先生有了些不安,碰了碰砦司令撑在桌上的手臂,轻轻唤了声:

"砦公……"

砦司令仿佛没听见。

砦司令长长出了口气,把掖在黑缎夹袍里面的左轮手枪掏出来,放到了桌子上,屁股重又落在了椅子上。砦司令在熬人的寂静中摆弄着枪,不知是在寻思训词的内容,还是想制造一种威严的气氛。

孙正才老先生益发不安。

砦司令在众目睽睽的开学典礼上摆弄手枪很不正常。过去砦司令很注意礼仪和影响,只要走进天义师范,既不穿军装,又不带武器。砦司令自己说过,在天义师范校门外,他是司令,一进校门,他就是校长,世上哪有穿军装带武器的师范校长?!可现在,司令不但带了枪,还在如此庄重的场合当众玩枪,这是无论如何都说不过去的。

孙正才老先生认为有必要提醒一下砦司令。

孙老先生和砦司令的关系非同一般。老先生早年给司令开过蒙,教司令读《孟子》,给司令讲《三国》,当然,也无数次打过司令的手板。砦司令出息以后,忘了往昔胀痛的手掌,却记住了老先生的恩德,不但请老先生做了天义师范的副校长,还把老先生的儿子孙忠孝和自己的儿子砦振甲一并提携为副司令。

孙老先生又碰了碰砦司令的手臂:

"砦公,把……把枪收起来吧?娃儿们等您训话哩!"

砦司令看了孙老先生一眼,似乎从孙老先生的焦虑而期待的脸上悟出了什么,把枪在手上最后掂了掂,终于揣进怀里,定定神,站起来训

话了:

"同学们,天义师范学校又开学了,这很好嘛!哦,很好嘛!好在哪里呢?好在本校长又有了一批将来可以大显身手的学生!好在你们也有了个靠得住的当司令的校长!蒋委员长有黄埔军校,我砦魁元有个天义师范!咱天义师范就是广清八县的黄埔军校!"

这是砦司令每年必讲的套话。

扁脸教务长为砦司令的套话鼓起了掌,同时喝令鼓掌,台上台下的掌声瞬即响作一团。

砦司令用骨节暴突的手指敲打着桌面,待掌声稀落下来后,继续说:

"当然喽,我砦某人不敢自比蒋委员长,蒋委员长有蒋委员长的一套,我砦某人也有我砦某人的一套。我砦某人的这一套是什么呢?哦,就是四个字:地——方——自——治!同学们都知道,中国地方太大,人口太多,大概已经有四万万五千万了吧?啊?!这么大的国家,这么多的人口,任何政府都是治理不好的!清朝皇帝爷没治好嘛!袁世凯袁大总统没治好嘛!换了蒋委员长,照旧没治好!咱广清八县之外的百姓们过的啥日子,你们大概都知道,那叫民不聊生,水火倒悬呀!要把中国治好,只一个法:地——方——自——治!每个地方都治好了,中国也就治好了,小日本就断然不敢欺负咱们了!这道理我二十七年秋在武汉晋见蒋委员长的时候,和蒋委员长说过。你们手头我写的课本《地方自治浅论》我也呈给蒋委员长看过。委员长说:很好嘛,可以试试嘛,试成了可以在全国施行嘛!"

砦司令晋见蒋委员长的事孙老先生坐在这座高台的同一位置上听了好多次了,对其真实性是不敢怀疑的。

不过,私下却也听人说过,砦司令和蒋委员长见面只有短短的四分钟。据说,委员长的内在威严和伟大人格把砦司令给震了。砦司令半个屁股搭在沙发上,四分钟的会见中没敢动一动。谈话只三句,还都是砦司令没话找话说,与地方自治毫无关系。砦司令先问委员长"见没见过老虎",委员长说"没见过",砦司令又说"我也没见过"。谈话即结束了。还

事 变 // 197

有人悄悄传说是砦司令根本没见过委员长。又有人说见是见了,但委员长是想杀了砦司令的。

在孙老先生看来,这些谣传是不值得驳斥的,事实摆在这里,砦司令的地方自治不但搞了,而且一直搞到了今天,如果没有蒋委员长的赞同或者默许,能办到么?!

砦司令由蒋委员长谈到了自己:

"那么,同学们要问了,砦校长,你是咋着想起来搞地方自治的!哎,这话问得好!问得好哇!本校长搞地方自治是被逼出来的!你们的孙副校长孙老先生知道,二十年前咱广清八县是个啥模样!那是月月过大兵,年年闹匪患呀!兵就是匪,匪就是兵呀!十一年秋里,一个戴眼镜的麻脸旅长带着千余号败兵,窜到咱地面上来了,冲着老少爷们要粮要饷,不给就杀人、烧房子!还真烧了几家。本校长火了,拼着一死发动广仁、清河两县的民众,和麻旅长的大兵开了战,提出了个联庄自保的口号,结果不但灭了那帮败兵,还拉起了民团。周围村寨的乡亲一看本校长有一套,就拥护本校长做了司令,就参加了本校长的联庄自保,因为有了当初的联庄自保,所以才有了咱今天的地方自治。今天咱这自治地盘有了八个县,县县修河治水,筑路改土,日子是一天比一天过得好嘛!八县境内是路不拾遗,夜不闭户嘛!这些,日后孙老先生还要给你们细细讲的,本校长在这里就不啰嗦了!"

孙老先生认为,他完全应该按照以往的惯例,今天在这里讲,由他先讲,这样砦司令就无须多费这么多口舌了。

砦司令今天有点怪,来得这么晚,又把以往的仪式程序全打乱了,莫不是……

砦司令一脸庄严,根本看不出什么"莫不是……"。司令一手叉着腰,一手支撑着桌面,环视着台下的学生,把中气十足的声音灌满了整个操场:

"你们来到这里,就要好好学习,别看这里只是个师范学堂,可它是咱广清八县自治地区的最高学府!你留过美利坚的学,留过英吉利的学,留过十国八国的学,本校长一概不认,只认这个天义师范!要想在咱这地方混事,就得给本校长到这儿来学,学地方自治!在这里,你们是本校长的学生,出去以后,你们是本司令的属下。当然喽,学成之后,并不是都要你们去当兵,你们有人要跟我学着带兵,有的要去当教书先生,有的要去做保长、甲长;教书的就教地方自治,当保长、甲长的就实施地方自治,带兵的就保卫地方自治。好了,本校长的话完了。"

砦司令"啪"的一声,重重地将拳头击在桌子上,有声有色地结束了训话。

孙老先生意识到自己该站起来了。

老先生站起来,扶着桌子,颤巍巍地宣布:

"全体起立,同唱《地方自治歌》!"

扁脸教务长手一挥起了头:

"'裂河两岸物华天宝',预备唱!"

台上台下的歌声顿时响了起来——

  裂河两岸物华天宝,
  奎山深处人杰地灵。
  地方自治承托天佑,
  太平盛世赛如文景。

  千河万溪流向大海,
  青山绿地万世永存。
  地方自治救我民国,
  普天同庆万民欢欣。

  滔滔河水终有源头,
  巍巍群山必有依凭。
  地方自治幸得实现,

全靠圣明的砦司令,

全靠圣明的砦司令。

在"全靠圣明的砦司令"的响亮歌声中,典礼终场,砦司令率先离座下台,副校长孙老先生和扁脸教务长紧随其后。孙老先生以为砦司令会像往常一样和天义师范学校的师生们共进午餐的,不料,砦司令竟率着副官长刘景瑞、手枪队队长鲁保田在台下向他拱手道别了。把砦司令载到天义师范来的黑颜色司蒂倍克,又把砦司令吞进车肚子里一溜烟开走了。

孙老先生感到不可思议,进而认定砦司令今天碰到了不小的麻烦。

砦司令和天义师范师生共同拥有的节日,算是被司令自己糟蹋了。

二

砦司令并没碰到什么麻烦。

这一天和砦司令当上司令以后的任何一天一样平常,稍有不同的是,这一天砦司令的记性太坏,先是忘了师范学校开学训话的大事;唱《地方自治歌》时,因着副官长刘景瑞的提醒又想起来要去广清农机厂。砦司令不按惯例在学校吃饭,绝无轻视或怠慢孙老先生的意思,而是广清农机厂的事很重要,且又是三天前就约定好要去的,不去不行。

广清农机厂不造农机,专造枪炮,实则是个兵工厂。砦司令拥兵十万,自然要有自己的兵工厂,否则十万兵员的武器从哪来?!更何况砦司令本身对各类兵器的研造就有浓厚的兴趣。

广清老一些的自卫军官兵们大都知道,他们使的第一批枪是砦司令亲自研造出来的。那是实行联庄自保的初期,自卫军还是民团,使的主要武器是用火镰点火的鸟枪。砦司令认为鸟枪太落后:一来铁砂散弹很难致敌于死命,二来关键时候用火镰点火也容易误事。砦司令苦苦琢磨了几个晚上,琢磨出了办法,遣人出山到洛阳、开封、武汉跑了一圈,买了几百个不同型号的洋油打火机,而后,把几百杆鸟枪的枪筒都锯掉半截,在枪筒后面加了个半尺长的枪托,嵌入打火机,造出了头一批自来火枪,从而迈出了广清自制枪械的第一步。

最早的几门土炮和抛石机,也是砦司令领头折腾出来的。土炮一概照广仁县城炮台原有的土炮仿铸。抛石机广仁县城没有,砦司令自己也没见过,只看过一本叫《武经总要》的古书,竟也将它造了出来。那东西看起来很不起眼,笨重的木制三角底座上支着根炮杆,点放时要坠上铁砣用人拉,可威力真不小,一斗二升的火药包能抛出百余丈。十三年秋,奉军一团大兵攻打清河县城,硬是被五架刚造出的抛石机炸得屁滚尿流。有了初步经验,砦司令又造出了百子连珠炮,这种炮不像抛石机那么笨重,长四尺,装药一升五合,炮筒上近炮口处有尺余长的装弹嘴,可一次装入实心铅弹百十枚,分次发射,灵活方便,也便于携带,曾在相当长的一段时间内装备过各县民团。

如今这些枪炮都过时了,自卫军中再也无人使用,自从十七年砦司令打着农机厂的牌子建起了正规的兵工厂,自卫军手中的武器也逐步正规化了。过去,十杆自来火枪换不到一杆"汉阳造",现在,就是一杆"汉阳造"换一杆"广清造"怕也未必有人愿换了,大伙儿都说自家的"广清造"好使。

广清农机厂现在不但能造枪,还能造炮,虽说造得不多,但每年都能造十几门,主要型号有两种,一种是仿二十年式82迫击炮,另一种是仿十三年式37步射炮,两年前,这两种火炮已开始装备各县自卫军,大体上每团可摊到两门。

砦司令认为这很不够,曾在上个月召开的自治总部防务会议上明确指示农机厂副厂长孔越文,要孔越文在一年内给他造一百五十门炮,装备组建两个炮团。孔越文叫苦不迭,声称无法担此重任。砦司令很火,当时就指着孔越文的鼻子说:你怕个卵?!农机厂的厂长是我砦魁元,我说能完成,咋会完不成?!

就像天义师范没有校长一样,广清农机厂也没有厂长。砦司令不但兼着天义师范的校长,还兼着农机厂的厂长,大家都认为砦司令当之无愧。

做着校长,学校的开学典礼要参加;做着厂长,农机厂的事也就不能撒手不管。所以砦司令的司蒂倍克从天义师范学校一开出来,司令脑袋里理所当然地应该装满枪炮兵器了。

砦司令一路上却没谈他所热衷的枪炮兵器。农机厂和孔越文的名字,更连提也没提。据事变后副官长刘景瑞回忆,司蒂倍克从天义师范驰往桃花沟广清农机厂的时候,砦司令只痴呆呆地盯着路旁的雁翅柳和修

整过的河田看,一直看到车进桃花沟,才叹口气,没头没脑地说了句:

"只要一开仗,咱辛辛苦苦整治好的这片土地可就全完喽。"

刘景瑞对砦司令的话题毫无思想准备,怔了一下,怯怯地问:

"咱……咱们和谁开仗呀?"

砦司令不言语。

刘景瑞更加小心地问:

"是……是和南面的老蒋?还是和北面的日……日本人?"

砦司令仿佛没听见。

刘景瑞不敢问了。砦司令直到下车进厂也再没说过一句话。刘景瑞因此认定,砦司令那时候并不知道老蒋和战区长官部的阴谋,更不可能知道日本人的阴谋,砦司令无端冒出的那句关于开战的话,只不过透出了砦司令的某种不祥预感,也仅仅是预感而已。其后的事实证明,关于开战的情报和种种导致开战的不寻常迹象那日是一点没有的,如果有,聪明过人的砦司令既不会去师范学校训话,也不会到广清农机厂巡视。砦司令很可能要像以往危机来临时那样,终止一切正常活动,召开紧急会议,实行八县军事总动员。

到广清农机厂吃午饭时,砦司令的情绪已经很好了,有说有笑,还一连给副厂长孔越文敬了三杯酒,把孔越文敬了个不亦乐乎。

刘景瑞当时就坐在司令旁边,砦司令的一举一动都看得十分真切。

砦司令一坐下来,就满面红光地对孔越文说:

"越文老弟呀,你不愧是在汉阳兵工厂当过工程师的,硬把个汉阳兵工厂给咱搬到桃花沟来了!来,老弟,喝,我这个做司令的大哥代表十几弟兄敬你一杯!"

砦司令一仰脸,把满满一杯酒倾进了自己的大嘴里。瘦得像影子似的孔越文也把杯中的酒喝干了。

吃了口菜,砦司令又端起第二杯酒:

"越文老弟呀,这杯酒是我这个做厂长的大哥敬你的,你老弟一个月给我造了二百杆枪,十二门炮,给大哥长了脸,来,饮!"

于是,砦司令饮,孔越文也只好皱着眉头跟着饮。

敬第三杯酒时,砦司令根本没吃菜,只抹了嘴边的酒沫子,便把杯端了起来:

"越文老弟呀,这第三杯酒大哥我说什么好呢,唔,咱这么说吧,你老弟甭把咱桃花沟当汉阳厂,甭把当年对付老蒋的那一套用来对付大哥我……"

孔越文的脸变了色:

"砦公,这……这话从何说起呢?"

砦司令呵呵笑道:

"上个月开会,你不是说那些炮造不出来么?这才一个月,十二门炮就造出来了。一个月十二门,一年不就是一百四十四门么?大哥我两个炮团不就建起来了么?"

"砦公,这……这……"

砦司令走到孔越文面前,亲切地拍了拍孔越文的瘦肩膀:

"别'这……这……'了,一杯曰喝,二杯曰饮,三杯曰灌,咱灌吧!为咱将来的两个炮团,你老弟就给大哥我把这杯酒灌将下去!"

孔越文无奈,捏着鼻子灌了,刚把酒灌将下去,没顾得上夹菜,便疾疾地对砦司令道:

"砦公,就眼下的状况,咱厂一年造不出一百多门炮哇!"

砦司令夹着块鸡肉在嘴里嚼着,呜呜噜噜地问:

"为啥造不出呀?"

"无缝钢管和所需器材运不进来了,裂河口被战区长官部游击督导处三十七师守备队封了,督导处李司令下了死命令,说是日后只要有一根无缝钢管流入我区,一律军法处置!"

砦司令淡然一笑:

"因这就造不出了?"

孔越文眉头一皱:

"怎……怎么造?"

砦司令哈哈大笑：

"看来我这个厂长还得当下去哟！没有我这个做司令的厂长，你老弟可是玩不转哇！"

孔越文疑疑惑惑地问：

"砦公有何高招？"

砦司令道：

"裂河口被封锁的情况我早就知道了。封锁前一个月就知道了。战区长官部那边有咱的内线。我呢，也早做了安排，今个儿，就是为这事来的。你老弟听好了：明天派人到广仁总部武起敬那里去领钱，领十万绵羊票，交给射鹿的副司令孙忠孝，孙副司令负责在十天内把钢管铁材从沦陷区给你弄进来。不过，本厂长给你老弟提个醒噢，如今咱们的绵羊票对汪伪的储备券，对老蒋的法币都看涨了，你甭被孙副司令骗了！"

"原来砦公已经在沦陷区建起了第二运输线呀！"

"是喽！害人之心不可有，防人之心不可无嘛！尽管本司令拥护蒋委员长，可对长官部那帮杂毛还是不能不防的！我估计到他们又会封裂河口，早就防在他们前面去喽！"

孔越文问：

"这样干，会不会被长官部李司令他们钻空了？他们会不会诬我们资敌通敌？"

砦司令桌子一拍：

"混账话！钢管铁材是从沦陷区运进来，又不是从我们这儿运出去，是敌人资我、通我，怎能说我资敌通敌呢！这些事你老弟不要管，只管给我好好多造些机枪大炮，有了柴米还做不出饭来，我可要按规矩打你老弟的屁股，明白么？"

孔越文点点头：

"是，砦公，明白了！"

刘景瑞恍惚记得，大概就是在这时候，酒桌旁茶几上的电话响了，他拿起话筒一问，弄清是广仁县城总部武起敬打来的，忙把话筒交给砦司令。

砦司令接过电话,没讲几句话就发了火:

"告诉战区长官部,我砦某人说不去就是不去,再催也没用!裂河口他们不是已经封了么?还有什么本事,让那帮杂毛们都使出来!专署姓郑的小杂种你们甭理他!在咱广清轮不上他说话!"

砦司令"啪"的一声摔下话机,重又回到桌前喝酒。

刘景瑞这才发现砦司令有心事。他眼见着砦司令黑着脸独自灌了两三杯酒,又眼见着砦司令步履沉重地再次走到电话机旁摇通了广仁县总部的电话,点名找自治委员会副主席兼自卫军参谋长武起敬说话。

"武老弟吗?专署的那个郑灵宝是不是还没走?唔,告诉他,也同时电告长官部,射鹿边境之日伪军有蠢动迹象,本司令不可不防,如有闪失则愧对民族,愧对地方。且本司令又身兼自治委员会主席,值此春耕之际,农事繁忙,更无法脱身,故委派你老弟代表参加。对,你去!你还是自卫军的参谋长嘛,明天穿军装去嘛……"

刘景瑞知道,砦司令在两次电话里所讲的会议,都是战区长官部主持召开的军事会议,自三十年十月和日军形成相持局面之后,几乎每年都要开一两次的。根据战区长官部的划分,砦司令主持自治的广清八县为第三防区,作为第三防区的最高军政长官,这种会议是一定要到的。可砦司令偏不睬这一套,长官部对他客气些,他就去;不客气,触犯了广清八县的利益,他就不去,摊派的粮款也拒交。而砦司令认定的最大利益就是裂河口的畅通。裂河口畅通,广清八县的烟土、物产能运出去,山外的钢材私货能运进来,这山套子里的八县就不愁不发达。战区长官部深知其中奥秘,封裂河口不是第一次,砦司令拒绝出山开会,拒绝摊派粮款也不是第一次。因而,刘景瑞既不感到新鲜,也没感到奇怪。

倒是手枪队队长鲁保田对砦司令主动摇的第二个电话有些纳闷,悄悄和他嘀咕:往常砦司令说不去开会就不去开会了,根本用不着费这么多口舌,派什么代表,这次司令怎么了?难道有什么隐忧不成?砦司令打完电话回到桌边,鲁保田也就识趣地不言语了。

酒桌上的空气有些沉闷,鲁保田和孔越文都愣愣地盯着砦司令看。

这倒使砦司令感到奇怪了。

砦司令用筷子点着一海碗大肉说：

"咦，吃呀，都吃呀，傻坐着干啥？"

于是，大家都吃，砦司令也吃。

似乎是为了缓和气氛，砦司令一边吃，一边给大家讲了个笑话：说是有一个乡下人逛窑子，城里的婊子不想让乡下人搞，就让乡下人搞房间里的墙洞。乡下人以为城里人搞的都是墙洞，于是便把家伙扎进去了。不曾想，墙那边开窑子的老鸨正陪着几个客人打牌，家伙戳到老鸨的脊背上，老鸨大怒，认定那婊子待客不厚道，责令婊子童叟无欺，诚实服务。婊子无奈，剥光了衣服躺在床上，乡下人却不搞，扒着婊子的下身看了半天。婊子烦了，问：你看什么呀？乡下人道：看看里面还有没有四个人打牌，别不小心又戳着谁的脊梁……

大家都笑了，砦司令也笑了，笑罢，砦司令却又说：

"本司令断定那乡下人不是咱广清的！"

鲁保田傻乎乎地问：

"为啥？"

砦司令说：

"很简单嘛，在本司令的治下，咱广清八县没那种宿娼嫖妓的恶习。前年二十八保有个家伙出山嫖妓，带了一身杨梅大疮回来，老子第二天就把他毙了！"

大家面面相觑，都不作声。

一顿饭吃到这里收场了。

吃过饭，砦司令离开了广清农机厂，按原定计划驱车返回总部广仁县城，参加总联保处召开的八县三百二十七保春季保长大会，彰赏模范保长，处罚失职保长。

刘景瑞记得，离开广清农机厂时，大概是这天下午的二时左右，砦司令的记忆力似乎已经很好了，不但记住了要在三时整赶到总联保处，还记住了要在保长大会结束后，去参加每月例行的各界贤达谈话会……

事 变 / / 207

三

专署军事督察郑灵宝在砦司令摇摇摆摆走进总联保处会议大厅时，和会议大厅里的三四百名保长、联保主任一起站立起来。周围土头土脑的保长、联保主任们他都不认识，对即将开始的这个大会他也并没有任何兴趣，但在确知砦司令不会出山参加战区长官部的会议之后，他还是风风火火地赶来了，来为这位不知天高地厚的司令兼土皇帝布置一个小小的手术。

郑灵宝站在第一排，身边不远处是会议厅偏门，偏门口站着一个手持短枪的卫兵。砦司令在副官长刘景瑞、手枪队队长鲁保田和地方自治委员会副主席武起敬陪同下走进来时，门口的卫兵一下子增加到四个。会议厅里的气氛骤然变得紧张起来，至少郑灵宝感到紧张起来。

砦司令从偏门慢步向讲台走，经过郑灵宝站立的地方时，向郑灵宝点了点头。气氛挺压抑的，郑灵宝没说话，砦司令也没说话。其实郑灵宝是想说话的，但不知咋的，在目光和司令的目光相撞的那一瞬间，有些畏怯了，只片刻的犹豫，就失去了说话的机会。待他省悟过来，想去招呼砦司令的时候，砦司令威严的面孔已化作了墙一般森严的后背。

郑灵宝还是鼓足勇气，对着那森严的后背喊了声：

"砦……砦公！"

砦司令立住脚跟，缓缓转过身子，慢吞吞地问了句：

"有什么事呀？"

他不由自主向前走了两步：

"砦公，是这样的，我们专署……"

砦司令没容他说完，手一挥，打断了他的话头：

"专署的事回头再说,先开会,一年之计在于春嘛!"

郑灵宝强压住心中的怒气和闷气,无可奈何地退回到原来的位置上,重又加入了那帮土头土脑的保长们的行列。

大会开始。照例先唱《地方自治歌》,当歌唱到"地方自治救我民国"时,郑灵宝看到了讲台旁的电话机,骤然想起,可以让专署专员应北川通过电话对砦司令发出邀请。只要应北川能把砦司令请出广仁县城,他的计划就算成功了。

郑灵宝有些振奋,待《地方自治歌》在"全靠圣明的砦司令"的重唱声中结束后,悄悄溜出了会议厅,在总联保处办公室里摇通了专署电话,没费什么劲就找到了行政督察专员应北川。

郑灵宝对着电话大发牢骚,只差没破口大骂。他说,他这个国民政府委派的军事督察在砦司令眼里不如个保长,连说个囫囵话的资格都没有,要请砦司令今晚到清河县专署,只有劳驾应北川直接通话,或是驱车来请。那边应北川竟一点不火,竟连连应曰:"可以驱车前来。"郑灵宝差点把鼻子气歪了,责问应北川还是不是国民政府的行政官员,这里的八个县还在不在中华民国的版图上。这么一呛,才使得应北川改变了主意,同意打电话到会场上来,不过,临挂上电话前,还啰里啰嗦再三关照,要郑灵宝务必向砦司令讲明,自己不能亲自前来,是因为身体有恙。

放下电话,郑灵宝长长叹了口气,嘴角浮出了一丝不易察觉的笑意。

看来,大局即将决定了,今夜只要砦司令的车离开广仁,开往清河县城,他卧薪尝胆度过的屈辱的时日就要结束了,广清八县真正归属民国版图也就指日可待了。

卧薪尝胆的日子只有半年,但在郑灵宝看来,却长似十年。对天天亲眼看到,亲耳听到的一切,他早就忍无可忍了。在他看来,砦司令与其说是搞什么地方自治,不如说是搞封建割据。在日寇大兵压境的情况下,再不痛下决心铲除割据,广清的前景是非常可虑的。

对砦司令和他治下的这块土地的痛恶,从来到这里的第一天就开始了。他记得那天应北川带着他去见砦司令,砦司令也是在这个总联保处

事 变//209

会议厅开会——好像是开冬季保长大会。他随着应北川从前门进去,进门后既没看到孙总理的像,也没看到蒋委员长的像,倒是看到了讲台后面墙壁上高挂着的砦司令的巨幅画像。身着军装的砦司令正站在自己的画像下面训话。他吃了一惊,以为自己是到了另一个国家。

更令他吃惊的是,砦司令竟然在大庭广众之下打人的屁股。在他的印象中,那天挨打的好像是十几个没完成军粮摊派额的保长和两个据说是劣迹多端的联保主任。砦司令先按着花名册叫他们的名字,叫一个上来一个。都叫齐了,砦司令桌上一拍,一口气骂了十几个"日他娘",而后,轰然一声命令,让卫兵们扭过他们的身子,扒下他们的裤子。十几个白乎乎的屁股一排溜展现在众人面前,展现了好长时间,砦司令才慢吞吞地发布了第二道命令:打! 瞬时间,白屁股全被按倒,手执军棍的士兵们大施淫威,直打得白屁股的主人们哭爹喊娘。

那场面真可以说是惊心动魄,军棍和肉撞击出的"劈劈啪啪"颤响,众多挨打者的嚎叫,造出了一种地狱般的气氛,硬是把砦司令的"圣明"推向了极致。

这还不算完,全部打毕后,砦司令还要冷酷地展览那些经军棍加工过的屁股。那些屁股一个个由白变红了,鲜血淋漓,斑斑道道。看着那排屁股的惨样,不说那些日后有资格挨打的保长、联保主任们,就是他这个没有挨打资格的穿国军军装的军事督察也禁不住心惊肉跳。

心惊肉跳不奇怪,他认定砦司令要的就是这种效果。他感到奇怪的是,这些挨了打的保长、联保主任们在挨了打后还得向砦司令行礼谢恩,据说事后还得向执掌军棍的士兵们付三块绵羊票的"开导费"。

这简直是暴行,其暴虐程度可以说不亚于过去的封建帝王。

他当即将感慨向应北川说了,应北川却再三嘱咐他,要他在和砦司令见面时不要提。

他年轻气盛,不信邪,非要提。散了会,在总联保处办公室一坐下,就指责说,政府已明令废止肉刑,在大庭广众之下打屁股既违反政府法令,也污辱国民人格,希望司令废止。

那是初次见面,他和砦司令的关系还不像现在这么僵,砦司令虽说有些不高兴,还是笑呵呵地对他说:

"郑督察,你不知道,本司令打他们是为他们好。本司令是他们的父母官嘛,哪有父母不打孩子的,打孩子是为了孩子好嘛!是不是这个道理?"

他认为不是这个道理,振振有词地讲了他的道理,可他的道理讲了没一半,砦司令就不耐烦了,脸一沉,阴阴地说:

"别说了,这里是本司令主持的地方自治区,本司令的道理行得通,你那道理行不通!"

他还不识相,退一步婉转地提出:以后打屁股时能不能别再扒人家的裤子了?

砦司令竟连这点面子都不给,脖子一拧说:

"咋能不扒裤子呢!不扒裤子如何杀他们的威风?!本司令能把广清八县治理得路不拾遗夜不闭户,一靠枪杆子,二靠杀威棍!就这话!"

头一次见面不欢而散,砦司令以后根本不愿再见他了。他却不屈不挠,依然缠着砦司令不放。知道司令发行自己的绵羊票,他指出,中华民国的国币是法币,绵羊票应予废止。弄清了广清农机厂的产品不是农机具,而是枪炮后,他又不顾应北川的阻拦,三闯广仁自卫军司令总部,当面责问砦司令:造这么多枪炮想干什么?

砦司令终于被他惹火了,有一天把应北川叫到总部一顿臭骂,而后声明,如身为专员的应北川无力约束一个军事随员的言行,自卫军司令总部对专署和专署官员们的安全将不承担任何责任。应北川吓坏了,从广仁总部一回来,就把他找来,指明了两条路让他挑:一、立即离开专署,回战区长官部;二、留在专署,但日后少惹麻烦,少管闲事。

他当时没吭声,请示了战区长官部游击督导处后,心一狠,认命留了下来。从决心留下来的那一刻起,他就准备不惜身家性命和砦司令决一雌雄了。他知道,对砦司令的所谓地方自治,中央和战区长官部也和他一样忍无可忍,收拾砦司令只是个时间问题。

现在，决定砦司令命运的时刻终于到了，战区长官部终于痛下决心割除这颗毒瘤，他可以为国家，为民族一显身手了。

应北川不知道战区长官部的"行动计划"。游击督导处李司令再三关照，"行动计划"实施前和实施后都要严格保密。他作为一个军人不能违令，至少在行动之前不能把底兜给应北川。他不想加害于应北川，但在布置行动时，却又不能不违心地把应北川推到陷阱的边缘；不论行动成功与否，应北川都逃脱不了干系，砦司令是在应邀赴专署的途中死的，应北川跳到黄河也洗不清。然而，他可以对不起应北川，却不能对不起代表党国的督导处李司令，在党国大义面前，不论是应北川还是他郑灵宝的生死都微不足道。

他怂恿应北川邀请砦司令的理由冠冕堂皇：商讨通过省主席的门路，促使裂河口早日解封。应北川极有兴趣，砦司令也该有兴趣。应北川贩烟土，砦司令也贩烟土，裂河口不开封，两个人的利益都要受影响。只要应北川的电话打到会场，砦司令的大驾看来是非移不可。

估计应北川的电话应该打过了，他又走到电话机旁，再次给清河专署挂电话，想知道一下砦司令在电话里的答复。不曾想，摇了半天也没摇通……

重回会议大厅的长条椅子上坐下，已是三时多了，砦司令正给一一上台的模范保长发赏。发的全是山里产的大布，布上扎着红绸子。

发完赏已快四点了，自治委员会副主席武起敬讲话。武起敬讲话时，砦司令闭目养神，他焦急地看着砦司令，砦司令却不看他。

他灵机一动，拔下钢笔，匆匆写了张纸条，让台下一位年轻副官送给砦司令。

片刻，年轻副官从台上下来了，告诉他，应专员已打了电话来，砦司令答应去，不过，可能去得晚些，得在八县贤达谈话会结束后方可动身。

一颗悬着的心落地了，他谢过年轻副官，努力控制着情绪，尽量镇静地走出了会场……

四

那日,武起敬和砦司令一起开完了保长大会,又照例陪同砦司令参加各界贤达谈话会。砦司令对各界贤达是礼遇有加的,贤达谈话会不但有水果、点心吃,还有筵席招待。当晚到会的贤达们共计十九人,吃饭时摆了两桌。砦司令亲自陪在山外教过大学堂的王令文教授,他在另一桌上陪天义师范学校的孙正才老先生。

孙老先生多喝点酒,絮絮叨叨说个没完没了,先是埋怨砦司令开学典礼来得太晚,让一校师生在大操场上苦等了半个上午,继而又说砦司令没在天义师范和师生们一起进餐,不合老例。最后,还用黄眼珠瞥着上桌的砦司令问武起敬:是不是砦司令碰到了什么麻烦?

武起敬不知道砦司令是不是碰到了麻烦,也许碰到了麻烦,也许没有。他说没有,孙老先生感到欣慰,扭过拖着枯黄辫子的干瘪脑袋,和对过的广仁县视学李太爷津津有味地谈周公去了。

因着孙老先生的提醒,武起敬对砦司令是不是碰到了麻烦也生出了怀疑。他注意到,砦司令在整个酒会过程中情绪都不太高,上好的清河大曲统共喝了没有三杯,王令文教授滔滔不绝谈自治理论的时候,砦司令也没像往日那样认认真真地听,而是在用一根洋火棒剔牙,联想起中午砦司令主动打来的电话,益发觉着不妙。砦司令自己不去开会就算了,为啥非要派他去?是想借战区长官部搞掉自己,还是慑于战区长官部的威胁,不得不派他做代表?

真揣摩不透!

砦司令原本就是极难揣摩的。

这天晚上果然有些怪,砦司令在不到九点就结束了宴会,然后,一一送走客人,拖着他,要他连夜同去清河行政督察专署。说是裂河口被封的问题一定要解决,与其晚解决,不如趁他明天出山开会时早点解决。

他和砦司令九时许从广仁总部出发,驱车前往四十里外的清河,同行的只有手枪队队长鲁保田。鲁保田提出:从广仁到清河必经牛头峡口,为防意外,应再带些卫兵同行。砦司令没同意。砦司令那晚并没意识到会出事。他也没意识到。

和砦司令并排坐在车里,他考虑的不是砦司令已经遇到的和即将遇到的麻烦,而是自己明日出山可能遇到的麻烦。

这麻烦必然来自两方面:或者是砦司令,或者是战区长官部。砦司令极可能借战区长官部之手将他除掉;战区长官部也极可能因砦司令的缘故而迁怒于他,将他扣押甚至枪毙。原自卫军副司令、砦司令的远房表哥田家富,就是在二十三年奉命到庐山受训回来的途中被人干掉的,死得不明不白。砦司令说是国民党方面杀的,国民党方面说是砦司令自己杀的,末了成了一笔糊涂账。

现在回过头想想,两个方面都有可能杀。砦司令疑心太重,只要什么人大权在握,可能和自己抗衡,这人的大限也就到了,因此,砦司令杀田家富可以说顺理成章。国民党方面也可能杀,铲除砦司令手下一员得力副将,无疑会在很大程度上削弱砦司令的防卫力量,这一点连上小学堂的孩子都懂。

今天自己恰处在当年田家富的位置上。虽说他武起敬不是副司令,但毕竟兼着自卫军的参谋长,又实际主管着整个自治八县的施政工作,权力确是大了一些,加之女婿又做着裂河县自卫旅的旅长,砦司令可能放心不下。若是再有些人往司令耳里扇些臭风,就糟糕透了。

现实的危机迫使他反省。他像过筛子一样,把自己近来的言行举止迅速过滤了一遍,试图找出越权行为或对砦司令的不敬之处。过滤的结果,他自认为很好。他公开表露出的一切都是忠于砦司令的,办过的所有重大事情都是经砦司令首肯的,砦司令没有理由算计他。

这才稍稍把悬着的心放下了一些。

对战区长官部的疑虑,就没有必要瞒着砦司令了,车出广仁县城,刚开上马山盘山公路他就问砦司令:

"砦公,我这次出山开会该不会有什么麻烦吧?"

砦司令摇摇头:

"我看不会!那帮杂毛想算计也只能算计我,一时半会还轮不到你头上!"

他从砦司令的话中听出话来,在黑暗中愣了一下,尽量自然地道:

"是喽,和砦公比起来,我算个啥呀!就是扣杀了我老武,砦司令照旧是砦司令,地方自治照常会搞下去!"

砦司令似乎在旁敲侧击:

"不能这么说嘛!就是没有我这个司令,地方自治也还要搞下去嘛!这个司令你武老弟可以当嘛,孙副司令也可以当嘛!"

他忙不迭地表白:

"砦公,孙副司令有没有那个本事我不知道,我可是没有砦公您那带兵的能耐,您砦公若是哪天撒手不干,我老武就去乡间做一草民。"

砦司令居心叵测地摇了摇长脑袋:

"武老弟呀,这话大错特错喽!你不干,我不干,谁来干呀!你老弟不搂紧枪杆子,只怕没做成草民先要掉脑袋!你以为我傻呀!我才不傻哩!我知道,只要哪一天我不当这司令了,准保马上有人来杀我!"

他心中一惊:

"不……不可能吧?!"

砦司令长长叹了口气:

"算喽!不说它喽!人活百岁总要死的,我老砦也不怕死,怕只怕我一撒手,民众又要吃苦,这地方又会匪患四起,哀鸿遍地!这样,就是在九泉之下我也闭不上眼哟!"

不知是因为害怕还是因为哀伤,他的声音颤抖了:

"砦公,别这样说!您千万别这样说!我武起敬就是死上一千回,也不能让您死!广仁八县可以没有一千个武起敬,也不能没有一个砦公您哪!"

砦司令似乎是受了感动,拍拍他的肩头说:

"武老弟呀,你也死不了!这次你出山开会,若是会议结束后不回来——唔,会议合共开几天呀?"

"两天。"

"嗯,两天以后你老弟若是回不来,大哥我就用手提机关枪和那帮杂毛说话!"

他真感动,为砦司令的义气,也为砦司令的气魄。如果真被战区长官部扣押,他相信砦司令真会这么做。砦司令是轻易不做许诺的,做了许诺就一定办到,而且一定能办到。

有一件事给他的印象极深。

二十二年,广清八县全被砦司令统下来了,在他和王令文教授的建议下,八县境内实行了五证制:居家要有居住证,出门要有出门证,过路要有通行证,讨饭要有乞讨证,商贩要有生意证。就在这年冬里,清河县有个年轻人拿着申领的出门证到山外贡县贩烟土,被贡县团防局扣押了。不知哪个多事之徒把事情捅到了砦司令那儿,砦司令火了,叫贡县团防局放人。贡县不是砦司令的地盘,人家的团防局不买砦司令的账。砦司令一怒之下亲率三个团开到贡县,逼得团防局放了人不说,还连连谢罪。

当时,他并不知道这事的意义,曾劝砦司令说:

"砦公,您为那年轻人说话,也得问问他出去干的啥呀?"

砦司令道:

"他干啥我不管,我只问他带没带咱的出门证,带了就得管,他贡县团防局就得放人!"

他进一步提醒道:

"贩烟土不但犯国府的法,也犯咱地方上的法,咱这里也不许民众私贩烟土哇!"

砦司令说:

"犯国府的法我管不着,犯咱地方的法,本司令自有地方的法治他。

你给我查查,在咱这儿私贩烟土是啥罪?"

他根本不用查,当即报告说:

"按咱的法,私贩烟土是死罪。"

砦司令手一挥:

"那就按咱的法办,枪毙!"

那年轻人第二天就被枪毙了,尸体还被悬在广仁县城城门口示众三日。这事震动了广清八县各界民众,大伙无不称赞砦司令英明。砦司令亲自出山用三个团的武装维护了出门证的信誉,又用一具年轻山民的尸体强化了地方规矩,使你不能不服。砦司令言必信、行必果的形象在一夜间奇迹般地建立起来。嗣后,再也没人敢把地方上的规矩和砦司令的话当儿戏。

胡乱想着,车已在马山上盘旋了一圈,从马山腰插到了牛头山前。路面变得不太平坦了,坑坑洼洼很多,车夫不得不将车速一再放慢,有一阵子简直像蜗牛爬。

砦司令情绪变得烦躁起来,问车夫:

"从这段路面到牛头峡口还有多远?"

车夫小心驾着车,扭头说了句:

"还有十二里。"

砦司令又问他:

"这段路面是哪个联保处负责修护的?"

他想了想:

"大概是二十七联保处。"

"联保主任是谁?"

"赵清源。"

"哦,是赵麻子!"砦司令气哼哼地,"把老子的路搞成这样,还能干联保主任吗?"

他提醒道:

"砦公,下午的保长大会上,你可是刚奖赏过他一匹大布哩!"

砦司令粗声粗气地道：

"他整田修河干得好，本司令自然要奖，路搞成这个样，本司令也得罚！武老弟，你记着，明天挂电话找这麻子算账，问他这个联保主任还想不想干了！"

他苦笑了：

"砦公，你忘了，明个一早我可要代表您出山开会哩！我总不能从战区长官部挂电话到三十七联保处来吧！"

砦司令摇了摇头：

"嘿，瞧我这记性！真是见鬼了！一大早把天义师范的开学典礼忘了，匆匆忙忙赶到天义又把去农机厂的事忘了……"

他讨好道：

"砦公领导八县地方自治，事情太多，也太杂乱，偶有疏忽也是正常的！"

砦司令不这么看，砦司令常说，他严于责人，更严于律己，砦司令容不得别人的疏忽，也容不得自己的疏忽，更何况当车慢慢在牛头山前的路面上爬行时，砦司令似乎已有了某种预感。

武起敬清楚地记得，砦司令在出事前的几分钟曾明确地说过，深更半夜坐着车在这种山路上爬，没准要出事。

几分钟后果然出事了，过了三十七联保处哨卡不到一里路，他们的车被一堆乱石阻住了去路，车夫和手枪队队长鲁保田要下车去搬石头。砦司令将他们拦住了，自己拔出了枪，也命他们搬出车上常备的手提机枪和弹药箱，从靠山沿的一侧下了车。

四个人刚下车，山上便响起了机关枪恐怖的枪声，几个躲在山林中的家伙疯狂地向他们开火了，一阵稠密的子弹倾泻下来，打得砂石路面烟尘弥漫。

武起敬那晚真不幸，攥在手中的短枪尚未打开保险，左臂上先中了一弹，晕晕乎乎栽到了山下的枯草丛中……

五

"中央和战区长官部这一回是铁了心了,砦魁元非除掉不可!情报证明,广清北面日酋清水辖下的近十余万日伪军调动频繁,实有攻略广清并进而大举南犯之意。砦魁元值此党国危难之际,仍不听司令长官的招呼,拒不服从中央的政令、军令,且有种种通敌迹象,不除掉行么?你不除掉他,他若在日伪的诱迫下一朝动摇,易帜附逆,则我军正面防线就要受到二十余万大敌之重压,后方就危险了,其后果不堪设想!"

郑灵宝一边说,一边在宽敞的办公室里来回踱步,黑亮的马靴一忽儿移到办公桌前,一忽儿移到沙发茶几下面,靴掌和红漆地板不间断地撞击着,发出"得得"脆响。

"但是,尽管如此,长官部还是不准备大动干戈。司令长官原拟以合法手段悄悄解决之,实施办法是:以召开战区防务会议的名义,诱砦出山,予以扣押,而后,迫砦亲下命令,让国军部队开进广清,改编砦军,肃整地方,并在临敌之射鹿一线布防。可砦早有防范,司令长官亲自出面,三请九邀,砦竟不理不睬,闹到今天下午才答应派他的马屁精武起敬代表他出山。"

汽灯的灯火将郑灵宝的脸孔映得很亮,那亮脸上的得意是赤裸裸的,他掩饰不了,似乎也没准备掩饰。

"这么一来,我们也就不得不使用非常手段了。其实,游击督导处的李司令也早就料到了砦的这一手,早已令我做了周密安排,即:不惜代价,从内部除之,一俟成功,我国军则趁其群龙无首之际,重兵推进,占领广清。情况就是这样。"

郑灵宝长长吐了口气,如释重负般地在对面沙发上坐下了,端起残茶

喝了一口,又说:

"这一切,李司令原不准我告诉任何人的,可我想来想去,现在还是和你专员大人说了。我说这话也没别的意思,只是想让你思想上有个准备,免得事到临头措手不及!"

应北川坐在郑灵宝的对面,一头冷汗,几乎呆了。他现在已经措手不及了。身为专员,在战区长官部做好这一系列重大安排之后,他竟一无所知,这足以证明司令长官早已不把他当作国府派驻广清的合法代表了,砦司令一朝倒台,他这个名义上的专员也必然要随之倒台。因此,听完了郑灵宝的这番高谈之后,他的第一个感觉就是:战区长官部这一系列充满阴谋意味的计划不但是对付砦司令的,也是对付他的。

他努力拉动枯黄的面皮笑了笑,结结巴巴地道:

"这个……这个司令长官从抗战大局考虑,如此策划安排,也是……啊?也是有道理的!只不过,说砦司令……不,砦魁元有通敌迹象,不知可有这个……这个证据么?"

郑灵宝道:

"当然有!你专员大人不知道吗?姓砦的已在沦陷区开辟了第二运输线,如果不和日酋清水和匪汉正义军的池南蛟达成某种默契能行么?大量钢管、器材能运进来么?"

应北川又是一惊:

"有这……这种事?"

郑灵宝苦苦一笑:

"还唬你不成?!砦魁元敢骗你专员大老爷,我这个小督察可不敢骗自己的顶头上司呀!"

他火了:

"不……不骗我,这些情况,你……你为啥早不和我说!"

郑灵宝双手一摊:

"早给你说又有什么用?你能阻止姓砦的么?你敢阻止姓砦的么?砦魁元连司令长官的话都不听,能听你的?"

倒也是。用郑灵宝私下发牢骚的话说,他这个专署专员至多顶个联保处主任。

郑灵宝又说:

"这广清八县,除了咱专署大院里那面青天白日满地红的国旗,哪还有什么地方像委员长领导下的中华民国?这种局面难道还不该早日结束么?你应专员难道不希望做个令行禁止像模像样的行政长官么?"

他何尝不想呢?可广清八县的割据局面由来已久,既不是他造成的,又不是他维持的,人家有砦司令,有十万大军,他光想能想来么?

细细回忆起来,他也曾像面前这位郑灵宝一样激昂慷慨过,也曾有过一番报效国家和民族的雄心大志。五年前刚被省府派到这里来时,他就一厢情愿地想打破这里的割据局面,为此还扎扎实实做过一些努力。

他曾深入民间,广泛征求民众对地方自治的意见,并把这些意见整理成文,亲自面交省主席;也曾就砦司令施行的集王寇做派于一体的统治方法,对砦本人当面进行过质疑;还曾就砦在八县境内禁烟,却把大量烟土公开征收,运往境外的做法表示过强烈不满,可他得到的是什么呢?省主席要他"难得糊涂",砦司令要他滚出广清,有一天夜里,竟有人往专署门口扔了颗炸弹……

他当然不能走,一走,专署这面青天白日旗都保不住,专署的脸还往哪搁?开初半年非但没走,碰到事照样硬着头皮去闯广仁总部,找砦司令。

砦司令照样见他,听说专署门口挨了炸弹,很吃惊,还正正经经说要查。砦司令见他时客气倒是很客气的,有时还有酒菜招待。可砦司令对省主席却毫不客气,开口"狗日的",闭口"日他娘",全无会见各界贤达时的那种温文尔雅。

后来才知道,砦司令表面上骂的是省主席,实际上骂的是他应北川,砦司令管这种做法叫只打屁股不打脸。他和省主席都代表国府,省主席远在山外,是国府的屁股;他身在广清,则是国府的脸。砦司令骂了省主席谁都无可奈何,就是他应北川也无法向省主席报告。你能报告什么?

总不能说砦司令要"日你娘"!

砦司令骨子里是流氓。

那时节,他对砦司令的流氓本性尚无深刻认识,未泯的良知还促使他想在尽可能的情况下为广清民众做点好事,哪怕送一缕清风也好。

他暂时撇开砦司令的割据现状不管,从小处着手,试图以专员的身份,处理一些地方问题,诸如地产矛盾、宅基冲突之类。

想不到就连这样芝麻般的小事,砦司令也不容他管,先找到他打官司的人全被打了屁股,后来想找他的人也不敢找了。砦司令不知是在什么人的怂恿下,突然发了一道文告,要各联保处都成立"调解委员会",凡有纠纷,一律找"调委"解决。结果,"调委"一夜之间在八县七十余个联保处成立起来,他最后这点可怜的作用也没有了,十足成了国府摆在广清的衣服架子,实际权力甚至不如一个联保处主任。

他是识时务的,只好知难而退。

砦司令在他知难而退之后,也没再为难过他,好吃好喝的,三天两头送,自己从山外买了那辆司蒂倍克后,还把用过的旧雪铁龙给了他。

砦司令夸他字写得好,说他的字笔墨滋润,狂放不拘,绵如烟云,理应好生揣摩,积累心得,以图大展。

他只好老老实实练字,用练好的字为砦司令写假报告。每写一次,砦司令总亏不了他,不但送"绵羊票",送大洋,有时还送上好的烟土。后来干脆让他在广清烟膏局公卖的山外烟土生意上搭了一股。

砦司令这人倒也仗义。

感到了砦司令的仗义,再重新审视砦司令治下的一切,才发现了砦司令搞地方自治的许多成就:广清八县除裂河外,大小河流不下十条,全被砦司令治好了,以广仁县城为中心,八县公路全部联网,电话也联了网。砦司令虽说是靠枪杆子和杀威棒进行统治,可毕竟是把广清八县整治得无偷无赌、无毒无妓,说"路不拾遗"也许过分了些,可要说"夜不闭户"那确是事实,这在蒋委员长的治下是很难办到的。

于是乎,他为砦司令写的报告就很有感情了,有一次甚至提出,要省主席呈请中央,再把广清邻近六县也划归砦司令,试行一下地方自治,气得省主席在他的报告上连批了三个"糊涂"。

他尊重了砦司令,砦司令也尊重了他,两年以后,专署炸弹案终于破案了。驻守清河县的自卫军第四旅旅长米大胖子被枪毙。临拉上刑场前,砦司令把米大胖子的口供给他看了,他这才知道主使士兵往专署扔炸弹的不是砦司令而是米旅长。

砦司令说:

"我砦某人堂堂一个地方自治委员会主席,怎么会做这种鸡鸣狗盗的事呢?!我当时不满意你老弟,可以让省里换个专员,咋也不能取此下策嘛!再说,我砦某人搞地方自治又不是搞割据,政府还是政府嘛!你应专员也还是应专员嘛!"

他又给省主席和战区司令长官各写了一份报告,把这桩微不足道的事大大渲染了一通,说是砦司令忠于党国,尊重专署,虽未得逞之陈年积案亦不放过,云云。风传司令长官当时正为砦司令运出的烟土大伤脑筋,看了他的报告后,三把两下撕了,还扬言要枪毙他。

如今,他和砦司令是捆到一起去了,砦司令的利益,就是他的利益;砦司令的危机,也必然是他的危机;只要砦司令被除掉,国军开进广清,他这个专员没准真会被司令长官枪毙。

这意思自然不能和面前的郑灵宝说,郑灵宝是战区长官部派来的人,没准就是派来监督他的。现在他要弄清楚的是,郑灵宝何时下手?有什么周密计划?通知砦司令还来得及吗?

他抿了口茶,尽量自然地对郑灵宝道:

"郑督察,既然你话说到了这一步,上面又做了这个……这个安排,我应北川无话可说。不过,砦魁元这人这个……这个极为狡猾,只……只怕下手不易吧?"

没料到,郑灵宝看了看墙上的挂钟,竟诡秘地一笑说:

"你老兄不必多虑了,现在是夜里十一点,我估计姓砦的已经在牛头峡口送命了!"

他大吃一惊,手中的茶杯"咣啷"一声摔到了地板上,满杯茶水泼了一地。

"什么?砦……砦魁元已经死了?"

郑灵宝点点头:

"我请您专员大人出面把姓砦的诱出广仁县城,就是为了在牛头峡口给他送丧!"

"你……你这不是害我么?如……如果行刺不成,姓……姓砦的岂……岂会饶我?!"

"怎会不成呢?!一切我早就安排好了!今夜的布置也是周密的!牛头峡口的公路上埋了雷,两边山上还设了两个狙击点。姓砦的就是侥幸躲过炸雷,也逃不过两个狙击点构成的交叉火力网,姓砦的今夜是必死无疑,明年的今日就是他的周年,正因为如此,现在我才把底都亮给你,使你老兄有个应付的准备!"

他脸色苍白,嘴唇哆嗦了半天,才把一句囫囵话说完:

"我……我……怎么应……应付?"

郑灵宝胸有成竹:

"很简单,你不知有这码事,姓砦的来清河专署也不是你邀请的,是他主动要来的——当然,你也可以暂时躲一躲。反正这里的割据局面要结束了,国军的大部队日内就要开来了……"

刚说到这里,桌上的电话铃响了,他想去接,郑灵宝却抢先一步把话筒抓到了手上:

"对!我是专署,你是……噢,好!好!我……我去叫!"

郑灵宝死命将话筒的送话器一头捂住,像挨了一枪似的,痴呆呆地站着,好半天没说出话来。

他走到郑灵宝身边,不安地问:

"谁的电话?"

"老……老砦……的!"

"他……他没死?"

郑灵宝痛苦地摇了摇头，而后，镇静了一下情绪，对他道：

"应专员，记住，你什么也不知道！你邀请他来是谈裂河口开封的事，千万不能慌，明白吗？"

他不动声色地点了点头，强压住心中真诚的欣喜，从郑灵宝手里接过了话筒：

"对！我是应北川，噢，是砦公啊！咋个还没到哇！什么？哎呀，真晦气！好！好！那我就不候了！"他放下了电话。

郑灵宝一把拽住他：

"究竟出了什么事？"

他淡然一笑：

"什么事也没出，砦司令还没过牛头峡口呢！他的车开到三十七联保处附近就坏了，折腾到现在也没修好，说是今夜来不了了！"

郑灵宝长叹一声：

"唉！竟有这种巧事！"

他舒舒服服打了个哈欠：

"这是天意，谋事在人，成事在天嘛！"

六

　　武起敬后来才知道,事变爆发前的同一天夜里,他和砦司令奔赴清河专署的同一条路上,出现了两起伏击阴谋。一起是军事督察郑灵宝策划的,另一起是自卫军第七旅二十九团团长齐叔权布置的。齐叔权的伏击点在前,郑灵宝的伏击点在后,结果,齐叔权虽然伏击了砦司令,实际上也搭救了砦司令——直到许多年后,武起敬还坚持认为,如果没有齐叔权那场不成功的伏击,砦司令和他一定会死于郑灵宝的后一场成功的伏击。

　　齐叔权团长那晚的失败在于他低估了砦司令的反击能力,没想到砦司令专用的司蒂倍克车里会常备手提机关枪。对这场伏击,齐叔权是做了准备的,白天,他派自己的把兄弟霍必胜团副窃听了砦司令的所有来往电话——这种窃听很容易,爬到任何一根通往广仁县城的架线杆上,把电话往线上一搭就可以了——弄清了砦司令当晚要到清河专署去,他就决心干了。在他看来,只要有一挺机枪架在司蒂倍克的必经之路上,莫说一个砦司令,就是再加上三五个卫兵也是足以对付的。他想到了砦司令可能带卫兵,竟没想到砦司令也会带机枪,这就无可挽回地给他和霍必胜等四个年轻军官带来了杀身之祸。

　　那晚,武起敬的耳眼里灌满了枪声。栽到山下的草丛中,武起敬并未昏过去,开初,甚至不知道自己中了弹。四处摸枪时,感到左胳膊不听使唤了,又摸到了草棵上的血,才明白自己受了伤,才在衣襟上撕下了块布,简单地把伤口扎了一下,一点点往山上爬。往山上爬时,枪声爆豆也似的响,间或还有手榴弹的爆炸声。有一颗手榴弹就在他前方没多远的地方炸开了,灰土迸了他一身一脸。他有些怕,在一块山石后面躲了起来,直到山腰出现了许多火把,枪声完全平息下来,才摇摇晃晃走到砦司令身边。

战斗结束了,砦司令在迅速赶来的自卫军士兵的协助下,粉碎了一场凶险的阴谋。阴谋的主使人齐叔权、霍必胜受伤被捕,另外两个年轻军官和两个士兵被当场击毙。

砦司令命令赶来的士兵们把齐叔权、霍必胜押到三十七联保处连夜审讯。武起敬随砦司令一起去了,亲眼目睹了审讯的全过程,对砦司令的认识更加深刻了。

审讯地点在三十七联保处院落的一间青石房里。青石挺阴湿,武起敬从心里感到冷。房里几盏汽灯亮着,照得人睁不开眼。齐叔权、霍必胜被捆在汽灯下的两棵柱子上,像两条僵死的狗,显得怪可怜的。齐叔权的大腿受了伤,一条裤腿被鲜血浸透了,霍必胜不知是脖子上还是脑袋上吃了一枪,满头满脸的血。

砦司令先走到霍必胜面前,用左轮手枪的枪管挑起了霍必胜血淋淋的下巴:

"好小子,用本司令发给你们的手提机枪打本司令的车,手段也毒了点吧?说,为啥要来这一手?"

霍必胜眼瞪得滚圆,说出的话毫不含糊:

"老子想当司令!"

砦司令一惊:

"当司令干啥?"

霍必胜露出满口黄牙,嘿嘿一笑:

"当司令能杀人!能派款!能……能把自己的像四处挂!"

砦司令苦笑了:

"嗯!不错!不错!可你小子想过没有,这司令好不好当?"

"有啥不好当的!"

砦司令近乎和蔼地道:

"你能得到广清四十二万民众的拥戴么?"

霍必胜牙一咬:

"老子只要当了司令,有了人,有了枪,谁他妈的敢不拥戴!"

砦司令点点头:

"好!也算你有理。我再问你:你当了司令,就不怕别人也用这样的法儿干掉你么?"

"怕啥?老子只要真当三天你这样的司令就够本了,死呀活呀的,根本没想过!"

砦司令冷冷道:

"好!是条汉子!"

说罢,左轮手枪抵住霍必胜的脑门,一枪把霍必胜击毙。

砦司令把沾着脑浆、血迹的枪口在霍必胜的军衣上擦了擦,又走到齐叔权面前:

"齐团长,本司令哪点对不起你呀?"

齐叔权不语。

砦司令将枪口抵到齐叔权下巴上,不动声色地狠狠搅着,又问:

"谁指使你们干的呀?"

齐叔权依然不作声。

"说吧,说出来本司令饶你不死!"

齐叔权突然喊了起来:

"在咱广清,人人都想杀你!你没听人唱么,'广清八县阎王殿,脚踏砦地顶砦天,啥时宰了砦魁元,河水当饭也心甘!'"

砦司令笑了笑,转身问武起敬:

"武老弟呀,有这么唱的么?"

武起敬忙摇头。

砦司令又问三十七联保处主任赵清源:

"赵麻子,是不是你们这儿这样唱呀?"

赵清源脸都吓白了:

"回……回砦公的话,没……没有!我……我们唱的都……都是《地方自治歌》!"

"唔，"砦司令重又扭回身子，"齐团长，这歌是你瞎编的吧?！哦，咱不说了，我只问你，谁指使的？是自卫军里的人，还是山外长官部的人？"

齐叔权恨恨地道：

"你自己该清楚！"

砦司令很认真地说：

"我不清楚。我这个司令一向是对得起袍泽弟兄的。"

齐叔权憋不住了：

"二十八年三月，你狗日的杀了我亲叔！"

砦司令一怔：

"你叔姓啥呀，叫啥？"

齐叔权报出了他叔的名字：齐恩铭。

武起敬想起来了，砦司令确是杀过这么一个人。这齐恩铭在山外做过议员，告老还乡后，砦司令要提携他做贤达，他老先生偏不干，砦司令火了，认为傲慢之风不可开，硬给他安了个"暗通山外不良分子，图谋破坏地方自治"的罪名，把他杀了。

砦司令自己也想起来了，这才将抵在齐叔权下巴上的枪口移开，说：

"看不出你齐团长还是个有情有义的汉子哩！"

齐叔权知道自己难逃一死，挣着喊：

"姓砦的，你狗日的毙了我吧！到阴曹地府咱再结账！"

砦司令却把左轮手枪收了起来，仿佛没这个人似的，冷冷对鲁保田和赵清源交代说：

"天亮后，把这小子押到广仁去，先关起来，把罪状查清后枪毙！"

鲁保田不解：

"这小子谋杀司令证据确凿，还用查么？司令马上把这狗操的毙掉算了！"

砦司令脸一拉：

"谁说齐团长谋杀我啦！他敢谋杀我么？他是骚扰地方，强奸民女！连自己的亲姨都奸！你们都没听说过？"

武起敬马上明白了砦司令的意思,率先响应道:

"这些事我早有耳闻。"

赵清源也明白了:

"是的!是的!砦公说的不错!这些事都有!都有!三天前还有人向我告状来着。我……我说,说……"

砦司令用鼓励的目光看着赵清源:

"说什么?"

"我说人家是当……当团长的,咱惹不起!"

砦司令手一挥:

"当旅长本司令也得毙!这种作践地方、乱伦丧德的东西都不毙,本司令还有何颜面见我广清四十二万父老姐妹?!谁还拥戴本司令搞地方自治……"

齐叔权的精神一下子垮了,没等砦司令再说下去,便拼将全身的力气挣扎起来,边挣边骂,什么脏话都骂出来了。他显然希望砦司令能在一气之下拔枪将他打死。

几乎要成功了,砦司令经不起激,左轮手枪掏出来,差点要扣了,偏又没扣。

砦司令最后看了齐叔权一眼,吹了吹枪口,把枪装了回去,临走扔下一句十分轻蔑的话:

"你不配!"

齐叔权完全绝望了,望着砦司令出门的背影,号啕大哭起来……

七

应北川因为知道了战区长官部进攻广清的计划,一夜未得安寝。困是很困,就是睡不着,翻过来覆过去,老是想着砦司令的危机和他的危机。一场大战就在眼前,他不能不向砦司令提个醒,以助砦司令一臂之力;帮助砦司令就是帮助他自己。

天蒙蒙亮,他便起了身,匆忙洗漱完,草草吃了点东西,即命车夫把砦司令送他的旧雪铁龙开出了专署大院。车夫问他去哪,他愣了一下,吩咐道:去广仁县城,路过三十七联保处时停一下。他那当儿吃不准砦司令是在三十七联保处,还是在广仁县城里。在司令打来的那个电话里他没问,因此揣摩,砦司令的车如果一夜没修好,八成会在三十七联保处过夜。

还真被他估准了,砦司令果然在三十七联保处主任赵清源家里。他闯进赵家大院时,砦司令正吃早饭,围在桌旁一起吃的,还有自治委员会副主席兼自卫军参谋长武起敬和手枪队队长鲁保田。武起敬肩头上缠着绷带,显然受了伤。

他不由一惊,脱口道:

"砦公,昨夜你们是不是出了事?"

砦司令嘴里嚼着一口馍,脑袋直摇:

"没出啥事!没啥事!"

"这武老兄的伤?"

"唔,修车的当儿,被山上滚下的石头砸的!"

他关切地看了看武起敬,问:

"可重?"

武起敬勉强笑了笑:

"没啥!"

砦司令要他一起吃早饭,他摆摆手谢绝了,悄悄走到砦司令身边说了句:

"砦公,兄弟有要事相告!"

"可是裂河口的事?"

他摇了摇头,看了看一桌子人,欲言又止。

砦司令会意,三口两口吃完饭,把他带入二进院里的一间偏房,一进屋就把门关上了。

"出了什么事?"

"恐怕要出大事!"

砦司令满不在乎:

"多大的事?天会掉下来?!"

他头一点:

"差不多。战区长官部侦知您在沦陷区开辟了运输线,疑您通敌,暗地里正积极布置,准备军事解决广清八县问题。"

砦司令笑了:

"不可能吧?我砦某人搞地方自治蒋委员长都赞许,所谓广清问题之问题何在呀?从沦陷区运些钢铁器材进来倒是事实,可那是长官部封了裂河口,逼使我不能不这么干的,何况我是运进来,又不是运出去……"

他打断砦司令的话道:

"甭管怎么说吧,反正他们就要动手了,裂河、白川和政府区接壤处不可不防,砦公你自己的行动也得千万小心!"

砦司令这才有点认真了,沉默了片刻问:

"应兄台,你身为国府专员,把这重大秘密泄露于我,就不怕国府治你的罪么?"

他真不知道该怎么回答,憋了半天才结结巴巴地道:

"身……身为广清专……专员,我不愿看着国……国军打进这里,让境内四十多万民众遭……遭殃;作为砦公您……您的知己朋友,我……我也不能看着砦公您败……败为流寇！您砦公为人义气,我……我应某人也得义气！"

砦司令很感动,抓住他的手说：

"说得好！有你兄台这番体己话,我砦某人就是今个儿死在这里也值了！"

"这是该当的,全是因为砦司令您对我好,把地方治理得也好,为人总得讲良心,不能尽睁着眼说瞎话！"

砦司令很感慨：

"是呀,您说我搞地方自治图啥哟？不就是图个国泰民安、地方稳定么？我砦某人既不想做司令长官,也没想过要做民国大总统嘛！可想不到耗尽心血搞了这么多年,倒搞出了许多不是！真让人寒心！如此政府,如此做派,国家还有希望么？抗战还有希望？！"

他连连点头：

"是的！是的！所以我说,砦公您不能不早作准备,加强防范……"

砦司令想了一下：

"不过嘛,应兄台,我看事情也不会怎么严重,今天你我谈到这分上,我也就不把你当作国府专员看了……"

"我哪还是什么国府专员,人家现在干什么事不瞒着我？就连老主席也说我和砦公您穿了连裆裤！"

"实话告诉您,那帮杂毛想算计我也不是第一次了。光那裂河口封了多少次？前年十一月,三十七师守备队不还和我开了一仗？！不过到头来,他们还是不敢大动干戈的。本司令八县自卫军有四十多个团,兵员逾十万,还有不下五万的预备军。他们若是打,那就是一场血战,想轻易取胜是绝无可能的。加之射鹿外面又压着清水旅团和池南蛟部三个师的匡汉正义军,他们再一掺和进来,这一仗可就热闹了！"

见砦司令主动提到了日军的清水旅团和伪军的匡汉正义军,他遂小心翼翼地问：

"砦公和日伪方面是不是有来往？"

事 变 //233

砦司令脸一沉：

"我怎么会和他们来往？伪匪汉军的池南蛟和咱孙忠孝孙副司令早年都是洪门忠义堂的弟兄，孙副司令做过忠义堂执堂，如今让姓池的行个方便还不是一句话？！再说咱们也没亏待这些伪狗，买路的烟土包咱送出去多少？！"

他放了心：

"那好！那好！只要不通敌附逆，就是打起来，话也就好说了……"

砦司令自信地道：

"我看打不起来！这些后果战区长官部不会不考虑的。"

"那么，我是不是马上给省主席和战区长官部各写一道呈文，把有关情况禀报一下？"

砦司令这时才想了起来：

"哎，倒忘了，战区长官部的情况是从哪里得来的？我想，这种消息他们是不会告诉兄台您的！"

他自知不能把郑灵宝供出来，供出了郑灵宝，他就把国府那边的路走绝了。

他含蓄地一笑道：

"这个，砦公就甭问了，反正我以脑袋担保这事属实，砦公您留点神就是！"

砦司令没再追下去，更没想到郑灵宝那场没成功但也没暴露的暗杀——一直到死都没想到，只轻描淡写地说了句：

"那您就马上回专署写呈文吧，我派专人取送！"

"砦公您？"

"我也马上回广仁县城，上午还要开个军政廉洁议会，这是上个星期就安排好的。"

"那裂河、白川两县的布防？"

砦司令摆摆手，轻松地道：

"应兄台，您放心，一时打不起来，你老兄不是军人，你不懂！"

  既然砦司令如此放心,他也就没什么不放心了。和砦司令一起重回到头进院子的正堂屋里,他对受伤的武起敬说了几句宽心的话,拱手和砦司令一行人道了别,当天上午九点前就赶回了清河专署,为砦司令,也为广清八县四十二万和平居民起草致省主席、战区司令长官的紧急呈文……

八

砦司令嘴上说打不起来,心里大概知道这一仗是非打不可的。应北川前脚走,砦司令后脚就赶到了广仁县城。到广仁县城是九点多钟,还没在椅子上坐下,山外内线的密报就到了。密报称,国军大部队已集结于裂河、白川境外,大有全面进攻的迹象。砦司令慌了神。先取消了让武起敬代表他出山开会的计划,而后,火急火燎地用电话将白川东北季县的五个守备团紧急调往裂河、白川防线,划归自己的儿子南线自卫军副司令砦振甲直接指挥,并严令砦振甲寸土不让,随时准备抵抗来自政府区的任何进攻。同时又令值班的副官长刘景瑞一一摇通八县各自卫军旅部,召集十六个正副旅长火速赶往广仁总部开会。常驻射鹿北线的副司令孙忠孝,因其防区有近六十里防线和日伪沦陷区接壤,一般情况下很少来总部开会,这一次砦司令也把他召来了,并严令他必须在下午四时前赶到。

刘景瑞看得出来,这一回砦司令是真急了,四处摇电话时火气就很大,摇通了奎西七旅旅部,只两分钟没人接电话,砦司令就骂了娘,还扬言要毙了七旅旅长常森林。和射鹿孙副司令通电话时,孙副司令大概在电话里讲射鹿距广仁县城太远,下午四点前恐怕赶不到,砦司令就可着嗓门对着电话喊:哪怕是坐炮弹,也得在四点前赶来!

这天上午真要命,砦司令多少年来头一次在下属面前现出了自己的虚弱。砦司令越是发火骂人,刘景瑞就越是觉着砦司令距自己的末日不远了。他认定,在这场和国军正规大部队的抗衡中,最终输个精光的将是砦司令。砦司令就是不败在裂河、白川一线的南战场上,也必然要败在射鹿一线的北战场上,他和孙忠孝孙副司令企盼已久的绝好时机来到了,砦司令统治广清八县的时代就要结束了。

虽说身为副官长,刘景瑞却从来没有信任过砦司令。砦司令多疑,他比司令更多疑。他的聪明之处在于,从当上副官长那天起就弄懂了伴君如伴虎的道理,时刻警惕,处处小心,哪怕砦司令无意中打个喷嚏,他都得提防几天,以免落入那喷嚏造出的某种阴险中。

这简直不是人过的日子,他又不能不过,副官长不是他要当的,不当偏又不行。他和广清自卫军的每一个军官都清楚:砦司令操纵着他们的生杀予夺之权,砦司令让干的事,不兴你不干;不让干的事,你想干也不成。

做了副官长,他知道了砦司令的大量秘密,并亲眼目睹了手下人对砦司令三次不成功的暗杀,这才悟出了前任副官长挨枪毙的原因:前副官长知道得太多,砦司令不能不杀。随着岁月的推移,他知道得越来越多,砦司令没准也要杀。既然砦司令日后可能要算计他,他为什么不抢在砦司令前头动手,先算计一下砦司令呢?!况且,干掉这个魔鬼司令,既能给广清民众带来幸福,也会给他带来好处。

上层军官中想算计砦司令的也不止他一个,孙忠孝副司令和他的两个亲信旅长就蓄谋已久,前副官长被杀的内幕孙副司令也向他说起过。他是极聪明的人,当然明白孙副司令向他说这些是为什么。他当时就向孙副司令表明态度,只要孙副司令敢干,他刘景瑞一定抵死追随,不但搞掉砦司令,也把砦司令搞的所谓地方自治彻底捣毁。

孙副司令对搞掉砦司令极表赞同,对捣毁地方自治,却有不同的看法。孙副司令认为,地方自治实施多年,成绩卓然,非但不能捣毁,日后还得强化。孙副司令很恳切地说,他拼将性命谋划这一切,不是为了个人捞什么好处,更不是为挑起一场内战,而是为民除害,让广清八县民众的日子过得更好!

他根本不信孙副司令的这番表白,但搞掉砦司令的目标一致,他便假装信了,从砦司令身边得到什么情报,马上透给孙副司令,并促使孙副司令在三个月前先暗地里干了一家伙。

那次,砦司令要到射鹿巡视,他及时将砦司令的巡视路线告诉了孙副司令,孙副司令命手下的四旅旅长钱凤龙做了安排,准备在砦司令的车进入射鹿县齐集镇街上时,组织民众拦车告状,待车一停,即从街旁的茶楼用枪将砦干掉。

不料,刺砦的两个枪手中有一个是软蛋,领到命令后又动摇了,打电话找砦司令告密没找到,竟把电话打到了孙副司令那里,说是四旅长钱凤龙命他刺砦,图谋反叛。这枪手并不知道孙副司令也参与了反叛密谋。

孙副司令大惊失色,一边派人抓捕那软蛋,一边也打电话找砦司令,要砦提防暗算。结果,一场几乎可以成功的暗杀流产了,那软蛋和另一个忠心耿耿的枪手都被孙副司令干掉了。

万幸的是,由于孙副司令的当机立断,才没引起砦司令的怀疑,否则,那一次不但孙副司令完了,只怕他也完了。

有了那场教训,他和孙副司令的言行更加小心了,三个月来几乎没敢妄动,可杀砦的决心依然如故。他和孙副司令都心照不宣地等待着下一次机会。

不曾想,机会竟来得这么快,砦司令和战区长官说闹翻就闹翻了,裂河、白川两县势必要杀得天昏地暗,而这时候,压在砦司令屁股后面的孙副司令和他的两个旅正可以用来对付砦司令。砦司令在国军和孙副司令的两面夹击下绝无生还的希望。唯一的问题是,在孙副司令从背后袭击砦司令时,射鹿防线怎么办?伪匪汉正义军的池南蛟会不会趁火打劫?姓池的能不能像往日许诺的那样隔岸观火,不入孙副司令四旅、五旅的防区?

也许孙副司令能稳住姓池的,据他所知,孙副司令和姓池的关系极好,双方部队的旅团长们还互相拜访过,士兵们也在一起赛过球,聚过餐。

由孙副司令又想到了自己。如果大功告成,孙副司令会像半年前答应的那样,给他个副司令干么?这会不会是个骗局?给他干副司令,四旅长钱凤龙干什么?五旅长吴天雄干什么?这两位可都是孙副司令的把兄弟呀!孙副司令武装解决砦司令,要靠他刘景瑞,更要靠这二位握兵在手的旅长兄弟。不是多疑,处在这种危机四伏、阴谋重重的环境中,他不能不做最坏的设想:事成之后,孙副司令会不会把他甩了?或者把他宰了?

不禁一阵心惊肉跳,抬眼望了望正和参谋长武起敬一起研究地图的砦司令,竟在砦司令凝思的脸膛上看出了些许慈祥,竟没来由地认为砦司令或许比孙副司令更靠得住。

往细处一想,又把那一闪而过的念头否定了。比起孙副司令,砦司令还是更阴毒些。孙副司令的心思能揣摩透,砦司令的心思没法揣摩。昨日他寸步不离跟着砦司令,直到开完保长大会,也没弄清砦司令心里想的什么。和国军开战是突然的,昨日没有一丝一毫开战的迹象,可砦司令为啥一整天愁眉不展?难道砦司令已发现了孙副司令的阴谋不成?

这种可能也不能说没有,砦司令的爪牙遍布军中,稍有不慎,便会坏事。三年前清河原七旅旅长米大胖子的死据说就与爪牙的告密有关。那么,如果有人向砦司令告了密,砦司令就是和国军接上了火,也不会轻易放过孙副司令和他的。砦司令给孙副司令打电话时口气有点不对头,而且似乎也没有必要非把孙副司令从射鹿召来不可。

又是一身冷汗。踱到另一侧的桌旁假装倒水时,再看砦司令,又从砦司令苍老的刀条脸上看出腾腾杀气来。

砦司令偏叫了他一声,他心中一惊,手中的杯子差点儿掉到桌沿上。

砦司令注意到了他的惊慌,训斥道:

"怎么?仗还没打就吓成了这样?!"

他尽量使自己镇静下来:

"不是!是……是杯子上沾了油,太滑。"

砦司令不耐烦地挥了挥手:

"马上给我拟个特急电报稿,直接发重庆蒋委员长、何总长,电文这样写:职正饬遵照中央指示,固守广清,并积极布置游击射鹿以北之敌,不期接本战区司令长官电令,命职离境,并图谋袭职驻防之裂河、白川一线。职以为,大敌当前,凡我国人均应以大局为重,不可擅开内战战端,故恳请委座、总座电阻本战区司令长官内乱之军事布置。职并职属下之十万游击自卫军效忠中央,抵死抗敌之决心天日可鉴,还望委座、总座明察。"

他刚记完电文,还没来得及送去拍发,砦司令的儿子——砦振甲副司令的电话便打到总部里来了。砦振甲在电话里惊慌地报告说,裂河、白川全线打响了,国军三十七师约一万三千余人在机枪重炮的配合下,猛攻白川的八个山口,与此同时,该师节制的五二三独立旅和该师守备队之一部正沿裂河口两岸向前推进,战况空前激烈……

他呆了,砦司令也呆了。

他不安地看了看手表,手表的时针恰指在十二字上。

九

十二时三十分,砦司令主持召开了紧急军事会议,参加会议的正副旅长只有七个,不及整个自卫军旅职军官的半数。在裂河、白川前线的砦振甲副司令和他辖下三个旅的正副旅长都无法脱身;远在射鹿的孙忠孝副司令和四旅旅长钱凤龙、五旅旅长吴天雄又来不及赶到;会议本可拖一拖再开的,砦司令却等不及了,说一声开便开了,连中午饭也没吃。

开会的时候,砦司令的神情镇定了许多,至少在刘景瑞看来是镇定了许多,砦司令不再发火骂人了,和到会的旅长、副旅长们打招呼时态度很好,甚至可以算得上和蔼可亲。对自己的下属,尤其是自卫军中的下属,砦司令是从来不作笑脸的。在下属面前,砦司令的脸几乎永远铁青,身为副官长的刘景瑞就看惯了这种铁青的脸孔。

砦司令今天有些怪,不但笑呵呵地和与会的下属们打招呼,还在清河七旅娄旅长进门时,和娄旅长开了个玩笑:

"娄老弟,咋来得这样快呀?"

娄旅长说:

"那是咱的马好!"

砦司令笑道:

"我还以为你是坐电话来的呢!"

娄旅长坐电话的笑话,自卫军上下几乎无人不知。五年前,砦司令刚把电话引进广清的时候,从未出过山的娄旅长闹不清电话为何物,只朦胧听说电话传送消息比马快,就在一次军事会议上向砦司令提出:日后开会,能不能坐电话来?闹得一屋人笑破了肚子。

这一回,娄旅长没笑。娄旅长知道,砦司令十万火急把他和其他各旅的旅长召来,决不是要和他开玩笑,十有八九是碰到了大麻烦。

直到这时,赶来开会的七个正副旅长们还不知道开战的消息。他们只揣摩着可能要打仗,根本没想到仗已以空前的规模打开了,决定广清命运的军事事变已经开始。

砦司令把裂河、白川一线开战情况简洁地向他们作了介绍。边介绍,边用马鞭在军事地图上指点着,一副胸有成竹的样子,仿佛这一仗不是在被国军突然袭击后仓促应战,而是期待已久的。

砦司令介绍完情况后,大谈《孙子兵法》,时而用马鞭击打着手心,站在军事地图前,时而提着马鞭来回踱步。

"孙子曰:兵者,国之大事也。死生之道,存亡之道,不可不察也。"

砦司令知道自己的下属们——像娄旅长之类,是听不懂的,遂又解释:

"孙子说:战争是国家的大事。它关系着军队的生死,国家的存亡,不可不加以认真考察。"

娄旅长冒冒失失地道:

"司令,咱考察个卵呀!裂河、白川已打起来了,咱生个法打才是真格的呀!"

砦司令笑笑,并不搭理娄旅长,自顾自地谈孙子。

"孙子接下来又说,'故经之以五,校之以计,以索其情:一曰道,二曰天,三曰地,四曰将,五曰法。道者,令民与上同意者也,故可与之死,与之生,民弗诡也。天者,阴阳、寒暑、时制也。地者,高下、远近、险易、广狭、死生也。将者,智、信、仁、勇、严也。法者,曲制、官道、主用也。'"

七个正副旅长如听天书,可又不能不硬着头皮听,一个个直瞪着两眼盯着砦司令看。

砦司令又解释:

"孙子这里讲的,就是要使民众和我们一致,与我们同生共死。天是指季节天气,地是指地理条件,将就是说的你们,要你们智信仁勇严,法么,就是本司令的军令……"

刚说到这里,屋里的电话铃响了,参谋长武起敬拿起电话说了几句什么,扭过头喊砦司令:

"砦公,白川的电话。"

砦司令想去接,向电话旁走了两步却又止住了:

"有什么新情况?"

"没有。振甲副司令报告说,卸甲峡、双奶山六个山口的犯我之敌被我炮火压下去了,维山、坎子山口尚在激战中,振甲副司令已将紧急赶到的守备三团调上去增援。"

砦司令挥了挥手:

"好!就这样打!告诉振甲,我今晚一定赶到白川,在我赶到之前哪个山口丢了,我都唯他是问!"

"是!砦公!"

武起敬回电话去了。

砦司令继续讲:

"仗已经打起来了,这一仗正如孙子所言,是关乎我广清八县自治地区生死存亡的。我们不想打,但非打不可!既然要打,那么诸位对孙子所说的五事,就需有个大致的了解。首先,我和你们在座诸位都要相信民众,在这场保卫地方自治的战争中,民心民意必然属我。其二,天时利我。眼下大敌当前,国军不思抗日,挑起内战,不合天意。其三,开战之地在我境内,地形环境我熟他生,且我境内群山连绵,易守难攻,我胜则大胜,敌胜而惨胜。其四,诸位带兵弟兄追随我多年,我大都了解,其智信仁勇样样不差,陷阵杀敌个个英勇。其五,本司令相信,有诸位的佐助,其军法军令必能贯彻全军。有本司令在,有森严军法在,任何队伍也不会溃退!"

"司令,我们他妈听您的,谁溃退毙谁!"

娄旅长率先拍了胸脯。

"对,司令,您发令吧!您指哪咱打哪!"

"司令说咋打咱就咋打!"

……

七个正副旅长纷纷嚷了起来,气氛有了些热烈。

砦司令见达到了预期的目的,高兴了:

"好!下面我们就商量一下这仗该咋个打法?也甭先听我说,诸位都谈谈高见。"

其实,砦司令大约是知道自己的下属们没啥高见的,愣了一会儿,见大家都不说话,遂指着军用地图布置开了。

砦司令令七旅在奎山布防,准备在白川防线被突破后,阻敌于山南,并策应左翼八旅的两个团沿裂河迂回,伺机歼灭可能沿裂河窜入之敌,以确保后方中心广仁、清河二县的安全。令八旅的另两个团作为机动部队,留守广仁、清河县城,归参谋长武起敬指挥,情况紧急时,疏散两县城居民,并将桃花沟兵工厂和所有重要部门迁往奎山深处。令六旅七个团立即行动,于下午五时前经广仁开赴裂河、白川前线,以加强前线八个山口和二十余里开阔地带的防卫。

布置完后,砦司令问:

"还有什么疑问吗?"

七旅娄旅长问了句:

"万一日本人和匪汉正义军从射鹿或东面老佛山打过来咋办?"

砦司令手一挥道:

"东面老佛山地势险要,日本人飞不过来,射鹿还压着四旅、五旅嘛!万一射鹿开战,一、两日内四旅、五旅可以抵挡住,有一两日的时间,你在奎山的七旅也可赶去增援嘛!当然喽,这得有个前提:裂河、白川打得好,奎山防线不需要了,你才有可能把七旅拉到射鹿。这个命令只有我能下!明白么?"

娄旅长点点头:

"明白。"

七旅旅长常森林问:

"万一两边都开了战,都打不好呢?"

砦司令说:

"这不可能！其一,我砦某人亲赴白川指挥作战,白川一线不可能打不好;其二,战事来得突然,日伪方面没有充分准备,也不敢贸然犯我！我看这些话都不要讲了,都各自回去做安排吧！"

"是！"

七个正副旅长纷纷起立立正。

砦司令最后又重申了一遍：

"这一仗关乎我广清八县自治地区生死存亡,可一定要打好哇！"

"是！"

七个正副旅长一齐向砦司令敬礼,而后,一一出了门,上马去了。

会议到此结束。

砦司令这才软软地在椅子上坐下,一坐下来就挂下了铁青的脸,冷冷地交代刘景瑞安排午饭。

这是下午二时十分,孙忠孝副司令一行还在射鹿至广仁的路途上。

孙忠孝和四旅长钱凤龙、五旅长吴天雄是二时五十五分赶到总部的。一进门只见到副官长刘景瑞,根本没看到砦司令的影子。

孙忠孝觉着有些蹊跷,当即问:

"司令呢?"

刘景瑞道:

"等到两点半,还没等到你们,就去总联保处了,说是要布置各联保处坚壁清野,并召集预备军……"

孙忠孝一怔:

"召集预备军?!是不是南线打起来了?"

刘景瑞苦苦一笑:

"是的!国军三十七师和该师节制的五二三旅,中午十二时突然对我南线一旅、二旅防区发动攻击……"

孙忠孝急忙问:

"司令如何安排的?"

刘景瑞将紧急会议的情况和砦司令的布置说了一下。

孙忠孝听后长长出了口气。

"这么说,老砦还没打四旅、五旅的主意?"

刘景瑞肯定地道:

"没有!他不能不防北线的日伪军。非但没打四旅、五旅的主意,还令布防奎山的七旅在必要时机支援北线。"

孙忠孝点点头:

"好!马上打电话给司令,就说我来了,听他吩咐!"

刘景瑞走到电话机旁刚要摇,却又停住了:

"要这么急慌么？你们三人是不是先想想这一仗该咋个打法？"

孙忠孝清楚刘景瑞的意思。四旅长钱凤龙、五旅长吴天雄似乎也清楚。但砦司令的总部不是策划阴谋的地方,这一仗该怎么打决不能在这儿谈。

孙忠孝微微一笑,挥了挥手:

"景瑞,打电话吧,早见面,我们就早回去了！"

刘景瑞却不打,先看了看门外,又压低声音说了句:

"这可是难得的机会呀！"

孙忠孝有些不耐烦了:

"这我还不知道么？！正因为如此,我们才得早回射鹿做些安排！"

刘景瑞明白了,当即摇通了总联保处的电话,找到了砦司令。砦司令要刘景瑞马上把孙忠孝三人带到总联保处来。

五旅长吴天雄一听说还要到总联保处去,当即低声骂道:

"狗日的架子真大,老子们到现刻儿一直赶路,连中午饭都没吃,他却……"

孙忠孝向吴天雄使了个眼色,没让他再说下去。

前往总联保处的路上,刘景瑞悄悄问孙忠孝:

"忠孝兄,你打算怎么打？"

孙忠孝目视着前方,尽量平淡地道:

"相机行事吧！"

刘景瑞又问:

"我能干些什么？"

孙忠孝想了想:

"继续注意老砦身边的动静,有情况及时向我报告,以便决断！"

现在看来机会是到了,如果老砦的安排真像刘景瑞说的那样,他这一回就稳操胜券了。

孙忠孝想。

射鹿境外伪匪汉正义军的池南蛟和他是有交情的,池早在半年前就说过,只要他孙忠孝干掉老砦,执掌广清八县军政,一定率全军反正。而若是池南蛟一过来,他可调动的兵力就有三师两旅近四万五千人了,凭这四万五千人,他既可保住北线整个防区,又可在老砦背后狠狠捅上一刀。池南蛟可以向他反正,他也可以向中央反正,可以打着拥护中央的旗号,进行一场正义的"剿匪"。

刘景瑞偏也想到了池南蛟:

"忠孝兄,池南蛟该不会趁火打劫吧!"

他应付道:

"大概不会!"

刘景瑞固执地追问:

"如果他趁火打劫咋办?你老兄背后枪一响,咱就败惨喽!"

败的问题他也想过,不过假设的敌手不是池南蛟,而是东面老佛山的日军清水旅团和和平建国军的四个师。池南蛟反正,必然要触怒日本人,日本人完全有可能发动一场春季大战,一并吃掉他和老砦。这是最坏的结果。这个结果无论如何是要避免的。其避免之法也有:一、他打老砦时,池南蛟可暂不打自卫军旗号,依然以匪汉正义军的名义,固守原防,或开进射鹿接管自卫军四旅、五旅交出的防地,既稳住日本人,也稳住南线的国军。二、他打老砦时就做好两手准备,胜则归顺中央,败则率部越过射鹿,暂投池南蛟,日后再图大举。

当然,这些话不能和刘景瑞说,现在甚至不能对吴天雄、钱凤龙说,打老砦,他们愿干,投池南蛟他们不走到绝路上未必会干,这一点他有数。

走进总联保处大门时,缠绕在脑海里阴谋的线索不但理清楚了,而且几近圆满了,连应急方案也想出了两个……

万没想到,往砦司令面前一站,一切全乱了套。

砦司令笑眯眯地粉碎了他的阴谋。

砦司令一见面就握着他的手说:

"二老弟呀,你可来了,再不来,大哥我可要上吊喽!裂河、白川开仗了,狗日的三十七师外加一个独立旅近两万人全线攻我……"

他连连点头:

"这我知道!都知道!刘副官长一路上已向我说了!"

"好!这就好!时间紧,我也就不多啰嗦了!这一仗咱不愿打,可人家非要咱打,咱不奉陪也不好意思,是不是?"

"是的!是的!"

"可振甲这孩子陪得不好哟,人家客人要看咱的笑话喽!"

"怎么?裂河、白川守不住?"

砦司令摇了摇花白的脑袋:

"不是,还没这么严重,可我放心不下!我想把振甲撤下来,换老弟你上!你去裂河,我去白川!"

他的脸一下子白了:

"可……可……"

砦司令拍了拍他的肩头:

"可什么?可以嘛!老伙计,这是一场大仗,非你我打不下来!振甲还是个毛孩子,一着失利,咱就可能输掉全盘!"

他紧张地思虑了一下,认定砦司令尚未发觉他的阴谋,他还有可能争一争:

"可是,射鹿一线也悬啊!射鹿境外压着匪汉正义军池南蛟的三个师,如果……"

砦司令笑道:

"如果姓池的不讲交情,图谋犯我,我们还有四旅、五旅么!奎山一线的七旅还可以策应增援么!咱们一个旅的编制都是六七个团……"

他真急眼了:

"大哥,不管咋说,南北两线同时开战,则我必败无疑!我是说,如果我在射鹿,池南蛟必然不会犯境,大哥你是知道的,姓池的和我……"

砦司令固执地道:

"姓池的能给你面子,你不在照样会给!不愿给面子,你在也不会给!

再说,大哥我也还有些面子嘛!老弟,别争了,裂河你非去不可!为方便指挥,四旅长钱凤龙和你同去,做裂河前线一旅旅长,原一旅长章奎调任四旅旅长!"

连钱凤龙也调开了,简直是雪上加霜!

他一时失了态,差点儿没哭出来:

"大……大哥,这……这临敌易帅,乃……乃兵家大忌哇!"

砦司令虎起了脸:

"甭说了,这是命令!"

完了,全完了。砦司令毕竟是砦司令,搞阴谋、玩手腕的本事着实比他高,他还得跟砦司令好好学。砦司令一道命令就夺去了上天赐予他的机会,同时也一并没收了他那几近圆满的阴谋。

他因此认定,砦司令早就在怀疑他了。

砦司令却没有一丝一毫怀疑的样子。发布完命令后,拉着他和钱凤龙的手坐下了,说是等增援南线的六旅的队伍一到,即同去裂河、白川。砦司令要刘景瑞去弄酒弄菜,说是要在奔赴火线前好好喝一通。

搞来酒和菜,喝了没两盅,六旅的先头部队到了,随先头部队一起来的六旅长闯进屋,请砦司令上路。

砦司令说声"不急",继续喝酒,也拉六旅长一起喝。砦司令喝得不慌不忙,仿佛不是准备去打仗,而是在会见各界贤达,神情悠然得很。

窗外的大路上却分明压过了战争的阴影。继六旅先头部队之后,该旅辖下的七个团陆续通过窗前的大路,源源不断地向南进发。踏踏脚步声响个不停,间或还有"得得"的马蹄声和枪械的撞击声。

砦司令只当没听见,慢慢呷着酒,盯着孙忠孝说:

"二老弟呀,要说治理地方么,不是自夸,大哥比你强,可要论带兵打仗,大哥就不如你喽!二十八年七月双奶山那一仗你老弟打得多漂亮!一天一夜吃掉李跛子一个团,连渣都没给他剩!"

孙忠孝咧嘴笑了笑:

"那是大哥指挥得好!大哥你叫我放进来打,我就放进来打了,胜了自然是大哥的功劳!"

砦司令笑眯眯地点了点头,自顾自地说:

"你二老弟带兵带得好,大哥我就放心放手让你带兵,哪里作难就让你去哪里!在南线干得好,在北线干得也好嘛!四旅、五旅硬是让你给调教出来了么!振甲就没这本事!所以只能把他摆在后面。"

孙忠孝这时才想起问:

"对了,振甲撤下来干什么?"

"到射鹿顶您二老弟的缺么!有您调理好的四旅、五旅,他这北线闭着眼也能守嘛!若是守不好我就毙他!"

砦司令的阴谋整整比他的阴谋大了一圈,恰能把他的阴谋一网打尽,他真是枉费心机了。

窗外的队伍还在过,脚步声越来越响亮,越来越急促,伴着响亮而急促的脚步声,沸沸扬扬的尘土烟云般从半掩着的窗帘中钻进来。

刘景瑞过去关上了窗子。

砦司令说了声"甭关",径自走到窗前,把窗子重又打开了。

砦司令扶着窗台看了一会儿,突然对着外面喊:

"喂,弟兄们,不要急,稳步走,把咱的军歌唱起来!'怒发冲冠',一二!"

在砦司令亲自指挥下,自卫军军歌《满江红》的歌声响了起来,像一阵滚滚而过的闷雷:

> 怒发冲冠,凭栏处,潇潇雨歇。
> 抬望眼,仰天长啸,壮怀激烈。
> 三十功名尘与土,八千里路云和月……

砦司令重回圆桌边坐下,向孙忠孝敬了酒,又向在座的三个旅长和副官长刘景瑞敬了酒。

砦司令敬酒的时候,《满江红》的歌声一直未断:

……靖康耻,犹未雪,臣子恨,何时灭?

驾长车,踏破贺兰山缺……

砦司令感慨无限:

"是喽,靖康耻犹未雪呢,战区长官部就不想雪喽!他们不思报国仇,雪国耻,偏要挑起内战,唉——"

砦司令一声长叹,颇有点壮怀激烈的意思。

孙忠孝想,砦司令看来真的不想打这一仗,砦司令抗日的决心大可怀疑,可在这种腹背受敌的情况下,求稳求静的心情应该是真实的。

窗外的闷雷还在响:

……待从头,收拾旧山河,朝天阙,朝天阙。

砦司令却说:

"能不能把地方自治搞下去,能不能从头收拾广清八县的旧河山,可就看咱们的力量和决心喽!来,为打胜这一仗,也为把厚望寄予我们的广清四十二万民众,干!"

砦司令双手高高举起酒,近乎庄严地缓缓饮下。

窗外的军歌声又从头开始,隆隆响起:

怒发冲冠,凭栏处,潇潇雨歇……

十一

和政府区接壤的裂河、白川两县,正常驻扎两个旅。驻裂河的是自卫军第一旅,驻白川的是自卫军第二旅。一旅下辖七个团,二旅下辖六个团。白川东北的季县还有个第三旅,辖四个团,并节制直属自卫军总部的五个守备团。整个南部地区共计摆着二十二个团,逾五万人马,从防守的角度讲,是十分严密的。莫说国军很难突破由卸甲峡等八个山口构成的天然屏障入山,就是入了山也极难推开南部三县自卫军的阻隔部队,北进广仁。而自卫军方面一开战端,既可依仗八个山口的有利地形,拒敌于山外,也可纵敌深入,而后,切断后路,围而歼之。四年前孙忠孝坐镇南部防区的时候,就曾诱敌入瓮,一举吃掉国军一个整编团,连团长也活捉了。

然而,此次开战和四年前大不相同,四年前是因双奶山局部摩擦引起战火,攻守双方都有充分的准备,加之国府方面面临日伪和共产党的压力,不愿扩大事态,孙忠孝才有可能把国军的那个团放进来打,打掉也就打掉了。这一回却不妙,其一,国府、国军搞突然袭击,有充分准备,自卫军方面基本无思想准备;其二,此次开战的规模很大,从裂河到白川坎子山口,几乎是全线开战。一接火,国军方面就投入了三十七师十二个团和五二三旅的四个团。其二,主攻的国军部队全换了美式装备,人手一支卡宾枪,杀伤力大,惊得前沿的弟兄直叫,说是狗日的一人端着挺小机枪打冲锋。进攻的枪声一响,砻振甲马上明白了,他唯一的选择只能是加强防守,拒敌于山外。

幸亏远在广仁的父亲料事如神,开战前三小时打了电话给他,还把季县的五个守备团拨给了他。否则,不但裂河至卸甲峡一线二十多里的平川地带守不住,只怕八个山口也得丢掉两三个。如此一来,他不但毁了父亲的事业,自己也要大丢其脸。

中午打响后,最初的战斗是惨烈的。仓促进入阵地的士兵们还没喘匀气,国军强大的炮火就压过来了。刚支好机枪,铺天盖地的国军士兵便拥了上来,卡宾枪的子弹乱飞乱撞。裂河至卸甲峡的一旅防线当即出现缺口,国军五二三独立旅之一部冲破防战,沿裂河边顺河公路攻到周庄,一个半小时推进了十一里地。维山、坎子山口险些失守,增援部队硬是用刺刀、手提轻机枪,才在最后一瞬守住了阵地。

下午三时之后,他看出了国军方面的作战意图。很显然,国军的进攻是有重点的,重点之一在西面的二十里平川地带,这一带易攻难守,一俟突破,可凭借顺河公路和另一条直达广仁县城的公路迅速北进。另一个重点不在维山必在坎子口,这两个山口的公路距顺河公路最近,从这两个山口入山,半日之内即可和裂河公路方向的左翼部队会合,一路进入广清中部地区。中部地区历来不驻重兵,且中部的奎山连绵二百余里,防不胜防,入侵之敌可直插广仁县城后,向射鹿北部地区推进,置北部地区孙忠孝的四旅、五旅于腹背受敌的死地。

他当机立断,迅速调整战线,把三个守备团调到了裂河平川地带,堵住了防线缺口,夺回了周庄,并将侵入之敌全部消灭。维山和坎子口的防守力量也加强了,除最早开上去的那个增援守备团外,又从两翼调了两个营上去。

六时以后,他打退了国军在坎子山口的又一次进攻,不但稳住了整个防线,手头还留有三个机动团,他认定,至少在父亲亲临白川以前,敌人是进不了山了。

事实证明,他这个副司令是当之无愧的,既不比当年被国民党杀了的副司令田家富差,也不比现在坐镇射鹿北线的副司令孙忠孝差。孙忠孝对付得了一股入侵之敌,未必能对付得了一场突然爆发的全面进攻。他不但不比孙忠孝、田家富他们差,甚至比他们强。即便有一天父亲不在了,这司令他照样能当,地方自治也照样能搞。

他早就有了继承父业的准备。父亲恍惚之中也透露过这层意思。

但,事事聪明过人的父亲,偏偏在这件事上犯糊涂,他老人家就没看清楚孙忠孝是自己儿子最有力的竞争对手。要为子继父业铺平道路,第一条就是干掉孙忠孝,或者夺掉孙忠孝手中的兵权。

他把这意思和父亲说过。

父亲当时就黑着脸训他:

"你懂个卵!带兵打仗,你不如孙副司令一半!人家在山外就当过旅长,带过兵!我搞掉他,能指望你给我守广清?能指望你对付池南蛟的匡汉正义军?再说,孙副司令的父亲是我的开蒙先生,孙副司令是我的同窗学友,又没啥过失,我凭啥搞人家?!别人把你老子想得那么坏,你他娘的也把老子想得这么坏么?!"

他被训蒙了,站在父亲的画像下,面对着父亲,大气都不敢喘。

父亲叹了口气又说:

"振甲,要记住,不论今个儿你老子当司令,还是明个儿你小子当司令,咱都不是为了砦氏一姓的荣辱,咱事事处处都得想着:咱是为民做主,为民请命,为民撑天!没有广清八县四十二万民众的拥戴,你这司令当不下去!地方自治也搞不下去!"

父亲的话,他想了好长时间,最终明白了父亲的一片苦心。不论对孙忠孝的态度如何,父亲未来只会把家底交给他。父亲现在是担心他毛太嫩,没能耐统帅十万自卫军,得不到四十二万民众的拥戴。他在短短三年内,因着马屁精武起敬的吹捧,从团长而旅长,而副司令,底下的人十有八九都是不服的。四旅长钱凤龙就私下讲过:像他这种鸟毛副司令,光四旅就能找出一个排。五旅长吴大雄也说,而且是公开说,小砦公可是比老砦公差远了,老砦公像小砦公那么大时,已率着众弟兄搞起了联庄自保,那威望高着哩!

他急需建立威望,可父亲偏有意无意地破坏他的努力,从不把他当个正经的将才用。早年南线悬乎,父亲把他从南线调开,让他去北线;后来匡汉正义军成立,北线危险,父亲又把他从北线调开,放到南线;把他显示才能的机会都剥夺了,双手捧着送给了孙忠孝。

他问父亲为什么。

父亲说,这是为他好。

他知道,骨子里是父亲对他不放心,不是担心他反叛,而是担心他求功心切,莽撞乱来,坏了自治大计。

这一回,情况不同了,在敌人的全线突袭面前,他镇定指挥,稳住了阵脚,打得好,父亲恐怕没话说了吧!他若是在南线一战成名,也就不怕手下的旅团长们不服帖了。

这一仗对他至关重要,他无论如何也要打好,如果可能,那就不仅仅是守住的问题,最好是能发动一场反攻,把战火烧到政府区去,并在战争结束的时候再吃进一两个县的地盘。

火辣辣的念头烧得他晕晕糊糊。吃了晚饭,他便把身边的姜副参谋长和二旅旅长王大胡子并一帮参谋人员召到了白川县城的南线司令部,商讨在拂晓前发动反攻的可能性……

这大约是夜晚十时左右的事。

十二

十一时前后,做司令的父亲亲率六旅赶到白川。和父亲同来的还有孙忠孝和四旅长钱凤龙。砦振甲大为惊异,闹不清父亲为什么把北线的孙忠孝、钱凤龙调来。父亲在电话里没提过要带他们来。就是一个半小时前,和在途中的父亲通最后一次电话时,父亲也没说过这事。

砦振甲有了些不安。

做司令的父亲并没有注意他的不安,一坐下就让他报告情况。他当即报告了,又把自己准备在拂晓前组织反攻的计划向父亲说了,还没说完,父亲一挥手把他的话头打断了:

"好了,现在的问题不是反攻,而是守住!拂晓以后,国军方面的攻击力量可能还要加强,没准三十八师也会加入进来。这么一来,我们面对的就将是两师一旅二十余个团!"

父亲把头扭过去,对孙忠孝道:

"二老弟,这一仗打大了,没准明天就是决定我们命运的日子。对目前从裂河西岸到双奶山的整个防线都还要调整一下!"

孙忠孝道:

"对,六旅的七个团,至少要拨三个团到裂河,以便情况变化时,作为预备队送上去。"

他插上去对父亲道:

"眼下白川还留有三个机动团!"

父亲看了他一眼,说了声:

"就今天的情况来说,你手头至少还得有三个团!否则哪个地方出了大缺口,你哭都来不及!"

他不满地看了父亲一眼：

"其实今天打得很好！裂河出现缺口不到几个小时，就补上了……"

父亲又很不客气地打断了他的话：

"甭表功了！你打了一天，我这心也替你悬了一天！好在你打下来了，还给我留了三个机动团，也算难为你了！现在，你啥也甭说了，马上打电话给一旅长章奎，让他火速赶来，和你同去射鹿！章奎任四旅长，你负责射鹿一线的防务！"

"那……那这南线？"

"南线有我和孙副司令！我就坐镇白川，孙副司令马上去裂河！"

"可……可我打得很好！"

父亲火了：

"好个卵！刚刚稳住阵脚，敌情不明就要反攻，不是我和孙副司令及时赶来，只怕这一盘棋就毁在你小子手上了！"

他需要这面前的战争，这是树立他的威望的大好机会！他不能轻易放过，更不能把这机会让给孙忠孝，哪怕激怒父亲，他也得再争一争：

"反攻的计划并未确定，我们只是在商讨有无可能性！再说，现在您又到了，我……我更能打好！孙副司令对现今的南线不熟，不……不如还是他回射鹿，我去裂河……"

孙忠孝说：

"如果这样，我回射鹿也好！"

父亲真的被激怒了，挥起手要打他的耳光，可手举到半空中又落下了。父亲显然还没完全丧失理智，还算顾及到了他这个副司令的面子。

然而，父亲的话却是极严厉的：

"砣振甲，我提醒你一下：这不是在广仁家里，这是在自卫军的司令部！是老子在下命令，违令者一律军法从事！"

完了，再对抗下去，父亲没准真会让鲁保田的手枪队把他押起来。

他头一垂，没精打采地应了声：

"是！"

父亲的口气这才缓和了,把刚才的话又重复了一遍:

"快去打电话吧,告诉一旅长,他的缺由四旅长钱凤龙顶,待和钱旅长交代清楚了,马上到这里来,和你一起连夜去射鹿!"

"是!"

父亲又对钱凤龙说:

"钱旅长,你马上去裂河一旅旅部,对防线作些必要调整,要准备打大仗,打恶仗,拂晓前孙副司令也会赶到!"

"是!"

钱凤龙对父亲敬了个礼,扫了他和孙忠孝一眼,带着自己的卫兵出去了。

他去摇电话时,父亲又在安排别的事情,他听到了父亲对孙忠孝说:

"二老弟,说实话,这一仗真让我悬心,我们要打,可也得设法停。这样打下去,对双方都没有好处,且他们的突袭已经失败,谈判的希望也不能说没有!"

孙忠孝说:

"谈判是有可能的,即便战区长官部不干,我们也可通过重庆压他们干。"

父亲道:

"这一层我早想到了,上午十一时许,战端未开,我即令刘副官长给重庆发了特急电报,但迄今无回音,我怀疑重庆是知道战区长官部进攻计划的。"

孙忠孝说:

"管他知道不知道,再发封电报看看吧!"

父亲点了点头,沉默了一会儿,突然问:

"二老弟,你说重庆最怕咱干什么?"

孙忠孝愣了一下:

"这还用问吗?他们最怕咱投日!"

"好!他们怕什么,咱就给他们来点什么!"

父亲把副官长刘景瑞叫到面前,开始口述电文:

"渝委员长蒋,总长何:战端既开,职不得不率属违心应战,以图自保。然职等对委座、总座并中央之忠诚,决无改变,相信此间误会自会澄清。时下职所顾忌者:相当弟兄不察职之苦心,策划附逆,并公开称云:'中央负我,我何不亦负中央?!'职虽多方劝解,并立毙数人,此等言论仍甚嚣尘上,附逆之大祸仍悬以眉睫。故职再次恳请中央速令停战,以保全此间抗日大局。广清自卫军司令砦魁元叩。"

这电文简直无可挑剔,他不能不佩服父亲的智谋。父亲一边指挥着自己的自卫军打国军,一边又口口声声忠于中央。父亲既把投敌的威胁表达得很清楚,又把自己巧妙地隐藏了起来。

然而,父亲显然只是威胁而已,投敌当汉奸的事,他不会干的,口述完电文,父亲就很明确地对他说:

"振甲,你尽快给我回射鹿,那边我也放心不下!咱这地盘不能放国军进来,更不能放日本人进来,谁敢做吴三桂引狼入室,给老子戴上汉奸的帽子,老子就灭他九族!"

他浑身一震,不由得想到,父亲在这种危急关头把他从南线调往北线,或许正是对他最大的信任。父亲不会不知道常驻射鹿的孙忠孝和日伪军打得火热,也不能不担心孙忠孝在这时候易帜投敌。

他突然对父亲肃然起敬了,和父亲比起来,他还差得远。

他笔直一个立正,毕恭毕敬地对父亲应了声:

"是!"

是夜三时十五分,他和刚刚赶到白川的一旅长章奎并十余个随从,十万火急赶赴射鹿。

十三

这夜二时左右,应北川被一阵急促的马蹄声惊醒了。他摸黑披上衣服,撩开卧室的窗帘向专署大院看了一眼,立即发现院门大开着,七八个穿自卫军军装的人在院内下了马。他本能地觉着要出事,当即推醒了太太,自己也手忙脚乱地穿衣服。

穿衣服的时候就想,这些家伙十有八九是砦司令派来杀他的,现在,砦司令和国府、国军拼上了,他这个代表国府的专员毫无用处了,砦司令杀他正在情理之中。

他不想死。衣服的扣子还没扣完,就摸到床头柜找枪。郑灵宝刚来时,送了把撸子给他,砦司令也送了把勃朗宁给他,那是广清农机厂仿造的,样子很好看,枪把两面还镶了银。他不喜欢玩枪,也不会玩枪,两把枪收下来后,从没上过身。一把摆在对面办公室的桌子里,另一把他记得是摆在了卧室的床头柜里。

翻了半天竟未翻到,他急出了一身汗。

太太问:

"你……你找什么?"

"枪……枪……撸子……"

太太说:

"在……在衣柜……柜里!"

他忙又摸到衣柜前,拉开柜门,把两只哆嗦的手同时插了进去,折腾了半天,才把枪摸到了。摸到手方知道,不是撸子,是勃朗宁。

不管是什么,反正他有枪了,这就好。

他笨拙地打开保险,手攥枪把,把食指搭在扳机上试了试,又窜到窗前,小心翼翼地把窗帘撩开了一角。

外面一片惨白的月光,人和马都披着月光动个不停。有匹马在用蹄子刨地,还有匹马引颈嘶鸣。它们身边的人有的在往院中的树上拴马,有的扛着什么东西在往郑灵宝的办公室走,似乎没有谁注意他的卧室。

一场虚惊。

他长长嘘了口气,把枪往衣袋里一放,回到床边,对太太说了声:

"没事,睡吧!"

太太睡下了。

他也想再睡下,可一琢磨又觉着不妥:这些半夜三更骑马携枪到专署大院来的人准要干点什么,不是算计他,必然是算计郑灵宝。没准砦司令知道了郑灵宝昨夜的暗杀阴谋,今夜派人来和郑灵宝算账了。如果是这样,那么,他们干掉郑灵宝,一定会掉过头来干他。他知道郑灵宝的阴谋,却没把阴谋献给砦司令,砦司令十有八九会把他也疑进去。

又是一惊,忙不迭地再把太太叫起来:

"还……还是别睡!我……我看这里面有问题。"

太太骂他神经病,他不恼,立逼着太太穿好衣服躲到床底下去。

安置好了太太,他壮着胆子出门了,打定主意只要一听到郑灵宝办公室响起枪声,就从院子的后门开溜。只要没人用枪逼着他,他决不用枪去吓唬任何人。至于太太,他相信床底还是安全的。这些家伙不一定会到床下找,就是找了,也不至于向一个妇道人家下手。

在满是月光的院子里走了没几步,就发现了郑灵宝的身影。郑灵宝正站在自己办公室门口,招呼那些自卫军们进去,郑灵宝也穿着自卫军军装。

他大感不解了,这是演的哪出戏?莫不是这些自卫军都是郑灵宝昨夜暗杀队的人么?他们深更半夜来干什么?杀砦司令么?砦司令既不在清河,也不在广仁,砦司令肯定在白川前线。

他相信郑灵宝不会是要杀他。郑灵宝若是想杀他,在过去的任何时候都能杀。他没有砦司令那么严密的保安措施,又不会舞枪弄棍,郑灵宝一个人也把他对付了,用不着半夜三更招呼这么多人来。

后来,他对人说,在那叫人提心吊胆的夜里,他最后做出的判断是:郑灵宝背着他在执行国府方面的什么秘密指令。

他得弄清楚这是什么指令,会不会危及他的身家性命。

待那些不速之客都进了郑灵宝的办公室,他顺着墙根摸到了办公室的窗下,清楚地听到了郑灵宝和手下人的对话。

先是郑灵宝说:

"昨夜我们虽没有在牛头峡口干掉老砦,但也没暴露,咱们的专员还没把咱们卖掉。不过,由于我们的无能,战区长官部拟定的解决广清问题的计划碰到了大麻烦!老砦活着,指挥系统运转自如,对国军的裂河、白川作战大为不利。"

一个不满的声音响了起来:

"这怪不了我们!谁知道老砦昨夜的车会坏掉!"

"是呀,如果老砦昨夜的车进了牛头峡,就是带上十个、八个卫兵也不能活着回来……"

"好了!甭说了!不论什么原因,没按计划干掉老砦就是我们的失职,首先是我郑某人失职,愧对党国!"

又有人插上来:

"也不能这么说,郑督察,这叫命,老狗日的命不该绝,与郑督察您有何关系……"

郑灵宝打断了那人的话:

"不说这些了,现在国军将士正在裂河、白川前线拼命流血,为配合他们作战,粉碎老砦的指挥系统,我们要当机立断,毁掉广仁、清河和季县的三座电话总机站,切断砦魁元和八县各部的联系……"

果然是个大阴谋。

如果郑灵宝这一手真的干成了,砦司令这一仗很可能要败。广清八县南北三百多里,东西四百多里,靠传令兵传令岂不误事!当初砦司令大概就是基于军事上的考虑,才不惜重金置建了三个机站,安了二百多门电话。

老问题又来了：如果砦司令败了，国军进山，司令长官可真要和他算总账了，不说挨枪毙，至少得进大牢。

砦司令的利益和他是一致的，昨夜一致，今夜依然一致。

他马上想到打电话给广仁自卫军总部，让总部通知各机站加强防卫，电话就在他办公室里。他的办公室和郑灵宝的办公室隔两个门，只要疾走几步就能冲到门前。他没敢冲，猫着腰挪了几步，手碰到台阶了，才直起身子上了台阶，移到门前。

掏钥匙开门时，因为心慌，钥匙掉到了洋灰地上，发出了一声似乎惊天动地的响声。他一惊，僵尸般地挺了半天，才小心地将钥匙拾起来，打开了门上的挂锁。

推开门，他闪身进了屋。屋子的门窗都没有窗帘，月光白布单似的一块块铺在红漆地板上，亮亮的。他没费什么劲就走到自己的办公桌前，摸到了电话。

然而，就在他摸起电话时，门外响起了脚步声。他一紧张，没想到放下电话逃命，而是按着电话摇了起来，并在电话摇通之后，说了声：

"我……我是清河专……专署……"

几个人凶猛地拥到他面前，他没来得及掏枪，就被几双大手牢牢按倒在办公桌的桌面上，眨眼间挨了两刀。他想叫，可嘴却被牢牢捂住了……

失去知觉前，他看到的最后景物是一条束在自卫军军装上的铜头皮带，皮带上溅着他的血，那一滴滴血在月光的照耀下像许多亮亮的萤火虫。

他由此昏睡了四天，醒来时，整个事变已经结束。

十四

经过近九个小时急驰,次日上午十时许,砦振甲一行策马跃入广仁县城,抵达自卫军总部。总部空空荡荡,只有一个值班副官歪戴着帽子擦枪,几乎感觉不到什么战争气氛。

砦振甲很火,一马鞭抽掉了副官头上的帽子,厉声问:

"武起敬呢?这里的人呢?都他妈的死绝了吗?"

副官吓得抖抖呵呵:

"报……报告砦副司令,武……武参谋长在……在电……电话机房,其……其他人不……不知道。"

砦振甲用马鞭向门外一指:

"马上把武参谋长找来见我!"

"是!是!"

副官连连应着退出了门。

又累又渴,砦振甲倒了杯水,"咕嘟、咕嘟"灌下了肚,抹去嘴边的水珠子对和自己同行的章奎说:

"这些狗操的都该枪毙!现刻儿南线不知打成了什么样子,他们在后方倒这么自在!"

章奎疑疑惑惑地说:

"该……该不会出什么事吧!武起敬不是大大咧咧的人,他这种时候不在总部呆着,跑到电话机房,怕是……"

砦振甲当时根本没想到电话机房会挨炸,章奎提到电话机房,他也没往心里放。他以为武起敬在电话机房守着,只是为了更快地传达和发布命令。

不料,没一会工夫,那副官带着武起敬匆匆赶来了。武起敬胳膊上缠着绷带,满头满脸的汗水,一见他就带着哭腔喊:

"振甲,我……我愧对砦公哇!我这老营没……没守好哇!"

他一惊:

"出了什么事?"

武起敬沮丧地道:

"咱……咱广仁和清河的两座电话机房都被炸了!清河是夜里四点多钟被炸的,广仁这里是快六点时被炸的……"

他眼前一黑,只觉着天昏地暗。

"出……出事之后,我……我马上布置人搜捕嫌疑分子,又亲……亲赴这里的机房组织抢修……"

他懵懵懂懂问了句:

"还能修好吗?"

武起敬摇摇头:

"只……只怕修不好了,整……整座机房都炸散了!"

他极力镇定了一下情绪,愣了好半天,才又问:

"这么说,我们已无法和白川、裂河进行电话联系了?"

"是……是的!"

"你最后一次和白川、裂河通电话是什么时候?那边的战况如何?"

武起敬想了一下:

"大概是夜里五点左右,砦公打电话询问预备军的召集情况,并令我迅速把广清农机厂库存的枪弹发给预备军,使其切实担负起后方守备任务。砦公的意思大约是想把原拟放在奎山的七旅拉到季县去……"

他烦躁地打断了武起敬的话:

"我问那边的战况如何?"

"那……那边?那边不……不太清楚!当……当时只五点多钟,想必还没有什么大动作吧?!后来就不知道了。"

这让他焦心。看看表,已经快十一时了,他估计裂河和白川都不会平静的,国军的三十七师和五二三旅已压住了那儿,没准三十八师也会压上去,如此一来,战斗将比昨日还要惨烈。当然,也有另一种可能:昨夜父亲口述的电报起了作用,重庆下令停战了,——只是这种可能性极小。父亲骗重庆,重庆也会骗父亲,他们彼此都不会互相信任,因此,唯一解决问题的途径只能是战争!

由南线的战争,想到了北线的战争。北线也不会平平安安的,日本少将清水和匡汉正义军的池南蛟不是省油的灯,他们的许诺也好,义气也好,在实际的利益面前都一钱不值。只要能得到好处,他们决不会吝惜士兵的生命和手中的枪弹。

当即把自己的疑问提了出来:

"武参谋长,你估计炸电话机房的事是什么人干的?"

武起敬说:

"迄至现在为止,尚未抓到活口,出事时,打死了一个,穿的是自卫军服装。"

他问:

"会不会是池南蛟派过来的人?"

武起敬想了想:

"有可能!"

正说着,外面隐隐响起了飞机马达的轰鸣声,一个卫兵跑进来报告,说是飞机飞得很低,能看清机身上的太阳旗。

"日本人的飞机!"

他脱口叫道。

"看来北线出问题了!"

武起敬也说。

他马上意识到了自己的责任,再也顾不得什么电话机房了,匆匆和武起敬打了个招呼,冲出门就要上马。

武起敬追到门外喊:

"振甲,此去务望小心!四旅、五旅和孙忠孝的关系非同一般……"

他骑在马上勒住缰绳：

"知道！我们马上去北线司令部，有我们两人压在那里，谅他们不敢生事！"

武起敬又道：

"北面的情况一定要及时告诉我，我派人转告砦公，以便决断！"

他回转身点了点头：

"好！裂河、白川的战况也随时向我通报！"

说罢，他最后向武起敬挥了挥手，率着同来的一行人又纵马驰出了总部大院。

这大约是中午十一时四十分。

二时十五分，在落马寨喝水吃饭时，再次看到了日军飞机，共三架，由北向南飞。

三时二十分，过射鹿、内山县境哨卡时，第三次看到了日军飞机，只一架，飞得很低，几乎是从他们头顶一掠而过。

四时四十分，赶到射鹿县城时，他意外地在堂堂自卫军北线司令部里看到了匪汉正义军司令池南蛟和他的副官。身为自卫军五旅旅长的吴天雄正低头哈腰给池南蛟点烟，吴天雄自己嘴上也噙了一根。

他勃然大怒，拔出佩枪，对着吴天雄的后背就是一梭子，不料，握枪的手被吴天雄的卫兵们抓住了，枪口举到了半空中，没打着吴天雄，倒把房顶打出了几个洞。

池南蛟似乎早就料到他会来这一手，听到枪响并不吃惊，慢吞吞地挺着大肚皮站起来，走到他身边道：

"砦副司令，不要发火嘛！大老远地从裂河火线上跑来，又乏又累，再发这么大的火，可是要伤身子的哟！"

他根本不理池南蛟，只对着吴天雄喊：

"吴旅长，你他妈的反了？司令在南线拼命，你在北线竟敢公开通敌！"

吴天雄根本不买账，叉着腰破口大骂：

"谁他妈通敌？谁是敌？我日你祖宗十八代,老子跟你老子拉民团的时候,你狗日的还在玩鸡巴哩！现在轮到你教训老子了?!"

他气得直咬牙：

"老子是副司令！"

吴天雄轻蔑地道：

"你那副司令老子摸摸腿裆也能摸出一大把！"

他吼道：

"迟早老子得毙了你！"

池南蛟倒充起了和事佬：

"算啦！算啦！何必呢？大敌当前,咱们还是合计一下退敌之策吧！你也骂了他,他也骂了你,谁也没骂着谁,一阵风吹走了,两清啦,咱现在谈正事吧！"

他眼一瞪,敏感地反问：

"你是匡汉正义军的司令,我是自卫军的司令,我们有什么谈头？"

池南蛟笑呵呵地道：

"不能这样讲嘛！我池某是匡汉正义军的司令,也还是中国人嘛,中国人自然不想打中国人喽！清水旅团长让我打,战区长官部的李司令让我打,我都不能打嘛！所以我就亲自到你们这儿来了嘛！想和你们商量嘛！砦副司令,你可甭狗咬吕洞宾不识好人心哟！"

他被池南蛟的这番话搞愣了,沉默了好一会儿,才迟疑不决地问：

"这么说池司令是不愿趁人之危喽？"

"当然！当然！砦公、孙副司令和我都有交情嘛！我池某人是身在曹营心在汉嘛！咋会做这种缺德事呢?！可日本人和李司令都逼我呀,我他妈没办法呀！"

池南蛟再次提到了战区长官部李司令,这才引起了他的警觉：

"池司令和国军李司令也有联系么？"

池南蛟大大咧咧地道：

"有！当然有了！我说了,我池某人是身在曹营心在汉嘛！李司令往日在新四十七军时又是我的上峰长官,我能不听招呼么?!"

他大为震惊,当即想到:这场战争是蓄谋已久的,擅搞阴谋的父亲,被一个更大的阴谋吞噬了。

果然,池南蛟又说了:

"三十七师、三十八师他们从南往北打,李司令呢,叫我从北往南打。我不能说不打呀,我对李司令说,我打,打!打到奎山跟前和国军汇合,也他妈编成国军,算是反正啦!"

他勉力镇定下来,不咸不淡地说了句:

"只怕从射鹿到奎山这一路不太好走吧?"

池南蛟似乎没听出话中的含义,连连道:

"是的!是的!不太好走!走大路至少得两天,当然,骑马的先头部队可以快一些……"

他厉声打断池南蛟的话:

"我是说,射鹿一线压着我自卫军四个旅,二十三个团,你得推开我两万多官兵的尸体才能踏进射鹿地界!"

池南蛟一笑:

"砦副司令,不就是两个旅十一个团么?哪来的四个旅二十三个团呀?啊!莫不是你老弟会变戏法,又从口袋里变出了两个旅十二个团来?笑话嘛!不坦诚嘛!我池某为人处世就讲究个坦诚!不坦诚何以共事呢?"

他的脸一下子红了,一时无言以对。

池南蛟又说:

"我池某今儿个就很坦诚,有啥说啥!刚才只说了李司令,还没说日本人。日本人也要我打哩!清水将军昨黑儿召我到皇军司令部开了会,要我最迟在明天拂晓打进射鹿。皇军在空中助战,还派一个联队殿后。我们二师的丁师长说,皇军只出一个联队太少。我说,滚你妈的球嘛,皇军帮咱打仗打得还少么?咱怎么好意思再拖累皇军呢?!皇军有皇军的事嘛!我向清水太君打了包票,保证一定赶在国军前面攻过奎山。"

他真糊涂了,实在弄不清池南蛟的真实面目,这位司令究竟是在搞曲线救国,还是在当汉奸?

"我对清水太君说,我只要皇军出几架飞机,在天上助助威,地面上不要皇军出一兵一卒,准保三天结束战事,请太君到广仁城吃山珍!太君高兴了,说:好啊,这一仗就交给你们匡汉正义军打了……"

不论池南蛟骨子里是什么东西,这一仗他想必是非打不可的,他打进射鹿既是执行了国军李司令的命令,又是执行了日本人的命令。

池南蛟偏说这是为自卫军着想:

"砦副司令呀,我这样做可全是为了你们啊!我为什么要打呢?不打不行嘛!不打日本人饶不了我,李司令也饶不了我,既然已闹到这种非打不可的地步了,我打还是比日本人打、和平建国军打强么!我和砦公,和孙副司令有交情,能真打么?不能真打的!真打了,一伤感情,二坏义气,三来也是两败俱伤嘛!我的人马打光了,日本人、李司令都不会把我当爷看了,你们的人马打光了,地方自治就没法搞了,是不是这个道理?"

他不冷不热搭了句:

"池司令不算傻嘛!"

池南蛟两只大手一拍:

"哪里话,和砦公比起来,我可是差老鼻子喽!二十八年秋里,我第一次拜会砦公时就和砦公说……"

他没心思和池南蛟胡扯,没等池南蛟说完便道:

"池司令,你的意思我还没听明白,你一会儿要打,一会儿又不打,究竟是打,还是不打?"

池南蛟急了:

"哎呀呀,怎么还没听明白?!当然是和平解决喽!当然不打喽!老弟你网开一面放我进来,这一仗咱不打就赢喽!"

他惊讶地问:

"赢谁?"

池南蛟仰面大笑:

"咱想赢谁就赢谁——哦！不！不！谁赢咱们都赢嘛！重庆方面的国军赢了，咱们就是曲线救国加反正；日本人赢了，咱是服从命令，进行大东亚圣战……"

"那么，若是自卫军赢了呢？"

池南蛟脚一顿：

"那不更好么？咱拥护砦司令嘛，从北线开到南线就是武装拥护嘛！你还甭说，砦公搞的那地方自治还就是有点意思！只要他日后给我个副司令当，我他妈准保既有能耐对付日本人，又有能耐对付李司令……"

简直是混蛋一个！

他强压住心头的怒气，阴森森地道：

"如果我要打呢？"

池南蛟自信地道：

"你怎么要打呢？你根本不要打嘛！打有什么好处？两败俱伤不说了，广清八县民众也要遭殃嘛！再说，只要一打，地方自治日后也搞不起来了嘛！我和清水太君讲过了，如果你们这次和我们合作，战事完结后只要换一面汪主席的旗，地方自治还可以搞嘛……"

他再也控制不住自己了，拔出枪对着池南蛟的鼻子大吼：

"放屁！你姓池的愿意当汉奸，老子不愿意！来人啊！给我把姓池的抓起来！"

却不料，吴天雄手下的卫兵们没去抓池南蛟，倒是把他和章奎扭住了。他直到这时才发现，他带来的卫兵已没有一个了。

池南蛟笑了：

"我说你不要打，你就是不要打嘛！我和吴旅长他们已经谈妥了嘛！就是刚才说的那些条件，他们答应了嘛！"

他挣扎着喊：

"弟兄们不会听你们的！"

吴天雄讥笑道：

"弟兄们不听我和池司令的，可听砦司令的！我说砦司令要五旅去裂河,他们谁敢违抗?!"

池南蛟也得意地道：

"吴老弟呀,砦公是不是还说啦,我池某人的队伍入境是帮他打国军的？我们是友军？"

吴天雄道：

"说了!"

池南蛟手一摊：

"看看,你晚来一步,事情就这么定下来了！说起来真是有点对不起你老弟喽!"

他这才意识到他全完了,眼睁睁地跳进了池南蛟和吴天雄共同设下的陷阱,而为他往陷阱跟前铺路的不是别人,正是他聪明一世糊涂一时的父亲,如果父亲没把自卫军调理得只听他一人的话,这场事变的历史或许要改写。现在却晚了,未来的历史在他落入陷阱的同时,已不可更改地写完了。

是日晚六时,射鹿北线未放一枪一弹全部沦入敌手,伪匡汉正义军三个师三万余人相继越过防线,以自卫军第五旅为前锋迅速南下……

十五

砦司令似乎已预感到背后出了问题,电话联系中断后,马上派了三拨人分头去广仁、清河、射鹿,可直到次日下午,三拨人无一拨回头。倒是武起敬派过来的一个参谋当天下午赶到了,在坎子山口报告了电话机房被炸的事。砦司令当即失了态,指名道姓大骂武起敬,什么脏话都骂了,那当儿,如果武起敬在面前的话,砦司令没准会把他毙了。

刘景瑞当时站在砦司令身边,亲眼目睹了砦司令的疯狂。砦司令怒不可遏地打那报信参谋的耳光,还踢翻了指挥所里的空弹药箱,在跌到地下的电话机上狠狠踹了一脚。

他小心地建议砦司令回广仁看看。

砦司令心烦意乱,皱着眉头直叨唠:

"回去有什么用?有什么用?一切都晚了,天要我败,我就胜不了哇!"

后来,砦司令还是决定回广仁。预感到要失败了,砦司令还想勉力挣一挣。砦司令那工夫还没料到匡汉正义军的三个师已越过北线,一路南侵。

半个小时后,国军主攻部队发起了日落前的最后一次攻击,重炮猛轰坎子山口两侧自卫军阵地。一颗炮弹落到指挥所门前,炸毁了指挥所。二旅长重伤,两个卫兵送命,砦司令也被倒塌下来的大石头压伤了,左侧肋骨断了几根。刘景瑞算万幸,炮弹落下时就在砦司令身边竟然一点没伤着。

其时,被摧毁了的指挥所里烟尘滚滚,混乱不堪。死的已经死了,活着的自顾逃命,一时竟没有谁想到砦司令。这时候,刘景瑞是完全有可能,也有机会干掉砦司令的。他根本不需要用枪,只要抱起一块石头在砦司令的脑袋上一击,他和孙忠孝们谋划过无数次的暗杀就成功了,这场战争也就有了提前结束的希望。

他偏没这么干,偏被那颗炸弹炸昏了头,爬起来后,听到砦司令的呻吟声,迷迷瞪瞪摸到砦司令身边,掀下了压在砦司令身上的石头、圆木,把砦司令背出了指挥所。背出指挥所,才想起自己本该干的事,可已经晚了,二旅副旅长梁大龙一帮人已冲了过来,砦司令惨笑着再次向他发号施令了:

"刘……刘副……副官长,快……快去找……找医官!"

那惨状不知咋的竟使他受了感动,他忙不迭地找来医官,又找来担架,把砦司令一路护送到白川南线司令部。

砦司令一直未昏迷。医官说,砦司令没有生命危险,因为穿的衣服多,估计内伤不会太重,砦司令自己感觉也不错,到了白川司令部,还坚持要到广仁去,医官没同意,说是砦司令岁数大了,又断了几根肋骨,宜静不宜动。

砦司令这才取消了去广仁的计划。

砦司令没去广仁,却也没有闲着,一面令手枪队队长鲁保田沿途派人组成传令线,沟通和广仁、射鹿的联系;一面躺在床上坚持指挥南线战场的战斗,第二天一天又打退了国军两次猛烈进攻。

如果北线不出问题,匡汉正义军的三个师没从北线压过来,南线守上十天半月大概不成问题,砦司令依然会在伤愈之后神气活现地当他的司令。

北线偏偏敞开了,砦司令受伤后的第二天傍晚,北线五旅旅长吴天雄骑着赤兔马,带着两个卫兵到了白川。

见到吴天雄,不但砦司令大为震惊,刘景瑞也吃了一惊。他无法想象在没有孙忠孝、钱凤龙参与的情况下,吴天雄怎么完成一场兵变。

他问吴天雄是怎么回事。

吴天雄说:

"你别管,快带我去见老砦!"

他又问:

"你们的事,孙副司令知道么?"

吴天雄摇了摇头。

"那么,是不是小砦……"

吴天雄急了:

"嘿!我的副官长老弟,以后我再慢慢和你说,现在,你快带我去见老砦!"

他只好把吴天雄带到了砦司令面前。

砦司令傻了眼,和吴天雄一照面,立即坐了起来,一连声地问:

"吴……吴旅长,你……你咋跑到这儿来了?北……北线的情况怎么样?振……振甲副司令到北线没有?"

吴天雄说:

"北线的情况很好!振甲副司令也很好!"

砦司令不信,眼睛瞪得像灯笼:

"既……既然很好,你跑到这儿来干……干啥?"

吴天雄道:

"增援司令哇!我带着五旅来了!匡汉正义军的三个师也来了,眼下都在季县!"

砦司令惊呆了:

"什么?匡汉正义军三个师都……都到了季县?你……你们怎么放他们进来的?"

"人家帮咱打仗嘛!"

砦司令忘了伤痛,狠狠拍着床边的桌子大喊:

"混账!你们这……这是通敌!老子说过,谁……谁敢通敌,老子灭他九族!"

吴天雄大概有些害怕了,吞吞吐吐地道:

"这……这不关我的事!这是振甲副司令和……和池南蛟谈妥的。"

砦司令气得嘴发青,脸苍白,憋了半天才恨恨地道:

"这……这个孽子!"

吴天雄稍稍松了口气:

"我……我也对振甲副司令说……说过:这么大的事,咱总得问问司令吧!振甲副司令说,电话不通了,派人跑来不及,他就替司令您当……当这个家了!不过,话又说回来,这……这也怪不得振甲副司令,人家一下子开过来三个师,咱……咱硬挡也挡不住……"

"放屁!奎……奎山还有第七旅!武……武参谋长那里还……还有数万预备军!"

"是……是的!是的!"

"那为什么不打呢?守……守住两三……三天,七旅和预……预备军都可以开上去!"

吴天雄怯怯地瞥了砦司令一眼:

"振……振甲副司令说:还……还是不打好!说……说池南蛟给……给咱帮忙是……是真心的……"

砦司令切齿骂道:

"池南蛟的真心只……只能喂狗!他的爹是……是日本人,不……不是我砦魁元!"

吴天雄道:

"司令,怕……不能说得这么绝……绝吧?池南蛟很……很服帖司……司令您呢!他……他说,只要这一仗打……打好了,他也甩了狗日的日本人,过……过来和司令您一起搞……搞地方自治!"

砦司令一怔:

"哦?"

吴天雄赶忙又添了一句:

"这话池南蛟也当面和我说过的!"

砦司令想了一下:

"这……这么说,他和他的匡汉正义军愿……愿意听我指挥喽!"

事 变//277

"是的!"

"他现在何……何处?"

"在季县!"

"振甲呢?"

"也在季县!"

砦司令手一挥,果决地道:

"马上回去,带池……池南蛟和振甲来见……见我!"

"是!"

"匪汉军所属各……各部,在……在未接到我……我的命令前,一律在……在季县一带待……待命!"

"是!"

"快去办吧!"

"是!"

吴天雄走了。

吴天雄一走,砦司令马上气吁吁地交代他:

"刘……刘副官长,吴……吴天雄只要把池……池南蛟、砦振甲一……一带来,你……你立即给……给我把他们全押起来!"

他愣了,闹不清砦司令葫芦里装的什么药:

"这——"

"这什么?你……你只管执行!"

"是!"

"再……再给我周……周知各部,南线一切作战部队均归孙副司令统……统一指挥!"

"是!"

那晚,砦司令烦躁不安,一忽儿坐起来,一忽儿躺下去,入夜时分开始大口吐血。医官悄悄告诉他,砦司令是毒火攻心,只怕挺不下去了……

十六

往季县联保处办公室一坐,池南蛟马上意识到广清八县未来的历史要由他决定了。他拥护砦司令,国军这一仗就白打了,广清八县的地方自治就依然能搞下去。他拥护国军,来个反正,砦司令和他的地方自治便会一起完球,广清八县就理所当然地要重归民国版图。而他若是拥护日本人,为日本人进行大东亚圣战,广清八县就要易帜了。

拥护谁的问题是个大问题。他池南蛟只要一决定自己的拥护对象,实际上也就决定了一段历史,他不能不慎而再慎反复考虑。

他得负责任。

凭心而论,他率着弟兄一路南进时,首先想到的就是拥护国军李司令。李司令是他的老上峰,在新四十七军时对他很栽培。没有李司令,他不会在三年中从一个团长熬成师长,而若不是做了师长,不是有了人,有了枪,日本人也不会抬举他搞匡汉正义军。他今天决定历史的权力从某种意义上说是李司令给的,他不能做对不起李司令的事。何况国府、国军又是正统,他要想修成正果,也非得走反正这条路不可。

拥护国军的理由十分充足。

由国军李司令又想到了自卫军砦司令。砦司令这个人不咋的,可他那套地方自治的歪理不错。用歪理整治出的地盘也不错,他若是能架空砦司令,进而取代砦司令而司令,那就再好没有了。对国军方面来说,他也算反正了。他断定国军只要这一仗打败,便依然要承认地方自治,他便可以甩掉李司令和清水太君两个爷,自己当爷。自己想当爷,眼下就必须拥护砦司令保住地盘,而后,再在砦司令精疲力尽的时候,凭借手头的三个师和砦司令摊牌。

拥护砦司令的理由也很充分。

他又无论如何忘不了清水太君。太君并不值得他留恋,中国人的良心也不允许他留恋,可他还是不能不把清水挂在心上。此人之狡诈程度决不亚于战区长官部的那帮王八和砦魁元这个鳖蛋!清水萌生攻占广清的念头已非一日,何以今日大举南进之际,只把个匪汉军派了进来?他的鬼子兵干什么去了?还有和平建国军的四个师干什么去了?他们完全可以翻越老佛山,从东部切入广清地区。他不能不对这些问题视而不见,也不能不对清水保持相当的敬意和警惕。

拥护清水太君也不是没有理由的。

这就很使他为难了,三方的理由水火不相容,他为哪一方的理由而战,其结果都必然是,在决定人家命运的同时,也决定自己的命运。决定人家的命运尚且要慎重,决定自己的命运就更要慎重了。

他苦苦思索了一个下午,又闷头喝了一通酒,才慎重地拿起色子,对在场的众军官宣布了自己的主张:色子上的一点代表国军,二点代表自卫军,三点代表日本人,掷出哪面就拥护哪面。

掷出的结果是二点。

他决定拥护砦司令。

决定之后,具体的拥护方案马上出来了:立即派吴天雄向砦司令宣布自己的拥护,而后,电告国军李司令加强攻势,最大限度地消耗自卫军和国军的战斗力量,在自卫军和国军都打不下去的时候,把自己的队伍开上去。

吴天雄被派走了。

却不料,吴天雄走了不到两小时,清水太君派人来传达命令了。说是太君的皇军旅团和和平建国军的四个师已成功地绕过裂河口,插入国军后方,截住了国军的退路,南北夹击的态势业已形成,"清扫作战"应立即开始。

清水太君的联络官他是认识的,而且还很有些交情,他在他面前是什么话都能说的。

他问：

"何为'清扫作战'？"

联络官道：

"'清扫作战'就是春季作战，太君要一举吃掉国军和自卫军，从根本上结束这种三足鼎立的相持局面。"

他很吃惊：

"这么大的事，我……我咋一点不知道？"

联络官说：

"莫说你，就是我事先也一无所知哩！大太君保密哩！大太君利用国军和自卫军的相互猜疑，散布了一些假情报，挑起了内战，而后，把国军和自卫军一起捺到咱们的枪口下了。"

他这才明白过来，原来，这场军事事变的主动权既未操在国军手里，也未操在自卫军手里，而是操在日本人手里。国军只看到自卫军，没看到日本人；自卫军虽说警惕了日本人，却把重兵屯于南线，给了他们突破北线大举南下的机会。就是自卫军的四旅、五旅顶住打，北线还是要被突破的。国军和自卫军交战的枪声一响，他们同归于尽的命运实际上已被清水太君决定了。

太君实在厉害。

幸运的是，他池南蛟的脑袋不错，在决定历史的紧要关头挺冷静，对太君的韬略予以了充分的估价，现在改变拥护对象还来得及。

他不再迟疑，当即决定，参加太君的大东亚圣战，解除吴天雄旅的武装，把自己的三个师开进裂河、白川，迫降砦司令和他的自卫军，并亲自动手起草了给砦司令的迫降书……

十七

砦司令果真挺不住了,没看完池南蛟送来的迫降书就再次昏了过去,直到天将破晓才好歹醒过来。

醒来后,砦司令清楚地意识到了自己的末日,在无可奈何中变得出奇的淡泊。砦司令先凑着窗外微明的天光,把迫降书看完,继而,缓慢吃力地把迫降书撕了,天女散花般地洒了一地。

战争的胜负对砦司令来说无关紧要了,这场战争已不是砦司令要打的那场战争了。砦司令不再谈战争,眼望着窗外吐芽抽枝的柳树对副官长刘景瑞回首往事。

砦司令谈到了一副眼镜,那是他平生唯一戴过几天的一副眼镜,眼镜是麻脸旅长的。据砦司令说,民国十一年秋,戴眼镜的麻脸旅长带着千余号败兵窜到广清地面上来,把盒子炮和眼镜放在同一张桌上,和他讨价还价要粮饷。他和麻脸旅长有一搭没一搭地说着话,盯着那眼镜和盒子炮足足看了有十分钟。后来,没去拿盒子炮,却拿起眼镜,架到了自己的鼻子上。一戴上眼镜,世界变了样,景物仿佛都上了彩,变得清晰而真切。这给了他某种难以言传的神秘启示,促使他当夜在广仁耆绅会议上发表了一席关乎联庄自保的历史性讲话,从而开始了他地方自治的伟大事业。

砦司令说,他当时做过一个梦,梦见自己站在奎山的悬崖边上用鸟枪打太阳。太阳是惨红的,像被熊瞎子舔过的血淋淋的脸。醒来后他把这梦向自己的启蒙先生孙正才老先生说了,孙老先生判定他能成大器,其事业必将如新日东升。孙老先生说,那血淋淋的太阳是旧日夕阳,手持鸟枪站在悬崖边上的他则是将来的新日。其意蕴为"逐下旧日,代以新日,改朝换代,辟发新天"。

改朝换代果真一步步在广清实现了。他如一轮新日悬于天地间,照耀着广清八县方圆十二万平方里的山山水水。他的大幅画像挂到了各个机关学校,各个公共场合。他的圣名写进了《地方自治歌》里,四十二万他治下的民众几乎人人会唱,人人要唱。

然而,他忘记了他是站在悬崖上,身后是万丈深渊。二十余年前的那个喻示着改朝换代的梦,实际上也同时喻示了他的凶险,喻示了他今日的灭亡,他竟没想到。

扯着刘景瑞的手,他大悟了,絮絮叨叨地说:

"刘副官长,这……这都是命啊!我……我早就应该知道有这……这一日哇!我怎么会忘……忘了那悬崖呢?开战前一天,已……已经有凶兆了嘛!那日,我……我忘了去天义师范的大事,还把去广……广清农……农机厂……"

砦司令细细回忆着,把开战前的许多事都和今日的失败联系在一起了。刘景瑞随着砦司令的话头一起思索,竟也发现了这其中的某种关联。那一日砦司令是有些怪,老忘事不说,还在天义师范的典礼会上玩手枪,在一百二十三保失态打人。砦司令打的那个保长他认识,神神乎乎的,会算命。

砦司令越说越深刻:

"还……还有四处挂……挂的我……我那像,也……也早应该换一幅了!那……那像……还是搞联庄自保时,照……照的,距……距今儿都二……二十多年了!年轻嘛,嘴上无……无毛,办事不牢哇!败……败是大……大命!"

砦司令认定他败了,无可挽回地走到了绝路上,也使自卫军走到了绝路上。形势很明白,他不能投降匪汉军当汉奸,又无力在腹背受敌的情况下两面作战,即便自己不受伤,也走不出那由阴谋和枪炮构筑成的重重阴影了。

就是在这种情况下,砦司令还是没有忘记他的地方自治和拥戴了他二十余年的广清四十二万民众。

砦司令眯着沉重的眼皮歇息了一会儿,又说:

"我……我要走了,最……最不放心的还……还是广清……民众啊!广……广清民众是当今当……当世最……最好的民众!没……没有四……四十二万广清民众的真……真心的拥戴,莫……莫说是没有地方自治,也……也没有我这个砦司令啊!谁……谁若在……在我死后亏待广……广清民众,我……我砦魁元就……就是到了九泉之下也……也得和……和他开……开仗!"

砦司令明确地说到了死,刘景瑞才小心翼翼地建议道:

"司令可否把……把这意思写下来?"

砦司令苦涩地一笑:

"好……好吧!去……去找纸笔来!"

刘景瑞找来了纸笔,让砦司令在床上坐好,把笔蘸好墨,递到了砦司令手上。

砦司令仰着花白的脑袋思索了半天,方抖着手写道:

"余乃一介村夫,本无虚荣浮世,出人头地之心也。只因地方匪乱,生灵涂炭,民不聊生,余遂起而剿匪,以安乡里。疑吾惑吾,均非知吾耳!廿余年来,余含辛茹苦,劳怨不辞,地方自治始具规模,然粗陋尚多,死有余恨。幸吾民众敦厚纯朴,与吾同心,虽吾死,地方自治亦当完成也!疑吾民众者,吾民众自当以疑对之;害吾民众者,吾民众自当协力打倒之。值此国难之际,望吾民众并吾同仁,拥护中央,驱逐外患,勿猜勿疑,各尽其责,是所盼瞩耳!"

写毕,具了名,砦司令将手中的笔和写满了字的纸推开了,对刘景瑞道:

"都……都拿走吧!告……告诉孙……孙副司令,武……武参谋长,这……这就是我……我最后的话了……"

刘景瑞匆忙看了一遍,吞吞吐吐地道:

"司令,关……关于眼下这……这仗,上……上面可没写……"

砦司令有气无力地说:

"不……不用写……写了,这仗接……接下去咋……咋打,得……得由他们说……说了!"

刘景瑞惊问:

"可您要他们拥护中央,看眼下这阵势,恐……恐怕也难吧?若是他们不拥护呢?"

砦司令浅浅一笑:

"那……那也是他们的事!反……反正我……我砦魁元没……没当汉奸!"

刘景瑞一下子明白了砦司令深刻至极的狡猾:砦司令虽说和中央开了战,临死前还要拥护中央,这就给他的继任者们埋下了危险的伏线。继任者们如果真的执行砦司令的遗嘱,拥护中央,则必将被中央和匡汉正义军合伙吃掉;不拥护中央,向匡汉正义军投降,则违背了砦司令的遗嘱,就给将来可能出现的反叛力量留下了发动新的事变的最正义的借口。

想到将来的新的事变,刘景瑞突然发现,一个伟大的机会就在他面前,他只要今天把砦司令的这份遗嘱秘密抓在手上,那么,明天他就有了决定性的发言权,他就必定是下一场事变举足轻重的角色。他断定目前不论是孙忠孝还是武起敬都只能向匡汉军投降。

激动的心直抖,小心地将墨迹未干的遗嘱铺在桌上,刘景瑞又转过身去看砦司令,冷酷地推测着砦司令走向死亡的最后距离。他希望砦司令这最后距离能够短点,再短点,甚至萌生出掐死砦司令的念头。

只要砦司令马上死了,遗嘱的秘密就会保住,他刘景瑞未来的发言权也就有了保障。

砦司令却不像要死的样了。

砦司令在低声吟唱《地方自治歌》呢。

砦司令与其说是唱,不如说是念:

裂……裂河两岸物……物华天宝,
奎山深……深处人杰地灵。

地方自治承……承托天佑，
太平盛……盛世赛如文……文景……

掐死砦司令的念头愈发强烈了。砦司令没任何理由再活下去，他该做的事都做完了。这位司令大人风光过，招摇过，以一介村夫跃居中天二十年，已大大超过了他的智力水平和负荷水平，他该完球了。

砦司令还在念：

千河万……万溪流……流向大海，
青山绿……绿地万……万世永存。
地方自治救……救我民……民国，
普天同庆万……万民欢……欢欣……

掐死砦司令会不会万民欢欣？万民想必会欢欣的。砦司令声称治乱世要用重典，可他那典也太重了些，动不动就杀人。拔人一棵棒子，偷人家一只鸡都杀，也太过分了些。他若取砦司令而代之，就决不这么干。砦司令开口民众，闭口民众，实际上恰恰对民众最狠，不但榨干了民众的血汗，还二十年如一日把民众的脸皮当屁股玩。他若是做了司令，至少要把属于民众的脸皮还给民众。

砦司令念《地方自治歌》的声音越来越低，可字字句句依然听得见：

滔……滔河水终……终有源头，
巍巍群山必……必有依凭。
地……地方自……自治幸……幸得实现，
全……全凭咱……全凭咱……

砦司令突然挣扎起来，瞪着眼哈哈大笑，边笑边上气不接下气地道："全……全凭咱……咱圣明的砦……砦司令！卵……卵话！我……

我就……就不信砦……砦司令比我的能耐大！"

不能再让砦司令这样闹下去了！早点把砦司令送上路，不但对他有利，对砦司令自己也有利。

刘景瑞悄悄向砦司令身边靠，边靠边道：

"司令，您糊涂了，砦司令不就是您老吗？"

砦司令似乎窥见了他的阴谋，直愣愣地看着他，眼光凶得像狼：

"哦？是……是我？对，是……是我！刘……刘副官长，现在我不瞒你了，我……我给你透……透个底吧！二……二十多年中，我……我对付了十……十八起暗……暗杀！十……十八起呵！可……可谁也……也没……没能杀了我，倒……倒是我他……他娘的宰了他……他们！"

刘景瑞被这话震住了，用伸出去的手给砦司令拢了拢被子。

这时，砦司令身子一挺，一声长啸：

"人……人不……不可杀……杀我，杀……杀我者，天……天也！"

说罢，砦司令头一歪，不知是睡了过去，还是死了过去。

刘景瑞呆呆地愣了半天，慌忙收起砦司令的遗嘱，而后走到床边，大胆地用被子把砦司令的脑袋捂了一会儿，直到认定砦司令完了，才重又将被子拉好。

砦司令这回是真死了。不过，是死于天命，还是死于第十九起暗杀，谁也说不清，连他刘景瑞也说不清。

这已经不重要了，重要的是随着砦司令的死，面前的这场事变实际上已经结束。

十八

就像事变发生得很突然一样,事变结束得也很突然。砦司令死后不到三小时,清水旅团和汪记和平建国军在国军背后打响了。国军三十八师和五二三旅之一部突破重围,向南面云岭、白水方向转进;三十七师则被迫投降,编入了和平建国军序列。与此同时,池南蛟禀承清水旅团长的意思和孙忠孝谈判达成协议:在保存地方自治的前提下,改地方自治为"和平自治",广清八县和自卫军所属各部一体易帜,服从南京汪主席,其境内所有青天白日旗一律加挂"反共救国"三角飘带一条。

清水太君的"清扫作战",也就是后来被人们称作"易帜事变"的大胆设计如期完成。清水太君为此得到了天皇陛下颁发的勋章,池南蛟也得到了汪主席亲切召见的殊荣。汪主席称这场事变为"和平建国运动杰出的一例",并点名指派池南蛟代表南京国府出任广清和平自治地区行政专员。

池南蛟带着随员接管清河专署时,发生了一桩小小的意外。忠于重庆国府的军事督察郑灵宝率着几个原专署人员,向池南蛟和他的随员频频射击,使得池南蛟不得不在整个事变已结束的情况下,又进行了一次局部战斗。战斗的结果不言而喻,郑灵宝所代表的重庆国府在几十分钟内就败北了。几个人死的死,伤的伤,郑灵宝自己也在受伤之后做了俘虏。池南蛟看在国军李司令的分上,没杀郑灵宝,给郑灵宝养好伤后,将郑灵宝和原本就受了伤的应北川一起礼送出境了。

那当儿,池南蛟并没有意识到他当专员一事中含有的阴谋成分,以为自己是以匡汉正义军司令的身份做专员的,是这场事变给广清八县民众造出的第二个砦司令。不料,出任专员没几天,司令的职务便弄丢了,一直拒不接受南京改编的匪汉正义军,也在他不当司令的第二天,正式更名为和平建国军,编入了南京汪记政府军序列,后来又得知重庆方面的专员应北川在广清的地位还不如个联保主任,这才恍然大悟,意识到自己被耍了。

被耍的不只是池南蛟一个,自卫军副司令孙忠孝也被耍了。南京政府和日本人要军政分治,委任孙忠孝做了和平自治委员会主席,不显山不露水又干掉了一个兵权在握的悍将。自卫军司令的帽子倒扣到了从未真正带过兵的武起敬头上,搞得武起敬诚惶诚恐不知所措,做了司令第二天,就忙不迭地向清水旅团长讨教治军方略去了。

砦振甲和刘景瑞未动。砦振甲依然做他的副司令,刘景瑞依然做他的副官长。

砦振甲对新任司令武起敬的亲日媚态很看不惯,念念不忘自己的父亲,无数次暗暗发誓要把砦副司令的这个副字用枪炮轰掉,以正统砦司令的名义重整山河,开创地方自治事业的新纪元。

刘景瑞则养成了记日记的习惯,每时每刻都盯住武起敬和孙忠孝的举动不放,并悄悄记下来,准备加重将来发言的分量。有时,夜深人静,绝对安全的时候,也把砦司令的亲笔遗嘱拿出来研究一番。开初倒没研究出什么名堂,后来,研究得很深入了,才发现了问题。砦司令要他们"拥护中央,驱逐外患",这中央是重庆的蒋中央,还是南京的汪中央?外患是指日本人,还是指国军,抑或是二者兼之?砦司令没说清,他也没法说清。这就很麻烦了。为了日后没有这种麻烦,他在记日记之余,又刻苦练字,努力模仿砦司令字迹,想在时机成熟时为砦司令重写遗嘱。

也有在这次事变中讨了便宜的。天义师范学校孙正才老先生算一个,广清农机厂孔越文算一个。砦司令死了,不能再兼那么多正职了,孙老先生由副校长而校长,孔越文由副厂长而厂长。

孙老先生很糊涂,做了校长好长时间都不知道广清已发生了一场不得了的事变。他以为自卫军已把图谋犯境的国军打败了,一切还和原来没二样,心安理得得很,照样之乎者也讲砦司令的《地方自治浅论》,时而也提到蒋委员长,说是蒋委员长也支持搞地方自治哩!身为和平自治委员会主席的儿子孙忠孝几次提醒他,才使他弄清楚了:除了蒋委员长,还有个汪主席,地方自治也叫和平自治。老先生认为,这"和平"二字改得好,唯有倡导和平,天下方可归心。

孙老先生尚且如此,砦司令临终前念念不忘的广清四十二万民众就更是如此了,谁也不知道发生过什么事变,谁也不明白专署大院的那面青天白日旗为何要加上"反共救国"的三角飘带,飘带上的字和他们关系不大,他们依然像往常那样交款纳粮。不过,款送给谁用了,他们不知道,只知道送粮的大车往日是往南去,如今是往北去。南边通往政府区的路已渐渐长满了草,而北面过射鹿的公路却越拓越宽,能并排走三辆大车。

砦司令归天的事民众们知道。他们有人说砦司令本来就不是人,是天上的星宿,眼下是升天归位了,在天上还管着广清地界。又有人说,砦司令不是升天,是仙逝了,"反共救国"的飘带,就是那些大人老爷们给砦司令打出的幡,可说完这话免不了失魂落魄问一声:日后谁来当砦司令哇?

孔越文做了厂长头几天也不知道发生了什么,后来看到武起敬带着身着长袍马褂的清水少将到厂里巡视,才知道自己莫名其妙成了汉奸。一个月后,孔越文揣着砦司令生前交给他买钢管的绵羊票,逃出自治地区,投奔了共产党的游击队,给八路造地雷、手榴弹去了。

一切都没变。

砦司令在和不在都一样。

砦司令年轻而风光的画像依然在四处悬着,亲切慈祥地看着大家。稍有不同的是,每幅画像下多了张伪造的"砦公遗嘱"。

伪造之遗嘱云:

"余致力于和平自治凡二十年,虽劳苦而不辞,虽荣辱而不计,地方建设方具规模,然细察之,多未完成,实难瞑目。望我同仁,继续努力,和平奋斗,强我广清,富我民国。"

"遗嘱"不仅挂在墙上做样子,广清民众还要很真实地背诵,背错一字,打一军棍,依然是扒下裤子打屁股。

《地方自治歌》也在唱,小小的变化是,歌名改了,改为《和平自治歌》了,歌词中所有地方自治一体改成了和平自治。每逢开保长大会或有重大庆典,《自治歌》照例要唱,不会唱的,照例要打屁股。

自卫军的军歌《满江红》是不准唱了,但那调儿还让哼。后来,一个留过日的洋学生按那调儿重新填了词,把"靖康耻,犹未雪"等等,换成了"中日满,永亲善"之类,自卫军司令武起敬认为很好,亲自带人唱给清水少将听,嗣后,便勉励自卫军的官兵们好好唱,唱不好,还是打屁股。

砦司令生前酷爱的打屁股的刑罚,依然是和平自治区范围内唯一的刑罚——枪毙不在此列。

刘景瑞副官长认为有点不对头。砦司令的时代已经过去,眼下又拥护汪主席,实行新政,总得多少有点新气象,遂斗胆提出了个并不太新的建议:打屁股时,不要再扒人家的裤子。砦振甲头一个反对,武起敬第二个反对,孙忠孝一看握有兵权的正副司令都反对,也很干脆地参加了反对。他们一致认为,砦司令立下的规矩不能动。结果,刘景瑞只好灰溜溜地吞回了自己的建议。

清水太君骨子里也是崇敬砦司令的,曾很明确地说过,眼下的和平自治,还要照砦司令生前地方自治的法儿来办。清水既热爱中国,又热爱地方自治,他身着其酷爱的中国式的长袍马褂在广清各地走了一圈后,大为感慨,认为被砦司令治理成这样的广清,就是未来新中国的样板,就是大东亚共荣圈里提前实现了的王道乐土。清水少将说,砦司令是个了不起的伟人,就人的质量来说,绝不在重庆蒋委员长和南京汪主席之下。蒋、汪没搞好一个中国已颇不容易,砦司令在兵荒马乱的年头,在长达二十多年的时间里保持了自己光荣的独立,把自治地域建成了一个准国家则更不容易。

出于对砦司令的深深敬意,清水少将亲自参加了砦司令的丧礼,继而,又在一年之后,参加了砦司令的迁灵大典。

大典在一个秋日的早晨举行,是日,从广仁县城到牛头山坡砦公陵的三十余里公路旁站满了奉命守候的军民。砦司令的棺木和他生前坐过的司蒂倍克汽车,都被红缎罩盖着,在夹道耸立的人群中缓缓拖向陵墓。灵柩和汽车所到之处,礼炮轰鸣,爆竹齐响。商贩摆桌献供,焚香奠酒。学生奏乐齐唱《和平自治歌》。自卫军士兵鸣枪致意。直到中午,才把砦司令和他的司蒂倍克一起永久性地安葬在砦公陵。

砦公陵是广清贤达们考证了北平十三陵、南京明孝陵和安阳洪宪皇帝袁世凯陵后修成的,依傍着牛头山势,气魄宏大。陵周用白玉砌就,坟冢白玉圆顶,环坟筑有玉石栏杆并玉石台阶。坟侧盖砦公享殿,依帝王宫殿用琉璃瓦修成。陵道两边也仿明孝陵雕了石人石马,骆驼龟蛇。从山下到陵前建了三个高大的玉石牌楼,分别刻有各界贤达们歌功颂德之词、赞、铭、诔。

贤达们对砦司令异口同声地赞扬。易帜事变后不论是留下来继续做贤达的,还是逃出去做寓公的,对砦司令都无微词。留下来的贤达们理直气壮,认定他们是在继续砦司令的自治事业。逃走的贤达们则认定砦司令生前有骨气,从未当过汉奸,他们也不能当汉奸。他们怀疑砦司令是被孙忠孝、池南蛟、武起敬、砦振甲们伙同日本人搞死的。

孙忠孝、池南蛟、武起敬、砦振甲都想当司令。连根本没资格想的副官长刘景瑞也想当。然而,谁也不敢把这层意思表露出来。广仁总部会议室里,砦司令惯常主持会议坐的那把棕色猪皮椅子,从砦司令去世那天开始,就没有谁敢贸然坐上去。后来,刘景瑞别有用心地提议,把那位子永远留给砦司令,以示后继者们对砦司令永恒的怀念。大家一致同意。于是,砦司令永存了,每逢开会,砦司令坐过的那张猪皮椅子的椅背上就套上了砦司令生前穿过的军装,有时也套大褂,这要看开什么会。猪皮椅前的桌子上供上了砦司令生前戴过的军帽,有时也供礼帽,当然,也要看开什么会。

后继者们在砦司令死后,真正忠于砦司令了。每次会议开始前,他们也要和广清民众一样,背诵砦司令画像下面的"砦公遗嘱"。"遗嘱"是假的,是他们集体伪造的,这一点他们最清楚,可还是得背,而且,一个比一个背得认真。背得时间长了,也就不再怀疑那"遗嘱"的真实性了。他们认定那"遗嘱"正是砦司令在天上发出的声音。甚至连秘密保存着砦司令亲笔遗嘱的刘景瑞,也只是在深更半夜仿照砦司令的笔迹练字时,才能保持清醒的判断,而一坐到会议室里,一看到砦司令的画像,他就迷糊了,简直不能相信有谁敢在砦司令面前做假。

二十年前那个年轻的砦司令在看着他们,嘴角上带着嘲讽的微笑,仿佛在说:

"不要再胡思乱想了,不会再有新的事变了,这块土地上自从出了我砦司令,你们的一切机会都消失了,永远消失了……"

他们却不信,各自的心里都在悄悄问自己:

"下一次什么时候开始?"

作于 1989 年 3 月
2017 年 9 月修订